新　視　野
中華經典文庫

新 視 野
中華經典文庫

三字經　百家姓　千字文

名譽主編　饒宗頤

導讀　區志堅

譯注　李逸安

中華書局

新視野中華經典文庫

三字經 百家姓 千字文

□
導讀
區志堅

□
譯注
李逸安

□
出版
中華書局（香港）有限公司
香港北角英皇道 499 號北角工業大廈一樓 B
電話：(852) 2137 2338　傳真：(852) 2713 8202
電子郵件：info@chunghwabook.com.hk
網址：http：//www.chunghwabook.com.hk

□
發行
香港聯合書刊物流有限公司
香港新界大埔汀麗路 36 號
中華商務印刷大廈 3 字樓
電話：(852) 2150 2100　傳真：(852) 2407 3062
電子郵件：info@suplogistics.com.hk

□
印刷
深圳中華商務安全印務股份有限公司
深圳市龍崗區平湖鎮萬福工業區

□
版次
2016 年 6 月初版
2019 年 6 月第 2 次印刷

□
規格
32 開（205 mm × 143 mm）

□
ISBN：978-988-8394-29-6

出版說明

為甚麼要閱讀經典？道理其實很簡單——經典正正是人類智慧的源泉、心靈的故鄉。也正是因此，在社會快速發展、急劇轉型，因而也容易令人躁動不安的年代，人們也就更需要接近經典、閱讀經典、品味經典。

邁入二十一世紀，隨着中國在世界上的地位不斷提高，影響不斷擴大，國際社會也越來越關注中國，並希望更多地了解中國、了解中國文化。另外，受全球化浪潮的衝擊，各國、各地區、各民族之間文化的交流、碰撞、融和，也都會空前地引人注目，這其中，中國文化無疑扮演着十分重要的角色。相應地，對於中國經典的閱讀自然也就有不斷擴大的潛在市場，值得重視及開發。

於是也就有了這套立足港台、面向海外的「新視野中華經典文庫」的編寫與出版。希望通過本文庫的出版，繼續搭建古代經典與現代生活的橋樑，引領讀者摩挲經典，感受經典的魅力，進而提升自身品位，塑造美好人生。

本文庫收錄中國歷代經典名著近六十種，涵蓋哲學、文學、歷史、醫學、宗教等各個領域。編寫原則大致如下：

（一）精選原則。所選著作一定是相關領域最有影響、最具代表性、最值得閱讀的經典作品，包括中國第一部哲學元典、被尊為「群經之首」的《周易》，儒家代表作《論語》、《孟子》，道家代表作《老子》、《莊子》，最早、最有代表性的兵書《孫子兵法》，最早、最系統完整的醫學典籍《黃帝內經》，大乘佛教和禪宗最重要的經典《金剛經》、《心經》、《六祖壇經》，中國第一部詩歌總集《詩經》，第一部紀傳體通史《史記》，第一部編年體通史《資治通鑒》，中國最古老的地理學著作《山海經》，中國古代最著名的遊記《徐霞客遊記》，等等，每一部都是了解中國思想文化不可不知、不可不讀的經典名著。而對於篇幅較大、內容較多的作品，則會精選其中最值得閱讀的篇章。使每一本都能保持適中的篇幅、適中的定價，讓普羅大眾都能買得起、讀得起。

（二）尤重導讀的功能。導讀包括對每一部經典的總體導讀、對所選篇章的分篇（節）導讀，以及對名段、金句的賞析與點評。導讀除介紹相關作品的作者、主要內容等基本情況外，尤強調取用廣闊的「新視野」，將這些經典放在全球範圍內、結合當下社會生活，深入挖掘其內容與思想的普世價值，及對現代社會、現實生活的深刻啓示與借鑒意義。通過這些富有新意的解讀與賞析，真正拉近古代經典與當代社會和當下生活的距離。

（三）通俗易讀的原則。簡明的注釋，直白的譯文，加上深入淺出的導讀與賞析，希望幫助更多的普通讀者讀懂經典，讀懂古人的思想，並能引發更多的思考，獲取更多的知識及更多的生活啓示。

（四）方便實用的原則。關注當下、貼近現實的導讀與賞析，相信有助於讀者「古為今用」、自我提升；卷尾附錄「名句索引」，更有助讀者檢索、重溫及隨時引用。

（五）立體互動，無限延伸。配合文庫的出版，開設專題網站，增加朗讀功能，將文庫進一步延展為有聲讀物，同時增強讀者、作者、出版者之間不受時空限制的自由隨性的交流互動，在使經典閱讀更具立體感、時代感之餘，亦能通過讀編互動，推動經典閱讀的深化與提升。

這些原則可以説都是從讀者的角度考慮並努力貫徹的，希望這一良苦用心最終亦能夠得到讀者的認可、進而達致經典普及的目的。

「弘揚中華文化」是中華書局的創局宗旨，二〇一二年又正值創局一百週年，「承百年基業，傳中華文明」，本局理當更加有所作為。本文庫的出版，既是對百年華誕的紀念與獻禮，也是在弘揚華夏文明之路上「傳承與開創」的標誌之一。

需要特別提到的是，國學大師饒宗頤先生慨然應允擔任本套文庫的名譽主編，除表明先生對本局出版工作的一貫支持外，更顯示先生對倡導經典閱讀、關心文化傳承的一片至誠。在此，我們要向饒公表示由衷的敬佩及誠摯的感謝。

倡導經典閱讀，普及經典文化，永遠都有做不完的工作。期待本文庫的出版，能夠帶給讀者不一樣的感覺。

中華書局編輯部

二〇一二年六月

目錄

為學者必有初

——《三字經》《百家姓》《千字文》導讀

區志堅

一、引言

自古以來，中西方甚注意幼兒教育，中國早有婦孺蒙養教育的傳統，[1]素來重視兒童教育及編寫兒童教育的教材。早於殷周時代，已為貴族子弟設立小學。春秋戰國時，因為官學瓦

1 有關中外學者注意幼兒教育的研究成果，可見謝錫金：《香港幼兒口語發展》（香港：香港大學出版社，二〇〇六），第三至十二頁；Clay M.H., *Change Over time in Children' Literacy Development* (Auckland: Heinemann, 2001), pp.15-39. Andrew F. Jones, *Development Fairy Tales: Evolutionary Thinking and Modern Chinese Culture* (Cambridge, Mass.: Harvard University Press, 2011), pp.16-25; Lascarides & Hinitz, *History of Early Childhood Education* (N.Y.: Falmer Press, 2000)；有關中國傳統蒙學的發展及其對幼兒教育的影響，見熊秉真：《童年往憶》（桂林：廣西師範大學出版社，二〇〇八），第一百三十九至一百五十九頁；張志公：《傳統語文教學初探：附蒙學書目稿》（上海：上海教育出版社，一九六二），第三至十八頁；劉詠聰：《中國古代育兒》（台北：商務印書館，一九九八）。

解，私學興起，民間已漸漸出現童蒙教育機構。漢代罷黜百家，獨尊儒術，更重視童蒙教育，設立「書館」，任教者稱為「書師」。而早於《周易．蒙卦》中曾載有：「蒙以養正，聖之功也」，十分重視「養正於蒙」，聖人立教要義在於培育兒童有良好的德育。前人除了注意幼兒教育外，也注意婦女教育，培養婦德，寓識字於道德教育之中，很多知識分子也編著供婦孺學習的讀物，如〈史籀〉篇、〈倉頡〉篇、〈急就〉篇，又依《易經．蒙卦》所言的「匪我童蒙，童蒙求我」一語，編寫了各種以「蒙求」為名的讀本，如《純正蒙求》、《文字蒙求》等；也有不以「蒙求」為名所編的教材，如《三字經》、《百家姓》、《千字文》、《女四書》等。

談及中國傳統的教育，不可不注意中國傳統童蒙教育，童蒙教育的意思正如《三字經》所言：「為學者，必有初」，就是指學子求學，必先注意基礎教育。《三字經》針對的教學對象，就是小朋友。由此可見，編撰《三字經》的知識分子早已注意到兒童教育的重要。今天的香港，不少國際學校小學部也會教導《三字經》，而新加坡華文課外讀物理事會也推薦《三字經》為學生讀物。《三字經》自宋代刊行後，成為了一種傳播知識的重要文體，歷代相承，至明代有吹萬老人編撰的《佛教三字經》，楊文會（一八三七—一九一一）於光緒三十二年（公元一九〇六年）對此書作重大修改，並易名為《佛教初學課本》。道光年間，西方傳教士或教徒撰寫的傳教刊物《訓女三字經》及《新增三字經》也值得注意。於咸豐及同治年間，有太平天國於癸好三年（一八五三）鐫刻《三字經》，光緒十一年（一八八五）余海亭釋譯《天方三字經》，清末文人齊會辰也編《歷史三字經》，袁鳳鳴編寫《藥用三字經》，賀瑞麟（一八二四—一八九三）編《新版女兒三字經》，清末民初盧湘父（一八六八—一九七〇）編《童蒙三字書》，陳子褒（一八六二—一九二二）編《改良婦孺三四五字書》，一九九五年廣東教育出版社也編撰《新三字經》，乃至二十一世紀的香港，也有創作人黎文卓編寫《新版香港三字經精解》。

另一方面，以三字書寫的文體自中國傳往日本。例如日本江戶後期，儒者大橋養彥於嘉永五年（一八五二）初次出版《本朝三字經》，當中敍述了日本從神武天皇開始至豐臣秀吉，即江戶時代之前的日本歷代政治家、軍事家的得失及歷代文化名人的功績，藉昔日故事進行童蒙教學。[2]由此可見，自宋至今，《三字經》和三字經書寫文體，一直在流傳。究竟《三字經》有哪些特色？為什麼今天的幼兒教育仍要教導《三字經》？若以《三字經》為傳統讀物，則傳統幼兒教育的特色，與中華民族教育走向「中國式現代性」有何關係？本文的目的，就是闡述《三字經》的特色，及其在近現代社會的重要性。

2 大橋養彥：《本朝三字經》（嘉永五年［一八五二］），此文原為漢文，載譚建川：《日本文化傳承的歷史透視——明治前啟蒙教材研究》（北京：商務印書館，二〇一〇），第三百二十九至三百三十一頁。有關三字經及童蒙讀本以三字為體裁的發展，見區志堅：〈怎樣教導婦孺知識？盧湘父編撰的早期澳門啟蒙教材〉，載澳門理工學院編輯委員會編：《辛亥百年與澳門國際學術研討會論文集》（澳門：澳門理工學院出版社，二〇一二），第四百零七至四百一十頁。

現當代從事兒童教育研究的學者如陳鶴琴（一八九二——一九八二），於一九四一年出版的《我的半生》中，回憶兒時在鄉間受學的教材，除了《三字經》以外，還有《百家姓》、《千字文》等傳統童蒙讀物，這些讀物對他甚有啟發。[3]另一位兒童教育學者陶行知（一八九一——一九四六）也認為《百家姓》、《千字文》、《三字經》均對童蒙教育甚為重要。陶氏更於一九二三年編訂了《平民千字課》及《老少通千字課》。[4]

日本方面，早於明治初年，河村貞山便按《千字文》的體例，編成《皇朝千字文》，可見《千字文》的體裁對日本啟蒙教育的影響。在現代，研究文獻學的專家來新夏指出，《千字文》約成書於南梁武帝大同年間（五三五——五四六），日後更有多本補編及改編本，如宋代曾出版《續千字文》，明代周履靖（一五四九——一六四〇）也撰寫《廣易千字文》，也有滿漢對照本及蒙漢對照本的《千字文》。

《百家姓》連綴成四字句，共一百一十句。北宋末大詩人陸游（一一二五——一二一〇）在

3 陳鶴琴：《我的半生》（香港：山邊社，一九九〇）第四十八至五十頁。

4 陶行知：〈請看《三字經》之流行——給朱經農先生的信〉（一九二四年一月二日），載《陶行知全集》（四川：四川教育出版社，一九九一），八卷，第五十二至五十三頁；參《平民千字課》（一九二三）、《老少通千字課》（原刊一九三五年上海商務印書館），此二書收入《陶行知全集》，五卷，第五至二百一十一頁；第二百九十一至四百三十八頁。

他的詩注中把《百家姓》定為雜字類的「村書」，以今天的用語，「村書」就是民間通俗書的識字讀物。可見《百家姓》應為宋代的識字書。[5]由於《百家姓》、《千字文》及《三字經》在中國傳統社會甚為流行，成為童蒙教育的必讀書，故合稱為「三、百、千」。在二十一世紀的今天，不少出版社把「三、百、千」予以重新排版和編刊，可見《百家姓》、《千字文》及《三字經》在今天的社會仍有生命力。此外，有不少國際學校及海外的孔子學院也把《百家姓》、《千字文》及《三字經》作為教導非華語學生學習普通話及基礎漢語的教材。新加坡出版的《繪畫本三字經》、《繪畫本百家姓》、《繪畫本千字文》更成為小學及基礎教育讀本，有力地推動了當地的華文教育。

「三、百、千」在二十一世紀，成為童蒙教學的重要材料，甚至今天香港人的集體回憶中，仍能憶起一首童謠：「一二三，紅綠燈，過馬路，要小心。」可知以「三字」為書寫文體，自宋至今，相沿不改。

中國幼兒教材多教導童蒙識字。中國傳統蒙館多會在短時間內教導學生識字。依現有資料得知，先秦兩漢時，已注重少年及兒童識字教育及句讀培訓。《禮記・學記》曾說：

5 來新夏（一九二三—二〇一四）：《書文化九講》（太原：山西出版傳媒集團，二〇一二），第九十三至一百零四頁。

> 古之教者，家有塾，黨有庠，術有序，國有學。比年入學，中年考校。一年視離經辨志，三年視敬業樂群，五年視博習親師，七年視論學取友，謂之小成。九年知類通達，強立而不反，謂之大成。[6]

《漢書．藝文志》也說：

> 古者八歲入小學，故周官保氏掌養國子，教之六書，謂象形、象事、象意、象聲、轉注、假借，造字之本也。漢興，蕭何草律，亦著其法曰：「太史試，能諷書九千字以上，乃得為史」，又以六體試之，課最者以為尚書、御史、史書、令史。吏民上書，字或不正，輒舉劾。[7]

列入「小學」類目下的，多是教幼兒識字的課本。相傳周宣王（公元前？—前七八二）命太史作〈史籀〉十五篇，秦又有〈八體六技〉，這些文獻均成為周及秦時童蒙的教材。漢代時，〈倉頡〉、〈凡將〉、〈急就〉、〈元尚〉、〈訓纂〉、〈別字〉等篇，均為教導童蒙識字的教材。漢人入學，首學書法，教導者為尚書蘭台令史。編著《漢書》的班固（三二—九二）因為漢人甚

---

6 王文錦譯解：〈學記〉，載《禮記譯解》（北京：中華書局，二〇〇一），卷十八，下冊，第五百一十五頁。

7 顧實：《漢書藝文志講疏》（台北：台灣商務印書館，一九八〇），第八十三至九十四頁。

重視書法，指出「吏民上書，字或不正，輒舉劾」，從事基礎教育，教導童蒙書法，「六體者：古文、奇字、篆書、隸書、繆篆、蟲書。皆所以通知古今文字，摹印章，書幡信也」。自魏晉南北朝及隋唐，中國蒙學有了很大的拓展，[8]既有上承昔日的識字教育，在〈急就〉篇的基礎上，編撰《千字文》，也有編刊《女論語》及《太公家教》等。唐代漸漸出現了結合識字、知識及道德教化的蒙學教材。宋代更在唐代的基礎上大為開拓，上承《千字文》，補充了《三字經》、《百家姓》，確定了「三、百、千」為自中古至今童蒙識字教育的重要典籍，再加上新的教材，並加入理學思想及道德教育知識，如編刊《蒙求》等。及至宋元二代，「三、百、千」在體例上進一步開拓，如編刊《小兒語》、《弟子規》、《幼學》、《增廣賢文》、《歷代蒙求》。清代又有知識分子編刊《地球韻言》、《時務蒙求》、《歷史三字經》、《藥用三字經》、《女兒經》、《千家詩》、《唐詩三百首》、《五言千家詩》、《釋教三字經》、《史鑑節要便讀》等童蒙讀物。明代理學家呂坤（一五三六——一六一八）曾說：「初入社學八歲以下者，先讀《三字經》以習見聞，讀《百家姓》以傒日用，讀《千字文》以明義理。」[9]可見時人對「三、百、千」的重視，既肯定其作為兒童教材的重要性，也說明運用「三、百、千」教材的先後次序。

8 有關中國蒙學的發展，見張志公：《傳統語文教學初探：附蒙學書目稿》（上海：上海教育出版社，一九六二）一書。

9 未見呂坤原文，轉載吳宇清主編：《蒙學新讀》（南京：江蘇教育出版社，二〇一一），第四至七頁。

北京中華書局曾於二〇一三年至二〇一五年間出版《中華蒙學經典》，當中包括《三字經》、《百家姓》、《千字文》、《弟子規》、《聲律啟蒙》、《笠翁對韻》、《神童詩》、《續神童詩》、《千家詩》、《蒙求》、《龍文鞭影》、《幼學瓊林》、《童蒙須知》、《名賢集》、《童子禮》、《家誡要言》、《小兒語》、《續小兒語》、《增廣賢文》、《格言聯璧》、《急就篇》等。以上童蒙讀物不單是中國今天小學的重要語文教材，甚至是不少海外華語教學課程的漢語課本，可見中華傳統童蒙教材與二十一世紀的教學甚有關係。[10]研究中外兒童讀物及書籍史的專家學者，如張志公（一九一八—一九九七）、陶行知、錢文忠、熊秉真、來新夏、陳鶴琴、黎錦暉、劉詠聰等，均認為自宋元二代至今天，不少機構編刊了很多童蒙教材，然而，編寫內容和規劃多在「三、百、千」的基礎上，加以拓展，「三、百、千」仍是「童蒙最基本讀物」。[11]一八九九年在上海唐山路創辦的澄衷蒙學堂，其後由蔡元培（一八六八—一九四〇）出任校長，學堂教員劉樹屏（一八五七—一九一七）編刊《澄衷蒙學堂字課圖說》作為中國語文的教材，此書也是按《千字文》的書寫內容，附以現當代知識及圖說。[12]近現代中國知識分子在幼兒時多受教於傳統私

10 參王鑫：《重回民國上學堂》（武漢：湖北人民出版社，二〇一三），第四至七頁。
11 來新夏：《書文化九講》（太原：山西出版傳媒集團，二〇一二）。
12 劉樹屏：《澄衷蒙學堂字課圖說》（北京：北京理工大學出版社，二〇一四，影印光緒二十七年〔一九〇一〕刊本），第二頁。

塾，然後進入國內外高等院校，他們在兒童時期學習的課本，也是「三、百、千」。古人教學童，必先識字，《三字經》約一千三百多字，《千字文》為一千字左右，《百家姓》為五百多字，合共約二千七百多字，正合於古人教童子識字的數目。此三書又剛好涵蓋日常生活及自然現象知識，也是學童應該學習的內容，在此知識基礎上，進一步學習寫作及研讀經籍。此三書自古代至今一直沿用，與二十一世紀兒童及幼兒教育接上軌道，二〇一二年五月六日，河南省沈丘縣就曾發起「全球華人同書《千字文》活動」[13]。

「三、百、千」是昔日知識分子的重要知識資源，甚至影響他們的成長。[14]在「三、百、

13 釋廣元：〈千字文之緣起及書寫經過〉，載《佛藝緣》（新北市：中華文史館，二〇一六），第八十二至八十三頁。

14 熊秉真：《童年憶往》（桂林：廣西師範大學出版社，二〇〇八），第一百三十三至一百八十八頁。二〇一五年香港歷史博物館內乃開設介紹香港童蒙教育的展覽廳，廳內置有一位私塾教師及幼童，表述了塾師為幼童舉行開學禮的故事，教師口中所唸，就是《三字經》的內容。香港著名的清末民士紳翁仕朝，其藏書書目也列《三字經》《千字文》《百家姓》的名字，可見此三書成為香港地方鄉間教材，見李光雄：〈現當代村儒社會職能的變化——翁仕朝（一八七四至一九四四）個案研究〉（香港：香港中文大學歷史系哲學博士論文，一九九六〔未刊稿〕）；王爾敏、吳倫霓霞：〈儒學世俗化及其對於民間風教之浸濡——香港處士翁仕朝生平志行〉，《中央研究院現當代史研究所集刊》，十八期（一九八九），第七十五至九十四頁。

千」之中，最早成書的是《千字文》，但排刊次序為最後，誠如文獻及目錄學專家來新夏指出：「是由於《三字經》文義淺顯，《百家姓》字量較少，所以使《千字文》的覆蓋面相對較小，不過它仍不失為一本好的識字課本」，[15]下文依「三、百、千」出版次序，先介紹《千字文》，再介紹《三字經》，最後引介《百家姓》的內容。《千字文》《百家姓》多注意單字及個別姓氏的介紹，多為識字教育；而《三字經》較前二書，更注意幼兒道德教育及識字教育的結合，故分析《三字經》的內容較前二者更為詳盡。

二、《千字文》

（一）《千字文》的作者及流播

研究清末民初兒童及婦女教育的學者陳子褒，在一八九九年發表了〈論訓蒙宜先解字〉一文，認為：「教初學童子自七歲至十歲者曰訓蒙。蒙也者，謂蒙昧不明，藉先生教訓之以開其蒙

15 來新夏：《書文化九講》（太原：山西出版傳媒集團，二〇一二），第九十九頁。

而使之不復蒙也。」他指出教導學童了解經籍，先要學習文字的結構及字義；[16]而古代教導兒童學習文字，塾師多先教導《千字文》一書。《千字文》從南北朝刊行至清末，一直流行不絕，筆者手上也有兩本，分別是二〇〇八年由益群書店出版的《正見千字文》，以及於二〇一五年由江蘇鳳凰少年兒童出版社出版的彩圖注音版，列為「國學經典教育」系列讀本的《千字文》。不少研究指出《千字文》的作者有南朝知識分子周興嗣（四六九—五二一），也有與周氏同時的蕭子範，但蕭氏之書在製作後，尚未有多人知悉，並早於唐時已經亡佚，現今流行的《千字文》，就是周氏所編的《千字文》。[17]

周興嗣，字思纂，南梁陳郡項人，先祖曾任漢太子的老師，家學淵源甚深。興嗣以文學揚名於世，深得梁武帝（蕭衍，四六四—五四九）稱賞，官拜員外散騎侍郎，主要編修歷史。《千字文》原是奉梁武帝旨令而撰寫，因為梁武帝為了教皇室子弟學習書法，便在書法大師王羲之（三〇三—三六一）的遺墨書跡中拓出一千個不重覆的文字，但沒有系統整理，故周氏用此一千字編成一篇韻文。全書以「天地玄黃，宇宙洪荒」為首，先為幼童介紹天文地理等自然環

16 陳子褒：〈論訓蒙宜先解字〉（一八九九），參區朗若、冼玉清、陳德芸編校：《陳子褒教育遺議》（桂林：廣西師範大學出版社，二〇一二），第七頁。

17 李慕如：《幼兒語文教學研究——幼兒文學》（高雄：高雄復文圖書出版社，一九九九），第一百四十三至一百四十四頁。

境及現象，然後介紹歷史文化及日常人倫的道理，以及介紹典章制度等。《千字文》具有教導學童識字、學書法、學習倫理思想的功能。隋代後，《千字文》更廣為流播，南朝陳末至隋初，王羲之的七世孫智永和尚曾親摹《千字文》八百冊，成為中國書法的瑰寶。《千字文》的書寫模式影響着漢字文化圈，如日本及韓國。在中國方面，有《梵語千字文》、《重續千字文》、《訓蒙千字文》、《日清韓三國千字文》、《蒙學準繩五千字課讀本》、《皇朝千字文》，甚至有滿漢對照本及蒙漢對照本的《千字文》等，均在周興嗣編撰的《千字文》基礎上進一步發展。

（二）《千字文》的特色

周興嗣《千字文》一書詞意明顯，文字流暢，音節自然，方便幼童背誦。以下簡介《千字文》的特色。

其一，《千字文》包含幼童日常生活接觸到的自然事物的知識。研究幼兒識字教育的學者指出，教育者能以四周環境及日常生活為教材教育兒童，既能增加幼兒的表達能力，也能增加兒童對文字的記憶力。更重要的是，幼兒多缺乏安全感及自信，若以幼兒及兒童熟識的環境為教材，可使兒童較有自信地表述所學習的文字，甚至學習書寫，令他們較易獲得成功感，進而能提高兒童學習的興趣。[18]《千字文》從自然環境取材，如首句「天地玄黃，宇宙洪荒。日月盈昃，辰宿列張。」表述天地的顏色，月亮圓缺，滿天星辰排列的次序；又如「寒來暑往，秋收冬藏。」及「雲騰致雨，露結為霜。」表述人們自幼至長所接觸到的大自然現象。此外，《千字文》亦記錄了不少日常生活的事物，如「果珍李柰，菜重芥薑。海鹹河淡，鱗潛羽翔。」這些都是幼兒可能接觸到的事物。

其二，《千字文》包含了地理及歷史文化知識，如「龍師火帝，鳥官人皇。始製文字，乃服衣裳。推位讓國，有虞陶唐。弔民伐罪，周發殷湯。」表述了遠古、上古時代的歷史文化和傳說。又如「九州禹貢，百郡秦併。岳宗秦岱，禪主雲亭。雁門紫塞，雞田赤城。昆池碣石，巨野洞庭。曠遠綿邈，岩岫杳冥。」傳播了中國的地理知識。

其三，《千字文》傳播不少道德倫理知識，如「女慕貞潔，男效才良。知過必改，得能莫忘。罔談彼短，靡恃己長。信使可復，器欲難量。」主要述及女子應當守貞潔，男子以德才兼具的人為仿效對象；又指出人們一生難免犯錯，但只要知錯能改就可以。又如「資父事君，曰嚴與敬。孝當竭力，忠則盡命。」指出事奉父母、長輩及君主，必須恭敬及謹慎，在行為上也要表現出忠、孝的態度，並且要竭盡全力。

18 季秀珍：《兒童閱讀治療》（南京：江蘇教育出版社，二〇一一），第四十六至七十五頁。

其四，《千字文》的文字淺白，幼童容易理解及朗朗上口。研究指出幼兒學習語文多是口説單字，若教材能朗朗上口，可加深幼兒對教材的記憶，幫助學習。[19]《千字文》全文是四字一句，以兩句一對的方式排列，把原本看來沒有關聯的文字變成有意思的韻文。此外，如「天地玄黃，宇宙洪荒。日月盈昃，辰宿列張。」至「罔談彼短，靡恃己長。信使可覆，器欲難量。墨悲絲染，《詩》讚羔羊。」押的是平聲七陽韻，音調諧和，容易背誦。

周興嗣的《千字文》奠下教導童子識字的框架，日後，不少體例也在周氏《千字文》的基礎上進一步延伸。如日本明治初年河村貞山編《皇明千字文》，其部分內容為：「日本紀元，辛酉作源。奕堅繼統，劍璽爰尊。鳥羽馭字，綱維漸薦。」；[20]其後，又有明治三十三年（一九〇〇）荒浪平治郎編《日清韓三國千字文》，書中列有中日韓三國文字，其漢文部分內容有：「蓋自大極肇判，陰陽始分，五行相生，先有理氣，人物之生，林林總總，於是聖人首出，繼天

19 謝錫金：《香港幼兒口語發展》，第三至十二頁；Clay M.H., *Change Over time in Children' Literacy Development*, pp.15-39.

20 河村貞山編：《皇明千字文》（原文為中文），轉載譚建川：《日本文化傳承的歷史透視——明治前啟蒙教材研究》，第三百三十三至三百三十五頁。

立極。天皇氏，地皇氏，人皇氏，有巢氏，燧人氏，為大古，在書契以前，不可考」；[21]晚清也有一本《蒙學準繩五千字課圖說讀本》，其部分內容為：「人生之初，賦畀為先。受形成性，肢體兼全。百骸五官，頭顱面臂。人生之初，百骨五官，脣吻頸肩，耳目腹胃。」均受《千字文》書寫模式的影響。

三、《三字經》

不少學者，如錢文忠、來新夏及張志公均認為《三字經》是南宋目錄學家王應麟（一二二三——一二九六）編著的，而歷代略有增補，或按此書的「三字」書寫體例，表述新時代的內容。

王氏，字伯厚，號深寧居士，慶元府（今浙江寧波鄞州區）人，自幼勤奮好學，九歲已通

21 荒浪平治郎：《日清韓三國千字文》（一九〇〇），收入張美蘭主編：《日本明治時期漢語教科書彙刊》，第七十四至七十七頁。

《六經》，於淳祐元年（一二四一）榮登進士，長於經史考據、天文地理、掌故制度等，在中國古代而言，應可列入「博物」學者。及後升至禮部尚書兼給事中，為南宋理宗所重用。寶祐四年（一二五六），王氏奉詔主持殿試，賈似道專權，王氏多次批評，多不屈己順從。因為王氏學問淵博及道德情操甚高，故他編的《三字經》甚受時人歡迎，更被稱為「千古第一奇書」。王氏除了編《三字經》以外，更編著《蒙訓》、《補注急就篇》、《小學諷詠》等，可見王氏推動童蒙教育的努力。

《三字經》以「人之初，性本善」為起首，再分為三綱五常、五穀六畜、七情、四書五經、先秦諸子、歷代史事，最後說明為學的重要及方法，不少句子更成為今天的格言金句。《三字經》的編者雖然沒有今天系統論述教育心理學的觀點，但不能否定他已具有今天教育心理學中提倡朋輩影響學習論、家庭影響學習論、家庭與學校協作論等觀點的初貌。概括而言，《三字經》全書以幼兒道德教育為基礎，並談及古籍經典、中國歷史、學習先賢立學的言行為榜樣。以下細看《三字經》的特色：

（一）《三字經》的特色

其一，童蒙讀本主要是能讓兒童識字時朗朗上口，《三字經》以三字為書寫格式，既便於讓兒童誦讀，又易於記憶。兒童心理成長教育研究指出，幼兒的聽力及視力較早發展，而押韻的作品，作為兒童早期接觸的中國語文教材，不僅可增強兒童的口語運用能力，遞進常識，還可以藉口誦心記，潛移默化。語文教化能深入孩童的心智，讓知識滲入學童的生活，從而變化氣質，陶冶品德。《三字經》全書共三百八十句，每句三字，基本上是兩句一韻，如「養不教，父之過，教不嚴，師之惰。」依《廣韻》即押「過」韻，聲調鏗鏘，口頌三字，既不過簡，也不太長，使幼童容易明白，幼兒口誦多了，能夠心領神會。[22]

其二，《三字經》從日常生活教育為切入點，注意在實踐中教學。民國時的陶行知在〈兒童科學叢書編輯原則〉一文中，提出編輯兒童教材應該以「兒童生活為中心」。[23]現代幼兒教育學者也指出，幼兒教育的原則是為幼兒提供真實的經驗，在生活中實踐所學，又使兒童在經驗

22 李慕如：《幼兒語文教學研究——幼兒文學》（高雄：高雄復文圖書出版社，一九九九），第一百三十七至一百三十八頁。

23 陶行知：〈兒童科學叢書編輯原則〉，載李楚材編：《陶行知和兒童文學》（台北：少年兒童出版社，一九九〇），第二百一十二頁；參區志堅：〈社會科學的「兒童」歷史教學法及觀點：三十年代商務出版《小學校高級復興教科書歷史教學法》〉，《香港中國現當代史學會會刊》，十四期（二〇一四），第三十六至五十八頁。

事物後留下深刻的印象。[24]雖然《三字經》的編者未必全以「兒童生活為中心」為編寫方向，甚至它是以成人視覺為中心，把儒家思想教導學童，但也不能全然認定《三字經》忽略了以「兒童生活為中心」的編寫策略。例如《三字經》有「性相近，習相遠」、「昔孟母，擇鄰處」、「子不學，非所宜，幼不學，老何為」等句，這些都是針對兒童求學的心智發展。蓋兒童成長的歷程，往往容易受到外來環境及朋輩的影響，由是強調兒童教育的重要性，助其建立一套道德價值、定下求學心志，對兒童心智發展甚為重要。又如「一而十，十而百，百而千，千而萬。」「三才者，天地人，三光者，日月星。」「曰春夏，曰秋冬，此四時，運不窮。」「曰南北，曰西東，此四方，應乎中」等句，均從幼童的生活環境、日月星辰、四時自然景象作為教學材料，從日常生活中取材，方便兒童記憶。又依心理學者指出，幼兒學習數字，由簡單一、二、三、四開始，由個位數字至十位數字，再由十位數字擴至百位及千位數字，《三字經》有「一而十，十而百，百而千，千而萬」之句，正正實踐了兒童學習由個位開始，向外擴充及延伸學習數學的邏輯發展與思維訓練。[25]

24 張峻嘉：〈地理環境與生態〉，李麗日主編：《社會學習領域概論》（台北：五南圖書出版股份有限公司，二〇一二），第十五至三十八頁；參周淑惠：《幼兒教材教法——統整性課程取向》（台北：心理出版社，二〇〇三），第四十一至四十二頁。

25 John B. Best〔黃秀瑄譯〕：《認知心理學》（台北：心理出版社，二〇〇九），第四百零三至四百二十九頁。

此外，研究中外兒童認知教育的學者，尤重視兒童由認字、讀字再延伸至讀句，以及探求文字背後的意義。教育學者強調教導學童先從實事實物學習知識，再進一步教導他們抽象分析。[26]《三字經》有「凡訓蒙，須講究，詳訓詁，名句讀。」「為學者，必有初，小學終，至四書。」強調塾師教學，先教導學生了解中國文字的造字方法，學習及明白中國經典文獻的注解方法，並學習字義及斷句。當了解全篇文字的字義、斷句後，自可明白全篇文章的意思。此外，《三字經》的編者在教學時，強調先教學生學習「小學」，也就是學習文字構造的知識，再學習《大學》、《中庸》、《論語》、《孟子》此「四書」的知識。今天得知「四書」乃屬於中國傳統經學及哲學知識範疇，其實，在古代而言，均是日常人倫及人事應對的基礎知識。「曰仁義，禮智信，此五常，不容紊」之句，也先從日常生活取材，教導學童掌握文字基礎知識，從家庭擴至社會價值，故學習經學知識能掌握古代社會典章禮儀規範，繼而學習義理及詮釋。多談形而上學的先秦諸子學說，是從實學及日常倫理知識上建立批判思考，這樣在鞏固基礎知識後才學習批判，不至空疏。所以《三字經》又說：「經既明，方讀子」，明白經、子義理後，可以教導學生掌握日常社會及國家情勢中「變」的道理。若教導幼童只知「變」，而不知道德價值，這樣兒童成長後往往隨波逐流，沒有自己的價值判斷；若只教幼童知道道德價值，而不求

26 周淑惠：《幼兒教材教法——統整性課程取向》（台北：心理出版社，二〇〇三），第六十九至七十三頁。

變通，以應對變化多端的社會，這樣便會使幼童不明因時制宜的道理。故《三字經》說：「經子通，讀諸史」，因鑑過去時代社會的變遷，人事紛爭，自然知所進退。誠知，《三字經》主要從成年人的角度，把儒家思想灌輸給幼兒，[27]但也不能否定《三字經》的內容乃按兒童智力發展而循序漸進地施教。

剛談及《三字經》內有不少內容是以「兒童生活為中心」的編撰方向，書中也注意從幼兒的家庭生活擷取素材編撰教材。現代教育既強調幼兒從生活環境學習，也強調家庭教育與親師合作（Families, Professionals and Exceptionality）的重要，尤重視家庭教育培養幼兒道德價值。其中又以父母積極參與兒童教育，與學校教育相配合，成為灌輸知識及改良兒童行為的重要教學策略。[28]有不少從事幼稚園教學研究的學者指出，幼稚園是家庭教育的延伸，使幼童生活在一個互動的團體中，有機會去解決生活中遇到的問題，學習舉止得體，是故幼稚園教育配合家

27 有關中國傳統教育，多從成年人觀點形塑兒童形像，見 Andrew F. Jones, *Development Fairy Tales: Evolutionary Thinking and Modern Chinese Culture* (Cambridge, Mass.: Harvard University press, 2011),pp.23-46.

28 Ann Turnbull and Rud Turnbull（王慧婷等譯）：《**親師合作與家庭支援：——由信任與夥伴關係創造雙贏**》（台北：華騰文化股份有限公司，二〇一三），頁8.1-8.10；林正文：《**兒童行為觀察與輔導——行為治療的輔導取向**》（台北：五南圖書出版公司，一九九八），第五百二十三至五百三十六頁。

庭教育，能達到為幼童建立道德教育及知識教育並重的教學目標。[29]在《三字經》中早已說「養不教，父之過，教不嚴，師之惰。」「昔孟母，擇鄰處，子不學，斷機杼。」肯定幼兒教育應從父母開始，對父母師長提出「教」和「嚴」的要求，也強調家庭教育的重要。

父母為幼童的第一位老師，家庭教育成為兒童學習的重要起步。不少人批判《三字經》傳播儒家文化知識，甚至認為《三字經》是「落後」和「保守」的知識，其實他們不明白中國傳統教育乃啟導自家庭，強調血緣關係，強調由個人修身，與家人相處，達至齊家，繼續向外擴充，不獨成就自己，也成就他人，成就國家及天下，所謂「修身、齊家、治國、平天下」的教育觀點。[30]

另外，幼兒會以高度的興趣及熱情去接觸四周的環境事物，家庭四周的景物及經驗成為孩童的知識資源，如「自子孫，至玄曾，乃九族，人之倫。」在家庭內由父母及長輩教導人倫秩序，以及與家中各人相處的態度。若能使幼童學習孝悌知識，自能孝順父母，友愛兄弟，以謙和態度待人，和睦宗族；由親族向外交往，自可與他人相敬、相助、相愛，又可以互相謙讓；

29 周淑惠：《幼兒教材教法——統整性課程取向》（台北：心理出版社，二〇〇三），第三十三至四十頁。

30 有關中國傳統教育重視由個人修身，向外延伸至齊家、治國、平天下的特色，見唐君毅：〈第九章 中國人間世界——日常生活社會政治與教育及講學之精神〉，載《唐君毅全集》（台北：學生書局，一九九一），第四卷本，第二百五十五至二百九十四頁。

朋友之間，各人以德待人，便可以使社會安穩，長幼有序，實踐了國家及社會和諧，故又有「父子恩，夫婦從，兄則友，弟則恭。長幼序，友與朋，君則敬，臣則忠，此十義，人所同。」由在家庭對父母及長輩示孝敬，在家中個人修德開始，由個人修身達至齊家，擴至治國及平天下，成己也成物。[31]

有些學者認為「父子恩，夫婦從，兄則友，弟則恭。長幼序，友與朋，君則敬，臣則忠」是要求幼兒及臣子對父母、長輩及君主的盲目依從。而實際上，「父子恩，夫婦從」乃是強調父與子的恩德，夫與婦的相敬。父施愛予兒子，兒子也向父親示孝；夫以愛敬待妻子，妻子才順從。父子及夫婦之間，有心存愛敬的關係。加之，《三字經》在此章之前已說：「曰仁義，禮智信，此五常，不容紊。」也就是已受學的父親，當然具有「仁義禮智信」的善行，自然以禮相待妻兒，故家中各成員的相處，也是互相禮敬；由家庭擴至國家而言，「君則敬，臣則忠」也是強調君主先以禮敬臣子，臣子才示以「忠」，君臣之間也以禮相待，故不可說《三字經》教導一種盲目依從君父的教育觀點。

除了重視家庭教育外，《三字經》既以幼兒身邊接觸的物件為教材，也注意取人們的感情及

31 呂妙芬：**《孝治天下：《孝經》與近世中國的政治與文化》**（台北：中央研究院．聯經出版事業股份有限公司，二〇一一），第二十至三十四頁。

感覺為教材，希望塾師多注意幼童的感情世界，教導學生善用五官感受生活。[32]待兒童的道德及價值判斷漸漸建立後，進而教導四書及經史知識。其實，《三字經》強調兒童從四周環境學習的方法，乃相通於今天的兒童教育，強調以「情感」教學，及用手接觸，用耳聽到，用鼻聞到，用眼看到的「感觀」教學法，因為幼兒心智發展，對四周景物有好奇心，自然會將對四周觀察及接觸物作為學習知識的資源。《三字經》早已注意這種教學方法了。

其三，不能否定《三字經》表述的主要內容乃是以儒家教育思想為中心，注意個人道德修養的培育。[33]近現代從事教育研究的學者，雖然對於「人性本善」及「人性本惡」的觀點，尚未有一致的看法，但多認為無論是要維持「性善」，或要透過教導知識改「性惡」為「性善」，均是強調兒童教育及基礎教學的重要。[34]也有不少研究指出兒童階段須接受道德教育及學習禮教後，乃至青年時期，父母及長輩也加強這兩方面的教導，使兒童自幼至青年時期，均薰陶在道德教育之下。《三字經》首先肯定人性是「善」，就是文中所言「人之初，性本善」，其為

32 鄭依霖：《**從感覺學作文**》（台北：螢火蟲出版社，二〇一〇），第一至七頁。

33 陳來：〈**蒙學與世俗儒家倫理**〉，載袁行霈主編：《**國學：多學科的視角**》（北京：北京大學出版社，二〇〇七），第九十四至一百二十九頁。

34 Thomas Lickona & Matthew Davidson［劉慈惠等譯］：《**品學兼優標桿學校**》（台北：心理出版社，二〇一三），第九至十五頁。

「惡」，主要是「性相近，習相遠」。即各人在孩童時均為「性善」，只是因為沒有接受教育，及後天學習不同，或受環境的薰陶，故「性乃遷」。《三字經》中最後一章寫到：「幼而學，壯而行，上致君，下澤民。揚名聲，顯父母，光於前，裕於後。」人們在孩童階段學習知識，更在成長路途上不斷實行，引證所學，這樣便可以光宗耀祖。在此不難看出編者仍以成人觀點形塑學童求學的目的是「上致君，下澤民。揚名聲，顯父母，光於前，裕於後。」但也可見編者強調幼兒教育為人們一生成長打下基礎的重要性。

其四，《三字經》談及的很多幼兒教學方法均對當代幼兒教育甚有啟發。

（1）《三字經》首章已說幼兒求學專注的重要：「教之道，貴以專」。不少研究成果也指出，雖然替學童定立「我的志願」，其長大後未必可以達成幼年所立的志願，但因為每人均有自我期許的心理，這有助堅定求學者的心志，[35]故「貴以專」一方面可以提醒學生定立心志及專心實踐，一方面既教導學生自幼培養專心致志，建立一生求學的態度，又可以使其藉求學培養良

35 James Reed Campbell（吳道愉譯）：《教出資優孩子的秘訣》（台北：心理出版社，二〇〇〇），第六十六至九十九頁。

好的習慣，建立人生終身學習的目標，此又相通於今天教學上多強調「終身學習」的觀點。[36]

（2）幼童從經典中求學，並待鞏固基礎知識後進而博學。因為有基礎知識及從經典作品中吸收知識，幼童便能自我建立一套價值標準，並在這基礎知識上擴闊知識；反之，基礎知識不足，只求廣泛閱讀，終未能判別知識的真誤。被奉為經典的作品必然蘊藏着持久不變的道理，影響百代，多閱讀經典，自能培養更佳的批判思考及能辨是非的能力。[37]

（3）講故事教學法。今天從事研究兒童文學及兒童說故事與教育關係的人士，均指出講故事（storytelling）有助培養家庭親子關係，擴闊幼童思維空間及記憶能力，又可培養幼兒的聆聽及學習字詞的能力。若由專業說故事教研人員（storyteller）引導下，幼童可以進行角色扮演（role play），由幼童演說故事，這樣可以培養演說能力、語言表達能力及加強記憶能力。[38]《三

---

36 有關「終身學習」的觀點，見林麗惠：〈**先進國家推展終身學習實踐學習社會的經驗與策略**〉，中華民國成人及終身教育學會主編：《**終身學習與學習社會**》（台北：師大書苑有限公司，二〇一〇），第一百四十一至一百五十六頁。

37 有關閱讀經典對幼兒心志發展的重要，見廖卓成：《**兒童文學——批評導論**》（台北：五南圖書出版股份有限公司，二〇一一），第六十六至九十九頁。

38 汪培珽：《**餵故事書長大的孩子**》（台北：時報出版社，二〇一三），第二十五至五十二頁；參Renni Browne & Dave King（尹萍譯）：《**故事造型師**》（台北：雲夢千里文化創意事業有限公司，二〇一四），第二百五十一至二百七十二頁。

字經》內有很多歷史人物刻苦求學的故事，如「唐劉晏，方七歲，舉神童，作正字。彼雖幼，身已仕，爾幼學，勉而致。有為者，亦若是。」又如「蘇老泉，二十七，始發憤，讀書籍。彼既老，猶悔遲，爾小生，宜早思。」勉勵學童應珍惜年青時光，發奮努力，立志求學。

（4）幼兒教育不獨是要求學童空談立志，也強調實踐志向的重要。[39]《三字經》早已說明「人不學，不知義」，「為人子，方少時，親師友，習禮儀。香九齡，能溫席，孝於親，所當執。」強調幼兒既要學習孝悌仁義的道理，也要如前人般能實踐孝道。

另一方面，《三字經》的教學內容與今天幼兒教育的觀點比較，也有需要優化的地方。《三字經》言「勤有功，戲無益」，但今天不少學者已指出幼童遊戲與學習知識有互動關係，戲劇表演遊戲（dramatic play）與社會劇式遊戲（sociodramatic play）有助學習，[40]可以藉遊戲進行教育。《三字經》談及「經子通，讀諸史」的學習方法，教師向幼兒教導「四書五經」的內容，是否只是要求學生先背誦，待成長後才理解文義，這些經典文化怎樣配合今天的電子科技繪圖及視像進行教化？「教不嚴，師之惰」之句只是強調嚴教兒童，是否已足夠？怎樣有效執行「嚴」

39 Edgar Klugman, Sara Smilansky〔桂冠前瞻教育叢書編譯組譯〕：《兒童遊戲與學習》（台北：桂冠圖書股份有限公司，一九九九），第六十三至八十四頁。

40 James Reed Campbell〔吳道愉譯〕：《教出資優孩子的秘訣》（台北：心理出版社，二〇〇〇），第二十九至三十一頁。

教呢？以上的問題，均有助進一步思考《三字經》在今天教育上的意義。

（二）《三字經》的體裁對後世的影響

《三字經》的書寫體裁影響着現代的兒童教育。在漢字文化圈下，東亞各國一方面既運用《三字經》為童蒙讀物，一方面也按《三字經》書寫體裁撰寫教材。日本江戶時代的儒者大橋養彥曾編撰《本朝三字經》，此書約於嘉永五年（一八五二）出版，其內容為：

> 我日本，一稱和。地膏腴，生嘉禾。人勇敢，長干戈。衣食足，貨財多。……慎厥終，無不康。勝衰理，人事彰。讀之者，冀勿忘。[41]

中國自三字經書寫體裁出現，後世相沿不絕，至明代有吹萬老人原著《釋教三字經》，其內容為：

> 無始終，無內外，強立名，為法界。法界性，即法身，因不覺，號無明。空色觀，情

41 大橋養彥：《本朝三字經》（原刊一八五二年，原文為中文），轉載譚建川：《日本文化傳承的歷史透視——明治前啟蒙教材研究》，第三百一十九至三百三十一頁。

> 器分，……隨分說，如風過，萬籟歇，非有言，非無言，會此意，是真詮。[42]

太平天國政權管治江南時期，也編《三字經》，其內容為：

> 皇上帝，造天地，造山海，萬物備。六日間，盡造成，人宰物，得光榮。七日拜，報天恩，普天下，把心虔。……皇上帝，眼恢恢，欲享福，煉正來。[43]

一八八二年又有署名馬典娘娘編撰《訓女三字經》，其內容為：

> 凡小女，入學堂，每日讀，就有用。女不學，非所宜，幼不學，老何為。……我勸爾，懇求神，今後世，福無盡。[44]

另一本清中葉刊行的《新增三字經》，其內容為：

> 化天地，造萬有，及造人，真神主。無不在，無不知，無不能，無不理。……有恆

---

42 參考吹萬老人原著（敏修長老初註，印光大師增訂，梯仁山編述）：《釋教三字經》（台北：世樺印刷企業有限公司，一九九〇）一書。

43 〔缺作者〕：《三字經》，第一百三十六至一百三十八頁。

44 參考馬典娘娘：《訓女三字經》（缺出版地點：缺出版社，光緒八年（一八八二））一書。

心，常畏神，至於死，福無量。[45]

一八八五年還有西蜀余海亭釋譯的《天方三字經》，其內容為：

天地初，萬物始，有至尊，曰真主。統乾元，運理氣，令陽陰，化天地。奠山川，茁草木，定災祥，章日月。騰鳥嚴，躍魚鱗，萬類備，乃送人。皋以智，賦以靈，故人為，萬物精。[46]

一九〇〇年張宜明纂輯《三字鑑解註》，其內容有：

混沌開，乾坤奠。日月明，江山辨。五行生，萬物變。盤古氏，出為君。……[47]

一九〇〇年有趙保靜輯《增訂蒙學三字經》，其內容為：

人之初，性相近，習相遠，可為善。苟不教，性牿亡，……荷蘭國，呼紅毛，始行

45 參考《新增三字經》（缺出版地點：缺出版社，缺出版年份）一書。

46 參考西蜀余海亭釋譯：《天方三字經》（缺出版地點：缺出版社，光緒十一年〔一八八五〕）一書。

47 參考張宜明纂輯：《三字鑑解註》（缺出版地點：缺出版社，光緒二十六年〔一九〇〇〕）一書。

舟，萬里遙。埠頭廣，掉尾難，德陰謀，利權貪。[48]

同年，王石鵬（一八七七——一九四二）也編著《台灣三字經》，其內容為：

北緯線，及東經，詳位置，知其形。南北長，東西狹，……此全島，敘分明。作地理，三字經，能孰讀，非無益。智識開，宜遊開，宜遊歷。[49]

清末民初，康有為（一八五八——一九二七）的弟子盧湘父也編有《童蒙三字經》，其內容為：

萬物中，人最靈，學而知，教乃成。終乎聖，始乎士，聖者誰，曰孔子。孔夫子，大聖人，創儒教，教萬民。居魯國，今曲阜，彼達人，明德後。[50]

一九〇〇年，陳子褒編撰《愛國三字書》，其內容為：

我所住，係中國，地方闊，人又多。計人數，四萬萬，計地里，四千萬。在古時，稱

48 參考趙保靜輯：《增訂蒙學三字經》（缺出版地點：缺出版社，光緒二十六年〔一九〇〇〕）一書。

49 參考王石鵬（劉芳薇校釋）：《台灣三字經》（台灣：台灣古籍出版有限公司，二〇〇二）一書。

50 參考盧湘父：《童蒙三字書》，載《蘆鞭盧氏族譜》，二十五卷。

天國，到而今，弱到極。……欲保國，欲保民，非我皇，總不可。[51]

一九一二年，陳子褒再編《共和適用婦孺三四五字書》，其中以三字書寫的內容為：

早起身，下牀去，先洒水，後掃地。開窗門，抹枱椅，洗完面，入學堂。見先生，要叫聲，坐書位，即讀書。讀熟書，又寫字，……

葡萄牙，取澳門，英吉利，開香港。法國佔，廣州灣，……我國民，要相親，我親你，你親我。無論男，無論女，無論老，無論幼，要同心，要合力，一國人。[52]

清末知識分子齊會辰也編有《歷史三字經》，其內容為：

凡訓蒙，先說史，記年代，有條理。自羲農，至黃帝，號三皇，年不紀。唐有虞，號二帝，相揖讓，真盛世。一零二，堯祚長，五十載，舜巡方。夏后禹，商成湯，……既知古，又知今，腦智開，黃種存。[53]

---

51 參考陳子褒編撰：《愛國三字書》（廣州：缺出版社，光緒二十六年〔一九〇〇〕）一書。

52 參考陳子褒編撰：《共和適用婦孺三四五字書》（廣州：缺出版社，一九一二）一書。

53 齊會辰：《歷史三字經》，收入黎文卓：《新版・香港三字經》（香港：次文化有限公司，一九九七），第一百一十一至一百一十四頁。

至一九三七年抗日戰爭時，乃有王向宸編《抗日三字經》刊行，其內容為：

人之初，性忠堅，愛國家，出自然。國不保，家不安，衛祖國，務當先。……我軍民，須自勵，前者仆，後者繼，抗到底，必勝利。[54]

當代的香港也有黎文卓編著《香港三字經精解》，其內容為：

口旱旱，食咳糖；有早知，冇乞兒；……淡淡定，有錢剩；聲大大，冇貨賣；唔想衰，埋大堆；失失慌，害街坊。[55]

可見，《三字經》創立的「三字」體裁，不獨影響自古至今的中國，也影響至東亞漢字文化圈，甚至整個華文教育界。

四、《百家姓》

54 王向宸：《抗日三字經》，未見原文，轉引自章紹嗣：〈一部軍民爭相傳頌的抗戰教材——老向《抗日三字經》與武漢瑣談〉，《抗戰文化研究》，第三輯（二〇一〇），第一百四十九至一百五十九頁。

55 黎文卓：《香港三字經精解》，載於黎文卓：《新版．香港三字經》（香港：次文化有限公司，一九九七），第九至七十六頁。

姓名為民族文化組成的重要部分，也是一個文化系統，研究姓名也能見中華民族血緣及地緣互動關係，以及中華民族在海內外流佈的情況。自古至今，研究中國姓氏由來及發展，多以《百家姓》一書為基本材料，塾師也以此書為學童的基本教材，並在此書基礎上繼續延伸。《百家姓》全書以姓氏寫成韻文，是方便幼童認識在中國境內各族群的讀本。不少學者指出《百家姓》為宋朝兩浙的一個知識分子編寫，但沒有詳細姓名。為什麼認為《百家姓》是創作於宋代？因為書中第一句是「趙錢孫李」，第一個向讀者表述的姓氏為「趙」姓，宋立國君主為趙姓的，趙氏為國姓，故不少學者認為作者尊國姓，奉趙姓為書中的第一姓氏，故多認為《百家姓》是創作及出版於宋代。[56]其後明代也有《皇明百家姓》、《百家姓新箋》，清初又有《御制百家姓》，而筆者也購有一本江蘇鳳凰少年兒童出版社於二〇一五年出版，列入國學經典教育讀本系列的《百家姓》，並依宋代的《百家姓》為注音及析義，可見宋代出版的《百家姓》影響至今。

《百家姓》全書共五百六十八字，包含單姓四百四十四個，複姓六十個，而最後一句為「百家姓終」四字，故有五百零四個姓氏，非只是一百個姓氏。姓氏不只是古今社會人與人之間的稱呼，也代表了個人身份認同，家族身份認同，也是家族的血緣關係。今天中國人及海外華僑

56 甚多學者研究《百家姓》的編著者，本文主要參來新夏：《書文化九講》（太原：山西出版傳媒集團，二〇一二），第九十七至九十九頁；張志公：《傳統語文教學初探：附蒙學書目稿》（上海：上海教育出版社，一九六二），第二十二至二十五頁。

多跟隨父親的姓氏（現時也有些家庭以母姓為子女的姓氏），顯示父親家族血緣的承傳關係，故姓氏研究也具有遺傳學的知識；甚至，有些地域以父系血緣為宗族或家族產業繼承權的先決條件，姓名成為家族財產分配的重要考慮因素；很多地方的族譜，也是以父系姓氏來書寫各宗族及家族成員，血緣與地緣因素結合，可見研究姓氏的發展，對了解地方宗族事務發展甚為重要。同時，若只以《百家姓》一書為教材，說明尚未能夠善用此書，建議教師運用此書時，結合其他材料一起運用，如運用有關姓名學、移民歷史、宗族文化史、倫理學、血緣學、譜牒學、人口學及社會學等各方面知識。闡述《百家姓》的要義，可以見到《百家姓》一書的重要。以下略述其特色。[57]

（一）姓氏的由來

人類發展之初，沒有姓氏，隨着人類的進化，生產及生活空間的發展，原始人族群內外交往的需要，族群一起運用的符號便出現，這就是「姓」，而個體稱號符號，便是日後所說的「名」、「字」、「號」。

57 本部分運用有關姓名學、移民歷史、宗族文化史、倫理學、血緣學及社會學等各方面知識的研究，主要參潘光旦、羅香林、費孝通等學者的成果；尤多參陳意濃：《中國人姓氏淵源分析和歸類》（上海：上海三聯書店，二〇一四）以及何曉明：《中國姓名史》（武漢：武漢大學出版社，二〇一二）二書。

姓氏發展主要是因應人們區分不同族群而產生，在部落中有不同部族，不同部族成員具有不同姓氏。[58] 部族成員具血緣及姻親關係，再者，部族內的成員多生長在同一地域，由是形成一種獨特的社會環境，也構成一個特殊的社會血緣關係。為了區分不同部族中不同的成員，由是不同符號便出現了，以及出現了姓氏與名字。

另一方面，因為生活環境及文化改變，同一姓氏屬下的族群也會流佈其他地方，這樣促成同一宗族，同一血緣，不同支派。華夏民族或本源自黃河一帶，在上古原始人時代，多聚居在中國境內不同地域，就是今天考古學上所說中國境內多元文化源頭的觀點。各族群日後多往其他地方流遷，更有不少移居東南亞，而他們多奉同一姓氏為海內外同一宗族不同支派的共同祖先。舉例而言，今天海內外甚多以李為姓氏的人物及宗族，如香港有香港李氏宗親會，也有台灣李氏宗親會、馬來西亞李氏宗親會。各國家及地域的李氏宗親會，多奉道教始祖老子，即「李耳」為祖宗，此為同一姓氏不同支派，不同流裔成員，供奉同一宗族的神靈，並奉老子「李耳」為各國家及地域李氏宗族社團的開宗立族始祖。由此可見，同一姓氏可成為團結各宗族支裔及支派的力量。

今天常說「姓氏」，「姓」已見上述，那麼「氏」又是怎樣發展出來的？「氏」與子女一出

---

58 見陳意濃：《中國人姓氏淵源分析和歸類》，第六至八頁。

生就有「姓」的情況不同。人類發展之初，出現一些為人熟知的族群，後來因應其特性而產生了稱號，如「炎帝」稱為神農氏，可能因為「炎帝」此人長於農業而得名，後人以「神農氏」指稱所屬的家族和部族。如堯帝生於「陶」的地方，其後封於「唐」，故稱為「陶唐氏」。

人類社會中，「姓」應是人在出生時已有的，「氏」則為人在社會上成名後才具有的，故「氏」是此人對社會、族群的貢獻及與地位有關的象徵符號。日後，因氏的社會意義漸漸大過姓，而且，社會人口不斷增加，以社會名聲及社會地位為氏的家族日漸普及，故出現了家族的後代以氏為姓的現象。由是出現了氏族社會，同時也出現了姓、氏並存，姓、氏混用，再發展至姓、氏合二為一。今天多合稱「姓氏」的現況，也就是姓即氏、氏即姓的現象。

此外，遠古的社會，首先出現的是母系社會，婚姻情況為對偶形態，也就是一位女子和一個男子在一定時期內，各自從一群男子或一群女子中選擇一位主夫或主妻，也有除了主夫或主妻以外的其他性關係，此時也是「姓」產生的時代。母系社會的姓，從母不從父，血統以母系為依歸，也出現了民知其母、不知其父的現象，故華夏民族中的姓，多從「女」偏旁的，如姒、姬、姜等。後來，由於男性取代女性的社會地位，故氏族部落進入父系社會，姓氏制度也由從母不從父，漸漸成為從父不從母，更帶出了父系中的輩分排列問題、親屬姓名避諱課題，及已婚女子的姓氏問題。

（二）如何有效運用《百家姓》

了解姓氏的由來，不獨是文字學的課題，也涉及社會、歷史文化及倫理等各方面的課題。《百家姓》成為一本教導幼童了解自己身份，了解先祖由來，了解家族歷史文化，擴至了解其他族群及族群本身歷史文化的重要入門書籍。以下看看怎樣更有效地運用《百家姓》一書，以教導幼兒姓氏的知識：

其一，《百家姓》內「女」偏旁的姓氏，如姒、姬、姜等，這姓氏的族群與遠古時代母系社會發展甚有關係。

其二，透過《百家姓》了解先秦時代姓氏的形式多是單名，日後多為雙名。先秦時代，華夏民族多取單名，如周公為姬旦，姜太公為呂尚。漢代之後，人口增加，單名易與他人混淆，而兩字組名更方便表述命名者的心願，故有孔安國、霍去病等姓名。

其三，運用《百家姓》表述部分家族的等級身份。上古及春秋時代，有沒有姓氏，往往是代表身份高低。古代對社會有貢獻的，往往賜姓，封侯伯，如古代姬、姜、呂等，均是賜姓，而封地往往成為姓氏的主要來源，封地包括封國、封邑等，如黃、陳、魏、韓、蔡、吳、秦等，均是來自封邑的名字。姓氏因要得天子命賜，諸侯也可以為下屬命氏，由是姓名是身份的象徵。至南北朝，門閥制度盛行，不同姓氏之間，也有不同高下身份之別。因為魏晉南北朝盛行九品中正制，選拔官員成為門閥世族的特權，民間也流行「上品無寒門，下品無世族」之風，門閥與「寒門」不通婚，不共席，由是不同姓氏之間，也有身份上高低貴賤之分，各姓分成「州姓」、「郡姓」、「縣姓」不同等級，尤以其時的王、謝、袁、蕭四姓，均為高門大族的代表姓氏。

其四，運用《百家姓》表述部分家族的地域特色。[59]有些學者指出，漢語可分為七大方言區，為北方（華北、西北、西南、江淮）、吳、贛、湘、客家、閩、粵。北方以李、王、張、劉等姓人數較多；吳方言區以王、張、陳、李的四姓人數較多；贛、湘方言區以李姓人數為主；粵、閩、客家三個方言區，以陳姓為主。至於佔第二位姓氏族群，在粵方言區為梁姓，閩方言區為林姓，客家方言區為劉姓。

其五，運用《百家姓》表述先祖取家族中有名望的名為姓氏，如舜的後人陳胡公滿的後代中，有些族群成員以陳為姓，有些以胡為姓，有些以滿為姓。

其六，運用《百家姓》表述先祖取家族的官職為姓。因為家族成員長期從事專門官職，由是後人多取此為姓，如司徒、司馬、司空等。

其七，運用《百家姓》表述不少外族加入漢族社群時，取漢姓或同音的漢譯姓，或由漢帝賜姓。如唐代，外族歸順唐朝後，多取李唐皇朝流行的李姓，又如伊斯蘭族融入漢文化，多取漢族馬姓及楊姓。

59 何曉明：《中國姓名史》（武漢：武漢大學出版社，二〇一二），第二十八至二十九頁。

其八，運用《百家姓》表述複姓宗族故事。如介紹夏侯姓氏時，可以向幼童介紹夏侯氏本為西周後裔、被封於雍丘的東樓公，戰國時傳至杞簡公後被楚國所滅，簡公的弟弟佗奔走魯國，魯公認為佗為夏禹的後人，遂稱為夏侯，佗的後人也以夏侯為姓。

其九，運用《百家姓》表述同姓宗族的名人故事，以策勵幼童。兒童喜歡聽故事，而歷史人物的成功故事，既增加兒童學習的興趣，也能使兒童向故事中成功人物學習，為兒童樹立優良的行為模範，[60]如介紹諸葛姓氏時，可以介紹諸葛亮匡扶漢室的歷史故事，介紹李姓時，可以介紹建立盛世「貞觀之治」的唐太宗李世民治理天下的故事。

五、結論

今天往往談及中國文化與二十一世紀的世界有何連繫？中國現代性怎樣面對全球化的挑戰？其實以上問題主要圍繞着一個重要課題，就是中國文化與現代化的關係。在未討論中國文

60 James Reed Campbell（吳道愉譯）：《教出資優孩子的秘訣》（台北：心理出版社，二〇〇〇），第二十九至三十一頁；參王文秀、田秀蘭、廖鳳池：《兒童輔導原理》（台北：心理出版社，一九九八），第九十五至一百一十頁。

化與現代社會的連繫問題時，先要注意中國傳統文化的特色何在，注意中華民族為一個甚注重道德教化，素以文質彬彬著稱於世。今天，處於二十一世紀的人們，仍可以閱讀先秦時代的經籍，了解先賢的哲理，此乃漢字的力量。我們在兒童時期，乃至成長期間不斷學習漢字，漢字成為我們與古人溝通的重要橋樑，而隨着中華文化向海外流播，往往形成一個連繫海內外的漢字文化圈，由是中國語文教育在二十一世紀，仍有重要影響力。按此上溯，究竟前人學習中國語文及展開文化教育用哪些教材？必然會發現古人常用的《千字文》、《三字經》及《百家姓》，此三書成為古代塾師教導幼童的重要教材，甚至可以說是幼童自出生以來首先接觸的課本。乃至今天，仍有不少漢語教學機構，在教導非華語學生（包括成年或未成年學生）時，也以此三書為教材，可見《千字文》、《三字經》及《百家姓》雖然是在古代編刊，但在二十一世紀仍有很大的貢獻及生命力。

此外，中國傳統童蒙教育，除了兒童識字教育外，更重視道德、文化及歷史基礎知識的教育。「三、百、千」三書也具有識字及道德教育並重的功能，內容強調家中的父母、長輩及塾師應以日常生活、四周自然環境，及宗族和家族的倫理關係為素材，注意教導幼童從生活中建立自信心，又強調培訓學童專心致志、堅持信念、努力求學的心志。在今天看來，「三、百、千」三書表述的教學內容，與今天教育界強調的社會教育、親子教育、家庭與學校協作教育、終身教育、說故事教學、以學生為本及以兒童接觸環境為本的教育等觀點，甚有會通的地方。

還有，讓幼童天天朗讀教材，必然可以訓練其閱讀課本及演説能力，加上聆聽師長及同學的讀音，可達到培養兒童「眼到、口到、心到」的學習能力。當然《三字經》中強調師長嚴教幼童，先背誦、後理解，又要求幼童學習四書、五經的內容，對兒童來説頗吃力，師長運用「三、百、千」為教材時，可以多按兒童不同的學習程度調節教學內容。今天我們仍見「三、百、千」的出版，可知「三、百、千」仍能切合二十一世紀國內外中文教育的要求，學童完成「三、百、千」課本後，深信可以掌握中國文字、道德及歷史文化的基礎知識。我們若想進一步了解古人知識資源及學習課本的內容，也宜先閱讀「三、百、千」。

六、編著說明

本書為《新視野中華經典文庫》所收錄的經典名著之一，合《三字經》、《百家姓》、《千字文》三書為一冊，原文、注釋及譯文均以李逸安先生譯注的《中華經典藏書：三字經·百家姓·千字文·弟子規》（北京：中華書局，二〇〇九年）為底本，而全書的導讀、賞析與點評皆為筆者重新編寫，冀能引領讀者一同發現古代童蒙教材「三、百、千」的當代意義。

三字經

三字經全文

人之初，性本善，性相近，習相遠。
苟不教，性乃遷，教之道，貴以專。
昔孟母，擇鄰處，子不學，斷機杼。
竇燕山，有義方，教五子，名俱揚。
養不教，父之過，教不嚴，師之惰。
子不學，非所宜，幼不學，老何為？
玉不琢，不成器，人不學，不知義。
為人子，方少時，親師友，習禮儀。
香九齡，能温席，孝於親，所當執。
融四歲，能讓梨，弟於長，宜先知。
首孝弟，次見聞，知某數，識某文。
一而十，十而百，百而千，千而萬。
三才者，天地人，三光者，日月星。
三綱者：君臣義，父子親，夫婦順。
曰春夏，曰秋冬，此四時，運不窮。
曰南北，曰西東，此四方，應乎中。

曰水火，木金土，此五行，本乎數。
曰仁義，禮智信，此五常，不容紊。
稻粱菽，麥黍稷，此六穀，人所食。
馬牛羊，雞犬豕，此六畜，人所飼。
曰喜怒，曰哀懼，愛惡欲，七情具。
匏土革，木石金，絲與竹，乃八音。
高曾祖，父而身，身而子，子而孫，
自子孫，至玄曾，乃九族，人之倫。
父子恩，夫婦從，兄則友，弟則恭，
長幼序，友與朋，君則敬，臣則忠，此十義，人所同。
凡訓蒙，須講究，詳訓詁，名句讀。
為學者，必有初，小學終，至四書。
《論語》者，二十篇，群弟子，記善言。
《孟子》者，七篇止，講道德，說仁義。
作《中庸》，子思筆，中不偏，庸不易。
作《大學》，乃曾子，自修齊，至平治。

《孝經》通，四書熟，如六經，始可讀。

《詩》《書》《易》，《禮》《春秋》，號六經，當講求。

有《連山》，有《歸藏》，有《周易》，三易詳。

有典謨，有訓誥，有誓命，《書》之奧。

我周公，作《周禮》，著六官，存治體。

大小戴，注《禮記》，述聖言，禮樂備。

曰《國風》，曰《雅》《頌》，號四詩，當諷詠。

《詩》既亡，《春秋》作，寓褒貶，別善惡。

三傳者，有《公羊》，有《左氏》，有《穀梁》。

經既明，方讀子，撮其要，記其事。

五子者，有荀揚，文中子，及老莊。

經子通，讀諸史，考世系，知終始。

自羲農，至黃帝，號三皇，居上世。

唐有虞，號二帝，相揖遜，稱盛世。

夏有禹，商有湯，周文武，稱三王。

夏傳子，家天下，四百載，遷夏社。

湯伐夏，國號商，六百載，至紂亡。
周武王，始誅紂，八百載，最長久。
周轍東，王綱墜，逞干戈，尚遊說。
始春秋，終戰國，五霸強，七雄出。
嬴秦氏，始兼併，傳二世，楚漢爭。
高祖興，漢業建，至孝平，王莽篡。
光武興，為東漢，四百年，終於獻。
魏蜀吳，爭漢鼎，號三國，迄兩晉。
宋齊繼，梁陳承，為南朝，都金陵。
北元魏，分東西，宇文周，與高齊。
迨至隋，一土宇，不再傳，失統緒。
唐高祖，起義師，除隋亂，創國基。
二十傳，三百載，梁滅之，國乃改。
梁唐晉，及漢周。稱五代，皆有由。
炎宋興，受周禪。十八傳，南北混。
遼與金，帝號紛，迨滅遼，宋猶存。

至元興，金緒歇，有宋世，一同滅。
並中國，兼戎狄，九十年，國祚廢。
明太祖，久親師，傳建文，方四祀。
遷北京，永樂嗣，迨崇禎，煤山逝。
清太祖，膺景命，靖四方，克大定。
至世祖，乃大同，十二世，清祚終。
讀史者，考實錄，通古今，若親目。
口而誦，心而惟，朝於斯，夕於斯。
昔仲尼，師項槖，古聖賢，尚勤學。
趙中令，讀《魯論》，彼既仕，學且勤。
披蒲編，削竹簡，彼無書，且知勉。
頭懸樑，錐刺股，彼不教，自勤苦。
如囊螢，如映雪，家雖貧，學不輟。
如負薪，如掛角，身雖勞，猶苦卓。
蘇老泉，二十七，始發憤，讀書籍。
彼既老，猶悔遲，爾小生，宜早思。

若梁灝，八十二，對大廷，魁多士。
彼既成，眾稱異，爾小生，宜立志。
瑩八歲，能詠詩，泌七歲，能賦棋。
彼穎悟，人稱奇，爾幼學，當效之。
蔡文姬，能辨琴，謝道韞，能詠吟。
彼女子，且聰敏，爾男子，當自警。
唐劉晏，方七歲，舉神童，作正字。
彼雖幼，身已仕，爾幼學，勉而致。有為者，亦若是。
犬守夜，雞司晨，苟不學，曷為人？
蠶吐絲，蜂釀蜜，人不學，不如物。
幼而學，壯而行，上致君，下澤民。
揚名聲，顯父母，光於前，裕於後。
人遺子，金滿籯，我教子，惟一經。
勤有功，戲無益，戒之哉，宜勉力。

人之初[1]，性本善[2]，性相近，習相遠[3]。
苟不教[4]，性乃遷[5]，教之道[6]，貴以專[7]。

注釋
1 初：初始。這裏指人初生下來時。2 性：生性，天性。3 習：指人在成長過程中，因為後天的環境、教育不同，所形成的習性、習慣。4 苟（粵：久；普：gǒu）：如果。5 遷：遷移，變化。6 道：方法。7 貴：最寶貴的。這裏指重視，注重。專：專一，始終不懈。

譯文
人剛出生下來，本性都很良善，天性雖然相近，習慣相差卻遠。如果不加教誨，秉性就會改變，教育要講方法，貴在始終一貫。

賞析與點評
此章說明人類本性是善良的，本性是好的，上天給予每個人善良的性格，只因後天各人習慣不同及受到所處環境影響，改變了善良的本性。當然，我們可以進一步思考，究竟人的本性是善良的，或是為惡的，這是一個爭論不休的課題。但不能否定，後天教育對個人成長十分重要，因為兒童成長與外物接觸，形成不良的習慣，教育就是恢復已失去的善良本性。例如，「貴以專」就是要求父母要以「公平」「專一」的方法施教。父母若未能公平處罰，終會使家中父母教化未能貫切實行；也因為父母施教的方法相異，容易使子女產生錯誤的構想，以為自己偏向父母一方，就可以逃避處罰，這樣導致家中父母施教未能落實執行，而子女也無所適從。

昔孟母[1]，擇鄰處[2]，子不學，斷機杼[3]。竇燕山[4]，有義方[5]，教五子，名俱揚[6]。

注釋

1 **昔**：往昔，過去。**孟母**：孟子的母親。孟子，名軻，戰國時期著名思想家，儒家尊其為「亞聖」。2 **擇**：選擇。**處**（粵：貯；普：chǔ）：指安家居住。據說孟母為培養孟子，曾三次搬家。開始他家與屠夫為鄰，孟子便學玩殺豬的遊戲；後來的鄰居是專為人操辦喪事的吹鼓手，孟子又愛上了吹吹打打；最後孟母將家搬遷到了學堂旁，孟子才開始受到良好學習環境的薰陶影響。3 **機杼**（粵：佇；普：zhù）：織布機上穿引緯線的梭子。孟子有一次翹課回家，孟母非常生氣，於是用剪刀剪斷了織機上已經織好的布來警示教誨兒子。4 **竇燕山**：五代後周時人，名禹鈞。因家居漁陽（今北京地區），地處燕山腳下，故號燕山。5 **義方**：指良好的家教。6 **俱**：全都。竇禹鈞共育五子，因家教嚴格、教育有方，五個兒子相繼科舉登第，名揚於世。

譯文

昔日孟子母親，安家慎選鄰居，孟子翹課回家，停織剪布教育。還有竇氏燕山，家教嚴格有方，培養教育五子，個個聲名遠揚。

賞析與點評

此章以孟母三遷的故事，說明孟母為求兒子與讀書人交往，言行得以改變，便多次遷居；又藉五代竇氏一門教子弟積德行仁義，終成為揚名後世的名門家族。強調父母及師長均要重視教育，也要培養德育，這樣便可以成為子女及學生效法的榜樣。由此可見，父母及師長不只是強調言教，也要身教，身教與言教並重，才可以培育後輩擁有良好品格。

養不教，父之過[1]，教不嚴，師之惰[2]。
子不學，非所宜[3]，幼不學，老何為[4]？

注釋

1 過：過錯。2 惰：懶惰，責任心不強。3 宜：應該。4 何為：做什麼，怎麼辦。

譯文　撫養而不教育，這是父親過錯，教育而不嚴格，老師要負其責。孩子不肯學習，確實太不應該，小時如不努力，到老能幹什麼？

賞析與點評

「養不教，父之過，教不嚴，師之惰。」此句為千古傳誦的教學警句。「養不教，父之過」一句強調家庭教育的重要，依現代教育學的研究成果，已指出要使子女成才，或培養兒女有良好的品德，這不只是學校教育的工作，家庭教育也很重要。家長與子女日常生活接觸甚多，不少家長也是子女學習的模範，由是家庭教育要與學校教育相配合。

家長不獨只是供養子女，也要教育子女，這種教育不只是言教，也要身教。以現今的香港情況而言，不少家長多聘請家庭傭工，把照顧子女的工作全由家庭傭工處理，自己卻以終日工作及為口奔忙為借口，忽視了與子女相處的時間，親子相處時間日少，子女多依賴傭人，聽傭人的說話多於父母，父母未能進行身教及言教；又或一些父母認為給子女於假日和放學後安排很多課外活動，子女便可以學習多方面知識，但要知道適當的課外活動能建立子女多元性格及處世技巧，但過量則會使學生感到吃力，弄巧反拙，使學生討厭課外活動。

此章也說及嚴教的問題，今天此課題也引起不少討論，怎樣才是「嚴教」？今天父母及師長已不贊成採用體罰了，但也可以重視賞罰制度，把賞罰制度視為「嚴教」的一部分，賞罰分明以增加教學的成效。至於恩賞方面，不應只提供兒童金錢的報酬，否則只會使兒童錯誤地認為金錢可以解決任何問題。

玉不琢[1]，不成器，人不學，不知義[2]。為人子，方少時，親師友[3]，習禮儀。

注釋 1琢（粵：啄；普：zhuó）：雕琢，雕刻玉石使成器物。2義：道理，應當遵循的行為規範。3親：親近，尊敬。

譯文 玉石不加雕琢，不能成為器物，人不通過學習，不會明白事理。所以作為兒女，就要從小時候，培養尊師敬友，嚴格學習禮儀。

賞析與點評

此章說明人的一生中學習的重要，也是相通於今天教育強調的終身學習。灌輸終身學習的信息要從兒童教育做起，使兒童儘早明白學習的重要。他們長大後，自然會自動自覺學習。另外，年長後，學習能力及記憶能力也較兒童及青年緩慢，因此兒時學習顯得尤為重要。

「玉不琢，不成器」一句，強調了兒童教育對整個人生學習歷程的重要，但不可以強迫學習。父母為子女安排課外活動時，需要定期檢討子女求學的心理及進度，看看這些課外活動是否太多，否則子女會討厭學習某一類知識。

此章也強調學習一套正確的道德判斷價值和倫理思想的重要。今天教育心理學家已多談及兒童教育與日後成長、性格培養甚有關係，兒時習慣影響着人們的終身發展，故父母應讓兒童親近有良好品德的朋友，以及學習禮儀。兒童對社會發生的事情及人事複雜尚未了解，加上兒時的性格也容易受朋輩影響，故由父母給予擇友的意見是很重要的。但要注意兒童性格上較為反叛，父母先是從旁觀察，並給予意見，不令兒童反感，否則只會導致親子關係不好，兒童更不會向父母談及他們所交的朋友。

至於禮儀知識，家長教導時要因時制宜。禮儀就是代表一種紀律，兒童學習紀律時，要學習紀律的原意。

香九齡[1]，能溫席[2]，孝於親，所當執[3]。
融四歲[4]，能讓梨[5]，弟於長[6]，宜先知[7]。

注釋

1香：黃香，東漢時人，博通經典，官至尚書令。**九齡**：九歲。2**席**：炕席，臥具。黃香九歲時就知孝順父母。夏季炎熱，他先用扇子把父母的枕席扇涼；冬日寒冷，他就用身體暖熱父母的臥具被褥。3**執**：做到。4**融**：孔融，東漢末魯（今山東曲阜）人。著名文學家，「建安七子」之一。5**讓**：謙讓。孔融年僅四歲，就懂得把大梨讓給哥哥們，自己則挑最小的吃。6**弟**（粵：娣；普：tì）：同「悌」，指弟弟敬愛哥哥。**長**（粵：掌；普：zhǎng）：兄長。7**知**：明白。這句是說從小就應該明白尊敬兄長、友愛兄弟的道理。

譯文

黃香不過九歲，能替爹媽暖被，孝順生身父母，子女理當如此。
孔融年僅四歲，就懂讓梨兄輩，弟弟敬愛兄長，從小就要明白。

賞析與點評

此章說明教以孝悌、教導長幼有序的倫理秩序的重要。
家長應教導兒童學會尊重他人，尊重長幼秩序，以禮讓為先。家庭乃社會的縮影，待兒童成長後，他們自然懂得尊重他人及社會秩序。當然，首要的條件就是為父母的，為兄及姊的，也要尊重子女及弟妹的意見、行為及喜好，這樣可讓家庭生活更融洽，摩擦減少了，家庭紛爭日少，推而廣之，待孩子成長處世，自然以謙遜待人，更容易與他人交往。

首孝弟[1]，次見聞，知某數[2]，識某文[3]。
一而十，十而百，百而千，千而萬[4]。

注釋

1 首：首要。弟：同「悌」。2 數：數目，算術。3 文：文字，文章，文理。4 千而萬：一到十是基本數位，按照十進制算術方法，十個十是一百，十個一百是一千，十個一千是一萬，累計下去可以無窮無盡。這裏是說做人做事的道理也如此，基礎非常重要，從少到多逐漸積累，就能最終成功。

譯文

做人首講孝悌，其次增廣見聞，學會數目加減，認讀文字文章。

這樣從一到十，十十相加成百，十百變為一千，十千能成一萬。

賞析與點評

此章進一步補充說明為學以品德修養為本，再教導專業知識，這也是為學的次序。待兒童品德建立後，便教導基礎及專業知識，可以先教導學生語文、數學及歷史文化知識；教導兒童認識一至十的數字，乃至個位、十位、百位、千位及萬位等概念；也教導兒童自然環境的知識，如日月星晨。兒童教育由家庭開始，由此向外擴展，進一步待兒童日漸成長，也有了向四周學習的習慣。

三才者[1]，天地人，三光者，日月星。
三綱者[2]：君臣義[3]，父子親，夫婦順[4]。

注釋

1三才：指天、地、人。2綱：綱領，法則。「三綱」是漢儒董仲舒最早提出的封建時代君臣、父子、夫妻之間應遵守的三個行為準則，即「君為臣綱，父為子綱，夫為妻綱」。3義：應當遵守的規矩法度。4順：和順，和睦。

譯文

古人所謂「三才」，是指天、地與人，古人所稱「三光」，是指日、月、星辰。古人提出「三綱」：規範君臣禮義，要求父子相親，夫妻和順不棄。

賞析與點評

此章補充説明兒童為學的次序。兒童從家庭學習開始，再推展至從四周環境學習，從日常接觸到的自然環境及景物學習，層層漸進。日月星辰均是天空的自然現象，地動山移是地上的自然現象，均為兒童能接觸到的東西；也可教導兒童不同的時節及自然現象，讓他們明白衣着禮儀，以及遇到陰晴及自然災害時要作出的應變技巧。

同時，此章甚有意思的地方，就是談及教導「三綱者：君臣義，父子親，夫婦順」。不少人以為這是盲目地要求子女、妻子及下屬，向父母、丈夫及上級服從，認為此是不合情理的。其實此句更深層的意義，不是要求盲從，而是強調彼此相處之道要有情有義。父母要愛護子女，子女才能表達孝敬；丈夫要愛護妻子和家人，妻子才能事從；上級要關愛及體諒下屬，不作無理要求，下屬才會尊敬上級。各階層的從屬，並非盲目服從，而是要求彼此抱着友愛、關懷及體諒的情義交往。

曰春夏，曰秋冬，此四時，運不窮[1]。
曰南北，曰西東，此四方，應乎中[2]。

注釋　1 運：運行。窮：窮盡，終止。2 應（粵：jing³；普：yìng）：對應。中：中央。這裏是說南、北、西、東四個方位以中央為基準互相對應。

譯文　說到春天夏天，還有秋季冬季，一年四個季節，反復迴圈不息。至於南方北方，加上西方東方，對應成為四方，基準在於中央。

賞析與點評

此章補充說明教導兒童向四周學習日常環境的知識與方位知識。父母及師長要使兒童明白四時變化不斷，進而學習了解方位知識，因為在陌生地方找到方位，才不會迷路，了解地方方位成為求生技能，也使兒童明白自己站立的地方為中央，中央地方確立，再了解環繞中央四周的方向。在現代，就是教導學生學習及運用指南針及看地圖。

曰水火，木金土，此五行[1]，本乎數[2]。

曰仁義[3]，禮智信[4]，此五常[5]，不容紊[6]。

注釋

1 五行（粵：恆；普：xíng）：我國古代思想家提出金生水、水生木、木生火、火生土、土生金的「五行相生」，和金克木、木克土、土克水、水克火、火克金的「五行相克」學說，認為金、木、水、火、土這五種常見物質，是構成宇宙萬物不可缺少的基本元素。2 本：本源，根源。數：天數，天理。3 仁：仁愛。義：應該遵守的道義。4 禮：禮儀，禮節。智：有才智，曉事理。信：誠實守信。5 五常：仁、義、禮、智、信這五種道德法則。常，常規，準則。6 紊（粵：問；普：wěn）：紊亂，改變。

譯文

日常所見水、火，加上木、金與土，五行相生相克，一切本有規則。

古人倡導仁、義，恪守禮、智、誠信，此被稱作「五常」，不容紊亂違背。

賞析與點評

此章說明教導兒童金、木、火、水、土五行知識及仁義道德知識的重要。實際上，首句不只是教導五行的內容，而是萬物的基礎知識。同時，也要教導兒童人倫道德及社會秩序知識，使其建立一套道德價值標準。仁義禮智信均是自古至今人們常守的規則及修身的依據，因為社會秩序構成也是以此五種德性為本，故五常是不容紊亂的。此外，五常的道德意義可以概括為現代的自由、善良、公平、關愛、正義及尊重他人等各方面的特質，也是組成全球倫理秩序的重要特質。人們若以仁義禮智信為律己律人的修善德行，這樣便可以促成個人與群體和睦相處，而我們由成就個人的德行向外推展，自能成就社會德行，達到推己及人的應世態度。

稻粱菽[1]，麥黍稷[2]，此六穀，人所食。
馬牛羊，雞犬豕[3]，此六畜，人所飼。

注釋

[1]粱：古人也稱粟（粵：肅；普：sù），即穀子，去殼後叫做小米。菽（粵：蜀；普：shū）：大豆，也泛指豆類。[2]黍（粵：鼠；普：shǔ）：粘穀子，去皮後北方稱做黃米子。稷（粵：即；普：jì）：一種穀物，古代對其形態記載解釋不同，可泛指糧食作物。[3]豕（粵：始；普：shǐ）：豬。

譯文

水稻、小米、大豆，小麥、粘穀、高粱，以上合稱六穀，是人生存食糧。
有馬有牛有羊，有雞有狗有豬，上面六種牲畜，人們家家飼養。

賞析與點評

此章談及教導兒童日常食物及家畜的知識，因為兒童了解這些生活必需品的知識，有助其應付日常生活。今天很多父母只生育一個孩子，疼愛家中獨生子女，又聘請傭工照顧子女的日常起居飲食。甚至有報導指出，有些父母於子女十歲時，仍命傭工每天午飯及晚飯，把食物餵給兒童，不讓兒童學習自理。待子女成長後，父母或出外工作，未能相伴，獨生子女既不懂得照顧自己，面對困難也不懂自己解決。

曰喜怒，曰哀懼，愛惡欲[1]，七情具[2]。

匏土革[3]，木石金[4]，絲與竹[5]，乃八音[6]。

注釋

1 惡（粵：wu3；普：wù）：厭惡，憎恨。欲：慾望，貪念。2 七情：喜、怒、哀、懼、愛、惡、慾合稱七情。具：具備。古人認為七情六慾是與生俱來人人具有的感情。3 匏（粵：刨；普：páo）：匏瓠（粵：戶；普：hù），屬葫蘆類，古人用來製作匏笙、匏琴等樂器。土：粘土，這裏指陶制吹奏樂器塤（粵：圈；普：xūn），上有一到

三、五個不等的音孔。革：皮革，這裏指鼓一類的革製樂器。4 木：指柷（粵：祝；普：zhù）一類的木製打擊樂器。柷，形狀如方形漆桶，古代雅樂開始時擊之。石：指磬（粵：慶；普：qìng）一類玉石製作的敲擊樂器。金：指鑼、鍾、鉦（粵：征；普：zhēng）、鈸（粵：脖；普：bó）等金屬製作的樂器。5 絲：指琴、瑟（粵：失；普：sè）、琵琶等絲弦類樂器。竹：指笛子、排簫一類吹管樂器。6 八音：匏、土、革、木、石、金、絲、竹合稱「八音」，是中國古代樂器的統稱。

譯文

高興叫做喜悅，生氣叫做憤怒，悲痛叫做哀傷，害怕叫做恐懼，傾慕叫做心愛，討厭叫做憎惡，貪念叫做私欲，七情人人具備。

匏笙、陶塤、皮鼓、木柷、石磬、金鐘、琴瑟、笛簫樂器，八類統稱八音。

賞析與點評

此章除了談及教導兒童學習日常生活用品及音樂知識外，也要求父母及師長了解學童的心智及情感發展，讓兒童知道個人情感的特點。今天很多心理教育學的研究成果已指出，培育兒童學習時要注意兒童的情緒發展，多注意兒童喜惡，當然不一定是要全依兒童的喜惡而放棄嚴教，但在施教前若能多考慮兒童心理及學習情緒，必然使教學上取得美好的成果。

高曾祖[1]，父而身[2]，身而子，子而孫，自子孫，至玄曾[3]，乃九族[4]，人之倫[5]。

注釋

1高：高祖，曾祖父的父親。曾：曾祖，祖父的父親。祖：祖父。2父而身：從父親到自身。3玄：玄孫，自身以下第五代。曾：指曾孫，孫輩的孩子，自身以下第四代。4九族：九代，即高祖、曾祖、祖父、父、自身、子、孫、曾孫、玄孫共九世。5倫：輩分，排列次序。古人特別看重家族延續、血緣血統關係。

譯文

高祖、曾祖、祖父，父親生下我身，我再生我兒子，兒子又生我孫，由自己的子孫，再生曾孫、玄孫，傳宗接代九輩，延續繁衍不停。

賞析與點評

此章談及教導兒童人倫秩序的重要，因為依儒家思想，強調由個人及家庭進行教導，待個人修善行，自可以成就社會秩序，就是「修身、齊家、治國、平天下」的道理。依今天教育學而言，此言也是對的。因為兒童在家中尊重長輩，就是禮貌，此也是遵守家中的人倫秩序，一家的人倫秩序確立後，每當出外應世時，便能尊重社會上各人的輩份、地位及喜好。

父子恩[1]，夫婦從[2]，兄則友[3]，弟則恭[4]，長幼序[5]，友與朋[6]，君則敬[7]，臣則忠，此十義[8]，人所同。

注釋

1恩：恩情，有情義。2從：順從，和順。封建倫理關係中注重夫權，認為妻子順從丈夫，家庭就能和順。新式家庭則強調男女平等。3友：友愛。4恭：恭敬。5長幼序：指年長與年幼之間要有尊卑次序。6友與朋：古人將有共同志向者稱作「友」，有同樣德行者稱作「朋」，後來則總稱作朋友。7敬：敬重，尊重。8義：指應當遵守的道德倫理關係和行為準則。

譯文

父子間重恩情，夫婦間應和順，兄對弟要友愛，弟對兄要謙恭，長與幼講尊卑，朋與友守信用，君對臣應尊重，臣對君須忠誠，上十義是準則，人與人同遵循。

賞析與點評

此章可以補充前文所言，說明父母子女的相處是有條件的，當然此條件不是利益關係，而是互相尊重。若父母終日指罵子女，卻不是合理及合法的，子女也應反對這些父母的教導。文中強調父對子表示愛意及關懷，盡父親的責任，子對父便示孝；若丈夫能照顧及多關懷妻子，妻子便依從丈夫；兄長關懷弟弟，弟便友愛及恭敬兄長；君主禮敬臣子，臣子便效忠君主；上級重視下級的需要，下級便尊敬上級；朋友也要互相關懷，自然可以互相友愛及支持。以上關係全是建基在互相關愛及互相尊重的基礎上，故不是一種盲目及不合理的服從關係。

凡訓蒙[1]，須講究[2]，詳訓詁[3]，名句讀[4]。為學者[5]，必有初[6]，小學終[7]，至四書[8]。

注釋

1 訓蒙：指對幼童的啟蒙教育。訓，訓誡，教導。蒙，蒙昧無知。2 講：講解。究：追根究底，徹底弄清楚。3 詳：細説，使完全明白。訓詁（粵：古；普：gǔ）：解釋古書中詞句的意義，也叫「訓故」、「故訓」。4 句讀（粵：豆；普：dòu）：文章中應當停頓的地方，完整的句子為「句」，句子中較短的停頓為「讀」，後代稱作標點。5 為（粵：圍；普：wéi）學：進行學習，做學問。6 初：指剛開始學習。7 小學：古代八歲入小學，學習灑掃應對進退，禮樂射御書數等文化基礎知識和禮節。南宋著名教育家、思想家朱熹編有以此為內容的童蒙讀本《小學》一書，影響較大。8 四書：朱熹把《論語》、《孟子》、《大學》、《中庸》四本書合在一起，稱為「四書」，並為之作章句集注。從元代開始，《四書章句集注》成為各級學校必讀書，也是士子參加科舉求取功名的必讀之書。

譯文 幼童啟蒙教育，必須講析清楚，細說字源詞義，讓其明白句讀。人們讀書求學，夯實最初基礎，小學內容學好，才能研讀四書。

賞析與點評

此章從個人修身及品德教育，引向教導兒童基礎及專業知識。中國傳統素重視經學知識的培訓，經學知識為修身及維繫社會秩序的重要依據，所以作者強調了教導學童認識中國文字結構的重要。從學習文字結構到了解句子的意義，可先教導兒童學習句讀，而古代經籍沒有標點符號，故兒童成功斷句，便可知他們對句義的了解程度。

《論語》者[1]，二十篇，群弟子，記善言[2]。
《孟子》者[3]，七篇止，講道德，說仁義。

注釋

1 論語：孔子學生輯錄孔子及其一些弟子言行、思想的一本書，共有二十篇。孔子是我國古代偉大的思想家和教育家，儒家思想的代表人物。2 善言：有啟迪、教益的言論。3 孟子：書名，記錄孟子及其弟子言論行為，講述道德仁義等儒家思想。總共七篇，一般認為是孟子及其弟子萬章等著，一說是其弟子、再傳弟子輯錄。

譯文

儒家經典《論語》，全書二十篇目，都是孔門弟子，師生哲言輯錄。孟子著書《孟子》，全書總共七篇，宣講道德修養，闡說仁義思想。

作《中庸》[1]，子思筆[2]，中不偏[3]，庸不易[4]。

作《大學》[5]，乃曾子[6]，自修齊[7]，至平治[8]。

注釋

1 中庸：儒家重要經典，原是《禮記》中的一篇，作者為孔子的孫子孔伋，戰國初思想家。2 子思：孔伋字子思。3 中不偏：「中」的意思是不偏不倚。4 庸：平常。易：改變。「中庸」是說個人修養要做到平和適度，力求和諧，社會也能由此安定。5 大學：原為儒家經典《禮記》中的一篇，南宋理學大家朱熹將其與《中庸》、《論語》、《孟子》一起編為《四書》。6 曾子：名參，字子輿，孔子的著名弟子，春秋時代魯國人。朱熹認為《大學》大體為曾子思想，但作者也可能是其後學寫定。7修：修身。齊：整治。8平：指平定天下。治：指治理邦國。《大學》書中強調品德修養，指出先要修養自身品性，整治管理好自己的家庭家族，才能治理好邦國，並最終做到平定天下。

譯文

四書之一《中庸》，出自子思手筆，「中」謂不偏不倚，「庸」是平和不變。四書另有《大學》，作者當是曾子，主張修身治家，方能安定天下。

賞析與點評

此章教導學童讀中國傳統經典，也就是先教導《論語》及《孟子》，再教導《中庸》及《大學》；既教導儒家經典，也強調教導學童個人修養德性的重要。

《孝經》通[1]，四書熟，如六經[2]，始可讀。

《詩》《書》《易》[3]，《禮》《春秋》[4]，號六經，當講求。

注釋

1孝經：儒家經典之一，可能是孔門後學所著，論述封建孝道、宗法思想。2六經：指儒家的六部經典《詩經》、《尚書》、《禮經》、《易經》、《春秋》、《樂經》。今《樂經》已失傳，或認為《樂》非獨自成書，而是包括在《詩》、《周禮》之中。3 詩：《詩經》，我國最早的詩歌總集，收集保存了古代詩歌三百零五首。書：《尚書》，我國最早的歷史典籍，是上古歷史文件和追述古代事蹟著作的彙編，相傳是孔子編選成書。易：《周易》，也稱《易經》，通過八卦形式，推測自然和社會的變化，相傳是周人所作。4 禮：《禮經》，指儒家經典《周禮》、《儀禮》、《禮記》，合稱「三禮」。《周禮》，亦稱《周官》，搜集周王室及戰國時代官制、社會制度並添附儒家政治理想彙編而成，據傳是周公所作，實應為戰國時代作品。《儀禮》據說是孔子採集周代留傳下來的禮而編集成書，全書十七篇，內容包括士冠、鄉飲、聘禮、喪服、祭祀等基本禮儀，是歷代制定封建禮制的重要依據。《禮記》原是解釋《儀禮》的資料彙編，內容多採自先秦舊籍，為西漢戴聖所編，世稱《小戴禮記》。另有西漢戴德輯本，稱作《大戴禮記》。後代「六經」中的「禮」，一般多指《禮記》。春秋：相傳是孔子根據魯國史籍整理刪訂而成的一部編年體史書。

譯文

《孝經》融會貫通，「四書」熟習通曉，再如典籍「六經」，開始研讀其奧。

《詩經》、《尚書》、《周易》，《禮記》再加《春秋》，號稱儒家「六經」，應當講習探求。

賞析與點評

此章是教導學童讀中國傳統經典。今天，有些學者質疑向兒童教導四書五經的知識是否太深奧，其實主要看教導知識的父母及師長是否能深入淺出地引介，並運用現代的思想來引證典籍的知識。

此外，也有不少人認為背誦是不好的，兒童只知背誦未必明其句義，這說法有一定道理，但背誦也有一定作用。兒童背書時，既有朗讀，又能心讀，更能夠學習句義，把前人言論默化心中。當然，若能先明句義，才配合背誦必然更佳。兒時學習的課文內容，能影響日後成人思維，不少成人仍記得小學及中學背誦過的課文，就是兒時學習文章時潛移默化的作用。

有《連山》[1]，有《歸藏》[2]，有《周易》，三易詳[3]。

有典謨[4]，有訓誥[5]，有誓命[6]，《書》之奧[7]。

注釋

1 連山：書名，相傳為伏羲氏所作，又稱《連山易》。2 歸藏（粵：牀；普：cáng）：書名，相傳為黃帝作，又稱《歸藏易》。3 三易：《連山易》《歸藏易》《周易》三部古代易書合稱「三易」。詳：詳盡，知詳。指掌握了「三易」也就弄懂了以「卦」的形式解釋宇宙、人事萬物迴轉變化的道理。4 典：《尚書》文體之一，主要記載典章制度。謨（粵：摹；普：mó）：《尚書》文體之一，主要記載大臣謀士為君王建言獻策的事蹟和言辭。5 訓：《尚書》文體之一，主要記載賢臣勸誡訓導君王的言辭。誥（粵：告；普：gào）：《尚書》文體之一，主要記載君王的政令通告。6 誓：《尚書》文體之一，主要記載君王出師征伐時誓師的文辭。命：《尚書》文體之一，主要記載君王對大臣的訓令。7 書：指《尚書》。奧：深奧難懂。因為《尚書》淵源久遠，語言古今迥異，所以連唐代文學大家韓愈都感歎其「詰（粵：吉；普：jí）屈聱（粵：遨；普：áo）牙」，艱澀拗口。

譯文

伏羲著有《連山》，黃帝又作《歸藏》，兩書加上《周易》，萬物變化知詳。

《書》載典章、謀略，君臣言行、政令，征伐誓言、訓令，文字深奧難懂。

賞析與點評

此章提出藉教導《周易》及《尚書》，讓兒童學習變易及典章制度的知識。要知兒童掌握了修身的道理及知識後，便能修善德善行；另一方面，現實社會多變化，故也要教導兒童適當順應時勢改變，作出更改計劃的方案，這樣才能教會兒童在掌握善德及善性的道理後，又能依不同事情及環境作出改變。還有，《尚書》內容為記載古代典章制度的政府檔案，兒童閱讀這些典章自可以了解古代禮制，也明白維持社會秩序的道理，待兒童成長後接觸社會，便可以引證所學，進一步明白制度變更與時代發展的關係。

我周公[1]，作《周禮》，著六官[2]，存治體[3]。
大小戴[4]，注《禮記》[5]，述聖言，禮樂備[6]。

注釋

1 周公：周武王的弟弟姬旦，西周初年著名政治家，曾助武王滅商。武王死後，其子成王年幼，由周公攝政輔佐成王。2 六官：《周禮》分天官冢宰、地官司徒、春官宗伯、夏官司馬、秋官司寇、冬官司空六部分，講述周代典章制度。據說為周公所著，實際上成書於戰國，故其中也含有戰國的相關內容。3 存：保存並使後人知曉。治體：國家政治體制。4 大小戴：指西漢儒家學者戴德、戴聖叔侄。5 注禮記：《禮記》是戰國秦漢間儒家言論、特別是關於禮制方面的言論彙編，它有兩種輯錄本，由戴德輯錄的稱《大戴禮記》，由戴聖輯錄的稱《小戴禮記》。現在通行的本子是《小戴禮記》，東漢鄭玄為之作注，唐孔穎達為之作疏。6備：齊全，詳盡。這句意思是《禮記》為後人瞭解前代禮樂制度提供了詳備記載。

譯文

有我聖賢周公，為國制定《周禮》，分列六類官制，留存周代政體。

戴德戴聖叔侄，搜錄編輯《禮記》，敘述聖人言論，禮樂制度齊備。

賞析與點評

此章明言教導《周禮》的意義，主要希望給兒童明白古代民間禮俗的要義。今人往往批評古代禮儀繁瑣，已不合時宜。其實，此章主要指出教導兒童了解古代典章制度，使其明白典章制度變更的原因，此與時代發展甚有關係，而不是只要求兒童背誦古代典章的條文。

曰《國風》[1]，曰《雅》《頌》[2]，號四詩[3]，當諷詠[4]。

注釋

1國風：又稱「風」，包括《周南》、《召南》、《邶》、《鄘》……共十五個諸侯國與地區的一百六十首詩歌，大多為周代各地的民間歌謠，是《詩經》三百篇中最富思想意義和藝術價值的篇章。2雅：分《大雅》、《小雅》兩部分。《大雅》是諸侯朝會時的樂歌，共三十一篇；《小雅》大部分是貴族聚會宴享時的樂歌，有七十四篇。頌：朝廷、諸侯、貴族們宗廟祭祀時的樂歌，分《周頌》、《商頌》、《魯頌》三部分，共計四十篇。3四詩：指《風》、《小雅》、《大雅》、《頌》。一說是指《風》、《雅》、《頌》、《南》（《周南》和《召南》的合稱），這裏指《詩經》。4諷詠：吟誦。詠，有節奏地聲調抑揚地唱誦。

譯文

民間歌謠《國風》，朝會祭祀《雅》《頌》，《詩經》號稱「四詩」，應當擊節吟誦。

賞析與點評

此章明言學童應學習《國風》、《雅》、《頌》，其實不只是閱讀以上《詩經》體例內容，古人已指出若能廣泛閱讀《詩經》，便可以多了解魚獸的知識，也就是從以上書籍可以使兒童獲得廣博知識。

《詩》既亡，《春秋》作，寓褒貶[1]，別善惡。

三傳者[2]，有《公羊》[3]，有《左氏》[4]，有《穀梁》[5]。

注釋

1 寓：寄託，隱含。褒貶：評論好壞。以上是說隨着周朝衰落，《詩經》的微言大義也被世人遺忘冷落，於是孔子依據魯史整理修訂《春秋》。《春秋》文字簡短，據說隱含着對當時政治的褒貶和各國當政者善惡行為的分辨諷喻，後世稱之為「春秋筆法」。2 傳（粵：dzyn6；普：zhuàn）：解釋經書的文字。「三傳」是指解說注釋《春秋》的《公羊傳》《左傳》《穀梁傳》。3 公羊：《公羊傳》，也稱《春秋公羊傳》，儒家經典之一，舊題戰國時公羊高撰。4 左氏：《左傳》，也稱《左氏春秋》，儒家經典之一，舊傳春秋時左丘明撰。5 穀梁：《穀梁傳》，也稱《春秋穀梁傳》，儒家經典之一，舊題穀梁赤撰。

譯文

《詩經》大義淪喪，《春秋》繼之而作，文字寓含褒貶，目的辨別善惡。「三傳」闡釋《春秋》，一是《春秋公羊》，二是《左氏春秋》，三乃《春秋穀梁》。

賞析與點評

此章說明教導兒童明白《春秋》三傳的意義。一方面，教導兒童明白文學作品與時代發展有互動關係，由於歷史繁多，未能以簡單言語的《詩經》書寫，故以長篇文字以解說及記載歷史，由是出現《春秋》一類的文學及歷史作品；另一方面，教導學童了解《春秋》三傳的內容，既可以學習東周及春秋五霸的歷史故事，也可以使學童明白典章制度的內容和發展。

經既明[1]，方讀子[2]，撮其要[3]，記其事。
五子者，有荀揚[4]，文中子[5]，及老莊[6]。

注釋

1 經：指儒家經典。2 子：諸子百家著作。3 撮（粵：猝；普：cuō）：撮取，選擇歸納。要：要點，要旨。4 荀：荀子，名況，戰國著名思想家，著作有《荀子》。揚：揚雄，西漢著名文學家，除擅長作賦外，經學、小學造詣亦深，著有《法言》、《太玄》、《方言》等。5 文中子：隋代王通的私謚。其子福郊、福時模擬《論語》輯錄王通語錄的書稱《中說》，亦稱《文中子》。6 老：老子。老子及其著作《老子》的年代爭議較大，通行說法是老子姓李名耳，字聃（粵：眈；普：dān），春秋後期或戰國時代人。《老子》一書分道經、德經兩部分，所以又稱《道德經》。莊：莊子。戰國時代人，與老子同為道家學派的代表人物，世稱老莊，著有《莊子》。

譯文

經書讀懂之後，方可再讀諸子，選擇歸納要旨，熟記事緣因果。諸子名家五子，包括荀子、揚子，文中子即王通，以及老子、莊子。

賞析與點評

此章說明教導兒童學習及明白哲理，從中也可見教導兒童為學的次序，要待兒童學習及掌握較為實在的文化及典章制度知識，及後，在已有的文化基礎知識下，進一步教導先秦哲學著作，故說：「經既明，方讀子」。

經子通，讀諸史，考世系[1]，知終始[2]。
自羲農[3]，至黃帝[4]，號三皇[5]，居上世[6]。

注釋

1 **考**：考究，考據。**世系**：帝王家族世代相承的脈系關係。2 **終始**：指王朝盛衰興亡及原因。3 **羲**（粵：希；普：xī）：伏羲氏，神話中的人類始祖，傳說他與妹妹女媧氏相婚產生了人類。又傳他教民結網從事漁獵畜牧，並製作了八卦。**農**：神農氏，傳說中農業、醫藥的發明者，有神農嘗百草之說。一說神農即炎帝。4 **黃帝**：傳說中的中原各族的共同祖先，姬姓，號軒轅氏。相傳他曾打敗炎帝，擊殺蚩尤。舟車、文字、音律、算術等據說都是由他發明創造的。5 **三皇**：傳說中的三位遠古帝王，這裏指伏羲、神農、黃帝。6 **上世**：遠古時代。

譯文

經書、子書貫通，接着再讀史著，考究朝代世系，瞭解興衰始末。

遠自伏羲、神農，再至軒轅黃帝，後人尊稱「三皇」，所處時代遠古。

賞析與點評

此章說明教導兒童讀經書及哲理書籍後，再讀歷史。讀歷史可以明白一朝一代治亂興衰的道理，為什麼要待獲得經學及哲學的知識後，才學習歷史知識呢？因為經學知識使兒童明白維持社會文化價值及秩序的重要，而哲學典籍可以擴闊學童的思維，增加學童批判思考的能力，若能再在這些基礎知識上，進一步觀歷史以明白時代轉變的原因，從中把握中國歷史文化變更的道理，這樣一縱一橫，既具宏觀知識，也具微觀知識，兒童便能夠全面思考整個中國歷史文化的面貌，也明白朝代興衰的道理。

唐有虞[1]，號二帝，相揖遜[2]，稱盛世。
夏有禹[3]，商有湯[4]，周文武[5]，稱三王。

注釋

1 **唐**：唐堯，傳說中父系氏族社會部落聯盟領袖。相傳他曾設官掌管時令，制定曆法。**有虞**：虞舜。2 **揖遜**：禪（粵：善；普：shàn）讓王位。傳說唐堯對虞舜進行了三年考核後，推選舜繼任為部落聯盟領袖。舜繼位後，又選拔治水有功的禹為繼任人。3 **禹**：傳說中夏后氏的部落領袖，奉舜命治理洪水十三年，疏通江河，興修水利，舜死後繼任為部落聯盟領袖。4 **湯**：又稱成湯、大乙等，商王朝的建立者。5 **周文武**：周文王和周武王。文王為商末周族領袖，姬姓，名昌，曾遭商紂王囚禁。統治期間，國勢逐漸強盛。其子武王，姬姓，名發，西周王朝的建立者。

譯文

傳說唐堯、虞舜，自古號稱二帝，選賢禪讓王位，史稱太平盛世。夏有治水大禹，商有開國成湯，周有文王、武王，舉世稱頌三王。

賞析與點評

此章說明中國傳疑時代的歷史文化，上古史中唐虞及三王五帝史事，在今天學術研究成果而言，乃是傳疑時代，可以作為傳說故事。父母及師長運用此課題教學時，可以多向兒童談及這些傳疑故事，如女媧煉石補天，大禹治水的故事，此可以引起兒童的好奇心，也可使他們明白中國文化精神，增加學童學習歷史文化的興趣。

夏傳子[1]，家天下[2]，四百載[3]，遷夏社[4]。
湯伐夏[5]，國號商，六百載，至紂亡[6]。

注釋

1夏傳子：夏禹開始將王位傳給兒子，不再選賢禪讓。2家天下：天下從此成為一個家族所有。3四百載：從夏禹開始到夏朝滅亡共四百三十餘年。4遷：遷移，改變。這裏指王朝覆滅。社：社稷，指國家政權。5伐：討伐。商湯任用賢臣伊尹執政，不斷積聚壯大力量，最後一舉滅夏，夏朝末代暴君桀出逃而死。6紂：紂王，商朝末代國君，荒淫暴虐。從商湯立國到周武王滅商，紂王自焚而死，共計六百四十餘年。

譯文

夏禹傳位於子，天下歸其家有，歷時四百餘載，夏朝最終覆亡。商湯趕走夏桀，建立國號為商，商朝六百餘載，至紂自殺國亡。

賞析與點評

此章主要述夏朝的發展，更談及夏朝最後一位君主紂王的史事。師長教導時，可以運用《封神演義》中談及紂王、妲己及諸神的故事，又可以引述雷神、二郎神、哪吒的故事，增加兒童對夏朝史事的興趣。

周武王，始誅紂[1]，八百載[2]，最長久。

周轍東[3]，王綱墜[4]，逞干戈[5]，尚遊說[6]。

注釋

1 誅：誅殺。武王繼承文王遺志，會合西南各族起兵伐紂，取得牧野大捷。紂王兵敗自焚。2 八百載：自公元前〡一世紀周武王立國，至公元前二五六年周赧（粵：nan[5]；普：nǎn）王時被秦昭王所滅，周朝共歷三十四王，八百餘年。3 周轍東：指周平王將國都鎬（今陝西西安灃河以西）東遷至洛邑（今河南洛陽）。轍，這裏指代車，意思是搬遷。公元前七七一年周幽王被殺，次年平王東遷，歷史上稱平王東遷前為西周，以後為東周。東周又可分春秋、戰國兩個時期。4 王綱：王朝的統治。墜：衰落。這句是說東周王室已無力控制各國諸侯。5 逞干戈：炫耀武力。指諸侯紛紛稱王稱霸。6 尚遊說（粵：歲；普：shuì）：謀士、政客憑藉口才勸說各國諸侯採納他們的計策主張。尚，崇尚。

譯文

武王起兵伐商，紂王兵敗自戕，周朝國運最長，歷時八百餘載。

自從平王東遷，周室開始衰敗，諸侯炫耀武力，謀士鼓吹遊說。

賞析與點評

此章談及周朝歷史文化。師長教導此課題時，可以多述周建立封建制度，周公旦制禮作樂，鞏固周室的故事。此外，也因周行封建制，導致春秋時地方勢力的出現，可見制度有其善，也有其弊，必須因時制宜。同時，師長也可以引導兒童討論歐洲也曾出現封建制度，並指出中國與歐洲封建制度的異同。

始春秋[1]，終戰國[2]，五霸強[3]，七雄出[4]。
嬴秦氏[5]，始兼併[6]，傳二世[7]，楚漢爭[8]。

注釋

1春秋：指公元前七七〇年至公元前四七六年這段時期，因魯國編年史《春秋》而得名。2戰國：指公元前四七五年至公元前二二一年這段時期，因當時各諸侯國間連年戰爭而得名。3五霸：指齊桓公、晉文公、秦穆公、宋襄公、楚莊王這五個春秋時代霸主。4七雄：戰國時代七個強國齊、楚、燕、韓、趙、魏、秦。5嬴秦氏：秦國國君嬴姓，所以秦也稱嬴秦，這裏是指秦始皇嬴政。6兼併：併吞。秦王嬴政十年間先後消滅了其餘戰國六強，於公元前二二一年建立了秦王朝，並自稱始皇帝。7 **二世**：秦始皇兒子，名胡亥，繼承始皇為二世皇帝。8 **楚**：楚霸王項羽。**漢**：漢王劉邦。**爭**：爭權。秦傳至二世，天下又亂，最後形成楚漢相爭的局面。

譯文

東周前期春秋，後期稱作戰國，春秋五霸逞強，戰國七雄鼎立。

嬴政即位秦王，開始併吞六強，可歎僅傳二世，項羽、劉邦爭王。

賞析與點評

此章介紹了春秋五霸，歷經戰國及秦統一，終至秦亡及楚漢相爭的歷史。師長可以教導兒童了解秦為中國歷史上第一個皇朝，其築長城等工程均是大興土木，勞民傷財，但也造就中國長城文化，劃邊疆民族與中原民族之別；也可以引述秦朝廢封建，行郡縣，確立中央集權及建國規模。故師長可以啟發兒童思考秦亡的原因，也可以思考秦朝對後世的影響。此外，師長也可以多運用有關秦代兵馬俑的紀錄片，引起學童學習此段歷史知識的興趣。

高祖興[1]，漢業建，至孝平[2]，王莽篡[3]。

光武興[4]，為東漢，四百年，終於獻[5]。

注釋

1高祖：漢高祖劉邦。興：興起。劉邦打敗項羽，於公元前二〇二年稱帝，建立西漢王朝。2孝平：漢平帝，在位僅五年便被王莽毒殺，西漢滅亡。3王莽：漢元帝皇后侄，以外戚掌權。後毒死平帝，於公元八年篡奪政權代漢稱帝，改國號為「新」。4光武：指東漢光武帝劉秀。公元二三年王莽新朝被綠林農民起義軍所滅。公元二五年劉秀稱帝重建漢朝，史稱「光武中興」。5獻：漢獻帝，東漢末代皇帝。公元二二〇年東漢滅亡。

譯文

高祖擊敗項羽，漢朝基業始建，皇位傳至平帝，卻被王莽奪篡。光武起兵中興，建朝史稱東漢，兩漢四百餘年，最終亡於漢獻。

賞析與點評

此章述及漢朝自劉邦立國，歷王莽篡漢，至漢光武帝中興一事。師長可以帶領學童討論為什麼海外稱中國人為「漢人」，此實與漢代版圖橫跨中國與中亞細亞一帶的國境有關。漢武帝派張騫通西域，又推行罷百家、尊儒術的政策，奠定儒家思想在中國的地位，影響至今天中國及海外華人的所思所想。

魏蜀吳[1]，爭漢鼎[2]，號三國，迄兩晉[3]。

宋齊繼[4]，梁陳承[5]，為南朝[6]，都金陵[7]。

注釋

1 **魏**：公元二二〇年曹丕取代漢獻帝於洛陽稱帝，國號魏，史稱曹魏。**蜀**：公元二二一年劉備在成都稱帝，國號漢，史稱蜀漢。**吳**：公元二二二年孫權在建業（今江蘇南京）稱吳王，二二九年稱帝，史稱孫吳、東吳。魏、蜀、吳三國鼎立，歷史號稱三國時期。2 **鼎**：傳國寶器，象徵國家政權、江山社稷。3 **迄**（粵：屹；普：qì）：到。**兩晉**：西晉和東晉的合稱。公元二六五年司馬炎代魏稱帝，都洛陽，是謂西晉。西晉滅亡後，公元三一七年司馬睿（粵：鋭；普：ruì）在建康（今江蘇南京）重建政權，史稱東晉。4 **宋**：公元四二〇年劉裕代晉稱帝，建都建康，國號宋，史稱劉宋，以區別後來的趙宋。**齊**：公元四七九年蕭道成代宋稱帝，國號齊，史稱南齊。5 **梁**：公元五二〇年蕭衍（粵：演；普：yǎn）代齊稱帝，國號梁，史稱蕭梁。**陳**：公元五五七年陳霸先代梁稱帝，國號陳。6 南朝：自劉裕建宋到陳為隋滅，歷經宋、齊、梁、陳四代，史稱南朝。7 都金陵：南朝四代皆建都在今天的南京，南京古稱建業、建康、金陵等名。

譯文

曹魏、蜀漢、東吳，爭奪漢室皇權，三國鼎立混戰，兩晉一統江山。劉宋、南齊繼國，蕭梁與陳接承，歷史稱為南朝，四代建都金陵。

賞析與點評

此章述及三國至南北朝的歷史文化，父母及師長可以教導有關曹操及諸葛亮的歷史故事，尤可以多運用電視電影劇情，特別是赤壁之戰的故事，運用新傳播媒體，增加視覺教學的效果。

北元魏[1]，分東西[2]，宇文周[3]，與高齊[4]。
迨至隋[5]，一土宇[6]，不再傳[7]，失統緒[8]。

注釋

1 北：北朝。元魏：北魏。公元三八六年北方鮮卑族拓跋珪（粵：鮭；普：guī）稱王，國號魏，建都平城（今山西大同）。後孝文帝遷都洛陽，改姓「元」，所以歷史上也稱北魏為元魏。2 **分東西**：公元五三四年北魏分裂為東魏和西魏。3 **宇文周**：北周。公元五五七年宇文覺代西魏稱帝，建都長安（今陝西西安），國號周，史稱北周。因皇室姓宇文，故也稱宇文周。4 **高齊**：北齊。公元五五〇年高洋代東魏稱帝，建都鄴（今河北臨漳西南），國號齊，史稱北齊、高齊。北朝的北魏、東魏、西魏、北齊、北周政權與南朝一直對峙，歷史上稱為南北朝時期。5 **迨**（粵：代；普：dài）：及，等到。**隋**：公元五八一年楊堅代北周稱帝，國號隋，史稱隋文帝。6 **一**：統一。**土宇**：天下。7 **不再傳**：隋朝於二代皇帝煬帝時亡國，社稷不再傳續。8 **統緒**：一脈相傳的系統。指帝位世代傳承。

譯文

北朝先有北魏，後分東魏、西魏，宇文代魏建周，高洋另立北齊。直到楊堅稱帝，天下一統歸隋，隋朝僅傳一代，從此失去帝位。

賞析與點評

此章述及南北朝的歷史，此時段很重要，因為不獨是改朝換代，更出現了「五胡亂華」的政局，此為較大規模的漢人與胡人血統混合，壯大了中華民族內涵，也令漢胡文化交融，更因為部分北方高門大族移往南方，開拓了江南地區經濟及文化的發展。而胡人文化融入中原，對締造唐代盛世，文化及國體兼容胡漢的特色甚有貢獻。也因為唐代盛世，由是海外人士也稱中國人為「唐人」，也稱海外華人聚居的社區為「唐人街」。

唐高祖[1]，起義師，除隋亂，創國基[2]。
二十傳[3]，三百載[4]，梁滅之[5]，國乃改。

注釋

1 唐高祖：李淵，原為隋朝太原留守，封唐國公，起兵反隋，攻克長安。公元六一八年隋亡，他在關中稱帝，國號唐。2 國基：國家基業。3 二十傳：唐朝共傳二十帝。4 三百載：自公元六一八年至九〇七年，唐朝統治近三百年。5 梁：公元九〇七年朱温篡唐稱帝，建都汴（今河南開封），國號梁，史稱後梁。

譯文

唐朝高祖李淵，興起仁義之師，清除隋末之亂，開創大唐基業。傳承二十皇帝，享國近三百年，後梁朱温滅唐，江山於是改變。

賞析與點評

此章述及唐立國的史事，師長可以介紹唐代興國，尤可以注意教導學生獲得唐太宗李世民治世及對外用兵，締造「貞觀之治」的盛世，在介紹唐代武功時，可以多注意介紹建立絲綢之路的貢獻，而且佛教自天竺（即今印度）傳往中國，與絲路發展甚有關係。那時除了陸上絲路外，也有海上絲路，在教導此方面的知識時，師長可以運用地圖，幫助說明唐代版圖與海上及陸上絲路的關係，甚至擴大至現時一帶一路的發展，實是擴充了唐代海上及陸上絲路的發展。

梁唐晉[1]，及漢周[2]。稱五代[3]，皆有由[4]。

炎宋興[5]，受周禪[6]。十八傳[7]，南北混[8]。

注釋

1 **梁**：後梁。**唐**：後唐。公元九二三年沙陀部人李存勗（粵：沃；普：xù）滅後梁稱帝，建都洛陽，國號唐，史稱後唐。**晉**：後晉。公元九三六年沙陀部人石敬瑭勾結契丹滅後唐稱帝，建都汴，國號晉，史稱後晉。2 **漢**：後漢。公元九四六年契丹滅後晉。次年沙陀部人劉知遠趁機稱帝，建都汴，國號漢，史稱後漢。**周**：後周。公元九五一年，郭威代後漢稱帝，改國號為周，史稱後周。3 **五代**：後梁、後唐、後晉、後漢、後周五個中國北方的短暫朝代的合稱。4由：緣由。5炎宋：公元九六〇年趙匡胤建立宋朝，定都汴京（今河南開封），為區別於南朝劉宋，史稱趙宋。趙宋尊崇五行中的火德，故亦稱炎宋。6受周禪：趙匡胤原官後周殿前都點檢，掌握兵權。九六〇年他發動陳橋兵變，黃袍加身，廢黜後周恭帝，篡位登基。禪，是説周恭帝禪讓出帝位。《三字經》出自宋人之手，「禪位」不過是宋人避諱之言。7十八傳：宋代共歷十八帝。8南北混：公元一一二六年金兵攻入汴京，北宋亡。宋室南渡，建都臨安（今浙江杭州），史稱南宋。兩宋先後與北方遼、金、西夏、蒙古互相攻伐混戰，局勢紛亂。

譯文

後梁、後唐、後晉，以及後漢、後周，史書稱作五代，更替都有緣由。炎炎隆宋興國，源自後周禪讓，共歷一十八帝，後陷南北紛亂。

賞析與點評

此章述及唐亡後，五代十國的出現，此時也是一個特別的年代，除了出現南北政權分立外，更重要的是導致邊疆民族移入中原，原居於北方的民族乃移居南方，此對江南及廣東發展甚有影響。同時，北方為外族所據，至宋代北方的燕雲十六州未為漢族收回，使宋代國運與外族入侵力量相終始。師長也可以講述漢人岳飛北伐，文天祥抗元的故事。

遼與金[1]，帝號紛[2]，迨滅遼，宋猶存[3]。
至元興[4]，金緒歇[5]，有宋世，一同滅[6]。
並中國[7]，兼戎狄[8]，九十年[9]，國祚廢[10]。

注釋

1 遼：公元九〇七年耶律阿保機建契丹國。九三八年契丹改國號為遼。是中國北方與北宋長期對峙的王朝。金：公元一一一五年女真族完顏阿骨打創建的朝代，建都會寧（今黑龍江阿城南）。一一二五年滅遼，次年滅北宋。2 帝號紛：指遼、金紛紛建國稱帝。3 宋猶存：遼被金滅時，北宋仍存在。後宋室南渡，南宋又存在一百五十三年。4 元：公元一二〇六年成吉思汗建蒙古國，陸續攻滅西遼、西夏、金、大理等國。一二七一年忽必烈定蒙古國號為元。5 金緒歇：元朝興盛，金的事業功績漸漸削弱停息。緒，功業。歇，停止。6 一同滅：金與南宋同樣是被元所滅。7 並中國：公元一二七九年元世祖忽必烈滅掉南宋統一中國，建都大都（今北京市）。並，吞併。8 兼：兼併。戎狄：古代對西、北少數民族的稱謂。9 九十年：自元世祖公元一二七一年定蒙古國號為元，到公元一三六八年朱元璋推翻元朝統治，共計九十八年。10 國祚（粵：造；普：zuò）：帝位。廢：廢棄。此指亡國。

譯文

北方遼人金人，紛紛建國稱帝，到了金朝滅遼，南邊還存宋朝。

直至元朝興盛，金朝功業才消，南宋繼金之後，同被元朝滅掉。元朝統一中國，同時兼併戎狄，歷時九十餘載，最終帝位廢棄。

賞析與點評

此章述及外族遼、金及蒙古入侵，終致南宋亡國，元朝建立的史事。師長可以介紹成吉思汗的努力及毅力，也可以介紹元朝立國，與橫跨中亞細亞一帶的四大汗國的建立之關係，此舉擴大了陸上絲路的範圍，也促進中國與中東地域的交往；師長也可以說及馬可波羅來華的故事，增加兒童理解元朝歷史文化的興趣。

明太祖[1]，久親師[2]，傳建文[3]，方四祀[4]。遷北京，永樂嗣[5]，迨崇禎[6]，煤山逝。

注釋

1 明太祖：朱元璋，少時家貧曾出家為僧。後參加元末義軍，屢有戰功，成為統帥。公元一三六八年推翻元朝統治，建立明朝，建都南京。2 親師：親自率兵征伐。3 建文：明惠帝，年號建文，朱元璋之孫。4 四祀（粵：寺；普：sì）：四年。建文帝在位僅四年。5 永樂：明成祖朱棣（粵：弟；普：dì），年號永樂。嗣（粵：寺；普：sì）：指繼承帝位。朱棣是朱元璋第四子，建文帝叔，封燕王，鎮守北平（今北京市）。他不滿太祖傳位皇太孫，以平定變亂為藉口，起兵攻陷南京，建文帝生死下落不明。朱棣奪取帝位，遷都北京。6 崇禎：明思宗，年號崇禎。公元一六四四年李自成率起義軍攻克北京，崇禎殺死幼女、嬪妃在煤山（今北京景山）自縊，明朝滅亡。

譯文

明太祖朱元璋，親統兵滅元朝，傳皇位給建文，才四年被叔奪。

將國都遷北京，號永樂繼帝位，到崇禎家國碎，逝煤山明亡廢。

賞析與點評

此章述及明代歷史故事。不少學者指出《三字經》內述及宋以後的史事，均為後人所增補的。此章記述明太祖立國，結束了外族統治的局面，政權重回漢人手中。同時，師長也可以介紹明成祖遷都，由太祖時所立的南京，遷往北京，今天中華人民共和國定都的北京，也是上承元代大都及明成祖遷都北京的規模。談及成祖一朝的特色，師長又可以引介鄭和下西洋的故事，此行對了解東南亞各國的歷史文化均有貢獻。

清太祖[1]，膺景命[2]，靖四方[3]，克大定[4]。
至世祖[5]，乃大同[6]，十二世[7]，清祚終[8]。

注釋

1清太祖：姓愛新覺羅，名努爾哈赤，公元一六一六年統一女真（滿族前身），建立後金。他雄才大略，建八旗，創滿文，在滿清的初期發展中起了重要作用。其子皇太極一六三六年改國號為清。2膺（粵：英；普：yīng）：承受。景命：上天授予王位之命，天命。3靖（粵：淨；普：jìng）：平定。4克：能夠。大定：大一統。此指統一女真各部。5世祖：愛新覺羅．福臨，年號順治。他六歲即位，由叔父多爾袞（粵：滾；普：gǔn）攝政。6大同：儒家所謂的理想社會。順治元年（公元一六四四）清兵入關，擊敗李自成政權，建都北京。繼而統一中國，建立所謂太平盛世。7十二世：自清太祖起清代共歷十二帝。8祚：帝王之位，也指國運。終：止。宣統三年（公元一九一一）辛亥革命推翻清王朝，結束了兩千多年來的封建君主制度。

譯文

清祖努爾哈赤，禀承上天授命，平定女真全境，完成開國重任。到了世祖福臨，取得天下大同，清帝傳至十二，宣統退位告終。

賞析與點評

此章述及清代歷史故事，為本書版本《三字經》述及的最後一個朝代。師長教導此章時，可以指出清代雖為外族建立的皇朝，但重要的是，清代開國之初，建立版圖均較昔日大為擴充。乾隆皇帝的功業，更稱為「十全武功」。同時，清初帝王也曾直接派軍駐守新疆及西藏，這樣直接管治的方式，尚未見於前代。還有，清帝下令編修四庫全書，對保存文化貢獻甚大。

讀史者，考實錄[1]，通古今，若親目[2]。口而誦，心而惟[3]，朝於斯[4]，夕於斯[5]。

注釋

1 實錄：翔實可靠的記載。又「實錄」為中國古代編年體史書之一種，中國自南朝梁開始，歷朝歷代都修有每個皇帝統治時的編年大事記《實錄》，雖於實事多有忌諱，但資料豐富，常為修史者所依據。2 親目：親眼所見。3 惟：思考。4 朝（粵：焦；普：zhāo）：早上。斯：這裏。5 夕：晚上。

譯文

想要讀通歷史，必須查考史料，瞭解古往今來，就像親眼目睹。一面口中誦讀，一面用心思考，早晚專注於此，才能真正學好。

賞析與點評

此章述及今天不少教育界及非教育界人士喜談的話題，就是歷史教育的功用問題。不少人士認為歷史只是教導過去的事情，與現今社會治世沒有關係，但《三字經》的編著者認為中國歷史是記錄及表述中國治亂興衰的故事，只要人們多思考每一個朝代中令社會大治及衰亡的原因，從中便可以得見歷史文化發展的通則。歷史知識不是一成不變的，也不是盲目背誦的，歷史知識是可以作為現代社會發展及國運變動的參考資料，若人們言歷史沒有用，只是不知博通古今的要義。

同時，《三字經》作者更希望師長教導學童時，要培養學童多從日常生活中思考，每天誦讀經書及哲理書，融會貫通；又要求學童專心一致，日夜背誦，高聲朗讀，可以增加學童的記憶力，做到「眼到，口到，心到」的讀書方法。

昔仲尼[1]，師項橐[2]，古聖賢，尚勤學。
趙中令[3]，讀《魯論》[4]，彼既仕[5]，學且勤。

注釋

1 **仲尼**：孔子名丘，字仲尼，春秋時魯（今山東曲阜）人，思想家、政治家、教育家，儒家的創始者，被尊為「至聖先師」。2 **項橐**（粵：托；普：tuó）：魯國神童。據說他七歲時就教過孔子樂曲，十一歲時死去。3 **趙中令**：趙普，北宋初年兩朝宰相。中令，即中書令，宋代行政中樞中書省長官。趙普任中書令時仍手不釋卷閱讀《論語》，曾有「半部論語治天下」的名言。4 **魯論**：西漢初年魯國人所傳的《論語》。當時還有古文字寫的《古論》和齊國人所學的《齊論》。5 **仕**：做官。

譯文

從前聖人孔子，求教七歲項橐，古人即便聖賢，尚且不忘勤學。

北宋宰相趙普，《論語》常年在手，他雖已做高官，勤奮好學依舊。

賞析與點評

此章指出學童要具備求學的態度及良好的學習方法。《三字經》的作者借孔子及北宋宰相趙普勤奮好學的例子，教導學童求學是終身的過程。以今天的情況而言，不少家長現以為家境富足，可以為子女提供一個優良的學習環境，子女就會專注學習。但事實上他們未必一定好學，而父母卻因此怪責子女。然而，家長未能為子女建立終身學習的榜樣，試問怎能讓子女明白不斷求學的重要？

披蒲編[1]，削竹簡[2]，彼無書，且知勉。
頭懸樑[3]，錐刺股[4]，彼不教[5]，自勤苦。

注釋

1 披蒲編：西漢人路温舒家貧，在水澤邊放羊時砍蒲草編成本冊，當作書寫文字的紙張。披，劈分。2 削竹簡：西漢人公孫弘幼貧，在竹林中放豬時將青竹削成竹片，向人借書抄在上面苦讀。3 頭懸樑：漢朝人孫敬讀書非常刻苦，晚上閱讀時，他把頭髮拴在屋樑上以免打瞌睡。4 錐刺股：戰國人蘇秦讀書每到疲倦時，就用錐子刺大腿來警醒自己。股，大腿。5 不教：不用督促。

譯文

温舒編草寫字，公孫竹片抄書，他倆無錢買書，尚且如此苦讀。

孫敬頭髮繫梁，蘇秦錐子刺腿，他們無須督促，學習勤奮刻苦。

賞析與點評

此章指出自動自覺學習智識的重要。章句中借古人自動自覺學習，刻苦讀書的故事來勉勵學童。

如囊螢[1]，如映雪[2]，家雖貧，學不輟[3]。
如負薪[4]，如掛角[5]，身雖勞，猶苦卓[6]。

注釋

1 囊螢：晉朝人車胤家貧買不起燈油，他捉來許多螢火蟲裝在紗袋裏照亮夜讀。2 映雪：晉朝人孫康貧苦，冬夜借助積雪的反光讀書。3 輟（粵：綴；普：chuò）：停止。4 負薪：漢朝人朱買臣靠砍柴為生，挑柴時將書放在柴草擔上邊走邊讀。5 掛角：隋朝人李密給人家放牛，他把書冊掛在牛角上，一邊放牛一邊讀書。6 苦卓：刻苦自強。卓，卓越，不同一般。

譯文

車胤借助螢火，孫康借助雪光，家貧條件不好，讀書念念不忘。買臣書掛柴擔，李密書掛牛角，每日幹活雖苦，書卻一刻不放。

賞析與點評

此章談及古人刻苦求學的故事。若個人立定志向，要做好一件事情，因為有信心及對自己有要求，很大機會是可以把事情完成的。師長可提醒兒童立志的重要，多建議兒童寫一些關於「我的志願」的題目。縱使在人生中，未必能實踐每一個志願，但決不能以成年人的觀點來批判兒童「我的志願」的不合理，只要勉勵他們立定志向，不是空想，而是能努力實踐，那才是重要的。

師長還可以引導兒童思考為何要讀書。刻苦讀書是為了改善生活？為了求取功名？為了追求學問？還是為了充實自己？當學童反問自己時，自然可以思考讀書的意義。

蘇老泉[1]，二十七，始發憤，讀書籍。彼既老，猶悔遲，爾小生[2]，宜早思。

注釋

1蘇老泉：蘇洵，別號老泉，宋代著名文學家。二十七歲才發奮讀書，與長子蘇軾、次子蘇轍合稱「三蘇」，同列唐宋散文八大家內。2爾：你，你們。小生：青少年。

譯文

蘇洵別號老泉，直到二十七歲，才知發憤苦讀。老來雖有成就，還是後悔當初，沒有更早學習。你們年紀輕輕，應當早做考慮，珍惜大好時光，發奮讀書自立。

賞析與點評

此章談及蘇洵於二十七歲才發奮讀書，終成宋代著名文學家的故事。父母及師長可以引導兒童思考立志求學與年齡是否有關，又可以藉此說明年紀大的朋友尚要學習，何況年幼的兒童？

若梁灝[1]，八十二，對大廷[2]，魁多士[3]。

彼既成，眾稱異，爾小生，宜立志。

注釋

1 梁灝（粵：浩；普：hào）：五代末年人，歷經後晉、後漢、後周，直到北宋太宗雍熙年間他八十二歲時才考中狀元。一說梁灝實為宋人，二十三歲時登第。2 **對大廷**：在朝廷上回答皇帝的策問。3 **魁多士**：在眾多名士中一舉奪魁。魁，為首，第一。

譯文

再如五代梁灝，八十二歲登第，金殿對答如流，眾名士中奪魁。如此高齡成才，天下無不驚異，你們年輕小子，更要勵志努力。

賞析與點評

此章補充說明少時立志求學的重要。文中以五代末年人梁灝至八十二歲才考中狀元的故事，一方面說明求學是不分年齡的，只要立志求學，下定決心必有所成；另一方面談及雖然求學不分年齡，但學童應該及早立定求學的志向。父母及師長可以為兒童提供一個適合的環境，協助他們成就志向。要知父母不獨是為兒童提供金錢的資助，而是多抽出時間與兒童相處，多交流及分享，甚至一起閱讀，既可以增加親子相處的時間，也可以讓兒童從中感受到父母的愛意。

瑩八歲[1]，能詠詩，泌七歲[2]，能賦棋。
彼穎悟[3]，人稱奇，爾幼學，當效之[4]。

注釋

1 瑩：北魏人祖瑩，八歲時就能作詩成誦。2 泌（粵：秘；普：mì）：唐朝人李泌，七歲時便能作出棋賦，有「方若棋局，圓若運知」等句。3 穎悟：聰明有悟性。悟，理解力強。4 效：效仿，作為榜樣學習。

譯文

祖瑩八歲能詩，李泌七歲作賦。他們聰明好學，人人讚歎稱奇，你們年幼求學，當向他們看齊。

賞析與點評

此章以北齊時期，八歲的祖瑩能吟誦《詩經》，又以唐朝時的李泌，七歲便能藉棋法賦詩的故事，指出他們二人年紀雖小，已能在創作上有成績，從而藉這些故事以勉勵學童。有些父母可能打擊了兒童的自信心而不知，特別是中國人的教子方法，向來不重視鼓勵，用外力迫使子女學習，忽視了他們自學的意願。在填鴨式的教學方法下，往往過分強調刻苦的重要，試問為什麼要讓兒童感到求學是「苦」事呢？若能使兒童明白求學是一種愉快的歷程，就能增加兒童對求學的興趣，漸漸地他們便能自動自覺地學習，並視學習為持續發展的人生歷程。

蔡文姬[1]，能辨琴，謝道韞[2]，能詠吟。
彼女子，且聰敏，爾男子，當自警[3]。

注釋

1 蔡文姬：東漢著名文學家蔡邕（粵：雍；普：yōng）女兒蔡琰（粵：染；普：yǎn），字文姬。精通詩賦、音律，能辨別琴聲，所作《胡笳十八拍》一時號為絕唱。2 謝道韞（粵：蘊；普：yùn）：晉代著名女詩人，才思敏捷，能出口成詩。3 自警：指警醒自己不要落在女子之後。

譯文　文姬能辨琴韻，道韞出口詩成，她們雖是女子，尚且如此聰穎，你們堂堂男子，更當激勵警醒。

賞析與點評

此章談及東漢著名文學家蔡邕女兒蔡文姬，精通詩賦，以及晉代著名女詩人謝道韞出口成詩的故事，以勉勵男孩應當努力求學。父母及師長教導此章時，要注意每個時代也有其局限。在古代重男輕女的傳統社會，教育資源主要集中在男孩身上，故章句的意思就是表述女子已有志求學，男孩更應該堅定志向，這是以傳統觀點賦予男孩求學的壓力。

以二十一世紀的教學情況而言，師長在班上施教也不要太強調男女性別教育之別，以免引起班中男女同學的衝突。當然，設計教材時可多注意男女同學心智發展之異同，因材施教，自可以啟發男女同學的潛力。

唐劉晏[1]，方七歲，舉神童[2]，作正字[3]。
彼雖幼，身已仕，爾幼學，勉而致[4]。

有為者，亦若是[5]。

注釋 [1]**劉晏**：唐玄宗時人，七歲便能寫詩作文，是當時著名神童。[2]**舉**：推舉選拔。[3]**正字**：官名，負責校勘書籍。劉晏七歲時唐玄宗泰山封禪（在泰山祭祀天地），劉晏所獻頌文深得玄宗稱讚，授官太子正字。[4]**致**：達到。[5]**是**：這樣。此句為總結語，意思是一切有作為的人，都能與上述名賢一樣取得成就，揚名後世。

譯文 唐代有個劉晏，七歲獻賦泰山，玄宗舉作神童，作了校勘之官。他雖小小年紀，已然擔當重任，你們年齡相同，努力也能成功。凡有作為之人，都能千古傳誦。

賞析與點評

此章補充前章，談及兒童應以前人的求學態度為榜樣。其以唐時宰相劉晏，於七歲時已能賦詩，並受政府任用為正字官員的事蹟，指出兒童不要看輕自己，要立志，要有自信心，並能堅持實踐，他日一定能取得好成果。

犬守夜，雞司晨[1]，苟不學[2]，曷為人[3]？
蠶吐絲，蜂釀蜜，人不學，不如物。

注釋　1司：管理，負責。2苟（粵：狗；普：gŏu）：如果。3曷（粵：藹；普：hé）：何，怎麼。

譯文　狗會看家守夜，雞能報曉啼鳴，如不用心學習，有何資格稱人？春蠶辛苦吐絲，蜜蜂勤勞釀蜜，人不勤奮學習，不如這些動物。

賞析與點評

此章勉勵學童用心學習，正如狗兒的責任是看家守夜，雞的責任是為人們報曉啼鳴，而兒童的責任就是好好學習。但要注意的是學習很重要，適當的遊戲同樣重要，生活的平衡往往是學習的動力。

幼而學，壯而行[1]，上致君[2]，下澤民[3]。

揚名聲，顯父母，光於前，裕於後[4]。

注釋 1壯：成年。行：行事。指實踐。2致君：指輔佐君王，報效國家。3澤民：指為官一方，惠及百姓。澤，恩澤。4裕於後：指惠澤後代。裕，使富足。

譯文 幼時勤奮學習，長大學以致用，上能報效君主，下可造福百姓。既能聲名遠揚，又能顯耀雙親，祖宗增添光彩，恩澤惠及子孫。

賞析與點評

此章談及學童從小求學，長大後能夠努力實踐所學知識的重要，甚至以學業成就來光耀家族及父母的名聲，指出讀書實乃光宗耀祖的事業。父母及師長教導此章時，要注意的是不要給學童構成太大壓力。古代社會，求學以考取功名，是讀書人唯一的出路，但今天已是一個多元化的社會，職場上需求的是具有不同才能的人士。父母讓兒童明白讀書求學為的是求學問，充實自己，已經不是為了光宗耀祖。

人遺子[1]，金滿籯[2]，我教子，惟一經[3]。
勤有功，戲無益，戒之哉，宜勉力。

注釋　1 遺：留下。2 籯（粵：營；普：yíng）：竹箱，竹筐。3 經：泛指經典、經書。這裏是作者對自己《三字經》的自稱。

譯文　別人留給後代，或許滿箱金銀，而我教育兒孫，僅有此三字經。勤學定有收穫，貪玩浪費光陰，必須以此為戒，勉勵自己成人。

賞析與點評

此章談及《三字經》的作者給子孫的財寶，不是金錢，而是書籍，藉《三字經》來教導兒童品德修行及學術知識，再一次強調父母及師長應多鼓勵兒童立志求學。而兒童也要自覺用心學習，若終日只知玩樂，長大後便會一事無成。父母及師長運用此章時，注意現今是一個多元化的社會，在學業上，取得好成績並不是唯一的出路，也不一定要取得高等學歷才是社會上成功的人士，只要忠於自己的選擇，忠於自己的責任及工作，以恒心及毅力實踐理想及實踐工作上的意義就可以了。

另外，不可只執着「勤有功，戲無益」的理念，留意兒童童真未泯，若只強調學習，不准兒童玩耍，只會令兒童感到學習困苦。故師長也可以為兒童設計在遊戲中學習知識的教具，如拼圖及模型。這種活動教學與書本教學並重的方法，既可增加學生的學習動力，也可擴闊其思維。

百家姓

百家姓全文

趙錢孫李，周吳鄭王。馮陳褚衛，蔣沈韓楊。
朱秦尤許，何呂施張。孔曹嚴華，金魏陶姜。
戚謝鄒喻，柏水竇章。雲蘇潘葛，奚范彭郎。
魯韋昌馬，苗鳳花方。俞任袁柳，酆鮑史唐。
費廉岑薛，雷賀倪湯。滕殷羅畢，郝鄔安常。
樂于時傅，皮卞齊康。伍余元卜，顧孟平黃。
和穆蕭尹，姚邵湛汪。祁毛禹狄，米貝明臧。
計伏成戴，談宋茅龐。熊紀舒屈，項祝董梁。
杜阮藍閔，席季麻強。賈路婁危，江童顏郭。
梅盛林刁，鍾徐邱駱。高夏蔡田，樊胡凌霍。
虞萬支柯，昝管盧莫。經房裘繆，干解應宗。
丁宣賁鄧，郁單杭洪。包諸左石，崔吉鈕龔。
程嵇邢滑，裴陸榮翁。荀羊於惠，甄麴家封。
芮羿儲靳，汲邴糜松。井段富巫，烏焦巴弓。
牧隗山谷，車侯宓蓬。全郗班仰，秋仲伊宮。
寧仇欒暴，甘鈄厲戎。祖武符劉，景詹束龍。
葉幸司韶，郜黎薊薄。印宿白懷，蒲邰從鄂。
索咸籍賴，卓藺屠蒙。池喬陰鬱，胥能蒼雙。

聞莘党翟，譚貢勞逄。姬申扶堵，冉宰酈雍。
郤璩桑桂，濮牛壽通。邊扈燕冀，郟浦尚農。
溫別莊晏，柴瞿閻充。慕連茹習，宦艾魚容。
向古易慎，戈廖庾終。暨居衡步，都耿滿弘。
匡國文寇，廣祿闕東。歐殳沃利，蔚越夔隆。
師鞏厙聶，晁勾敖融。冷訾辛闞，那簡饒空。
曾毋沙乜，養鞠須豐。巢關蒯相，查后荊紅。
游竺權逯，蓋益桓公。万俟司馬，上官歐陽。
夏侯諸葛，聞人東方。赫連皇甫，尉遲公羊。
澹台公冶，宗政濮陽。淳于單于，太叔申屠。
公孫仲孫，軒轅令狐。鍾離宇文，長孫慕容。
鮮于閭丘，司徒司空。亓官司寇，仉督子車。
顓孫端木，巫馬公西。漆雕樂正，壤駟公良。
拓跋夾谷，宰父穀梁。晉楚閆法，汝鄢塗欽。
段干百里，東郭南門。呼延歸海，羊舌微生。
岳帥緱亢，況郈有琴。梁丘左丘，東門西門。
商牟佘佴，伯賞南宮。墨哈譙笪，年愛陽佟。
第五言福，百家姓終。

趙錢孫李，周吳鄭王。馮陳褚衛，蔣沈韓楊。

【趙】

尋根溯源 嬴姓祖先伯益的後代名叫造父，造父為周穆王駕車，在穆王出巡及征伐中屢屢建功，穆王於是把趙城封賞給他，造父的後代便以趙為姓。

導讀 自五代時趙匡胤一統群雄，建立宋朝以後，趙姓遍佈全國，今天更廣泛分佈海內外。以河南、山東和四川等省趙姓最多。現當代名人如趙元任，乃語言學家，著名學者。

【錢】

尋根溯源 相傳五帝之一顓頊（粵：專郁；普：zhuān xū）的後代彭祖之孫彭孚，在西周時任錢府上士，掌管財政，其子孫便以官職錢為姓。一說彭祖姓籛（粵：箋；普：jiān）名鏗（粵：亨；普：kēng），乃古之長壽者，其後裔去掉竹字頭而改姓為錢。

導讀

錢姓現在主要分佈在廣東和江浙一帶，其他省份如河北、湖北和安徽等地也有錢氏繁衍。現當代名人有錢穆，歷史學家；錢鍾書，作家。

【孫】

尋根溯源

春秋時衛武公的兒子名惠孫，其後代子孫便以孫字為姓；一說孫姓源於楚國賢臣孫叔敖之後；一說春秋時陳厲公之子陳完逃奔齊國後改姓田，田完六代孫田書討伐莒國有功，被齊景公封於樂安（今山東惠民），並賜姓孫。

導讀

孫姓當今主要集中在山東、河南，也有分佈在黑龍江、遼寧、安徽和河北等地。現當代名人有孫中山，中華民國國父；孫立人，抗日名將。

【李】

尋根溯源　顓頊帝高陽氏後裔皋陶（粵：高搖；普：gāo yáo）在堯、舜時任理官，執掌刑獄之事，故以理為姓。其後代遭殷紂王迫害，當時理氏家族族長理征之子理利貞出逃避禍，採食李子充飢，後改理姓為李姓，以躲避紂王耳目，同時也是為了表達對李樹救難的感激。又唐代開國皇帝名李淵，李氏於是成為國姓，許多有功的家族都被賜姓李，李姓由此大增，血緣亦不再單純。

導讀　李氏當代在海內外分佈甚廣，河南則是全國李氏人口最多的省份，其他如四川、東北等地區都有李氏分佈。當代名人有李克強，現任中國國務院總理；李嘉誠，香港企業家。

【周】

尋根溯源　周平王小兒子姬烈被封在汝州（今屬河南省），當地人稱其家族為周家，從此便以周為姓。周王室後裔仍保持姬姓未改者，至唐代玄宗時因避李隆基的「基」音之諱，也被詔改為周。同是在唐代改姓，與李姓相比，周的血緣關係要簡單得多。

導讀

當代周姓分佈以長江一帶和西南地區最為集中，其他如東北、陝西、甘肅和寧夏等地區都有周氏分佈。現當代名人有周恩來，中國共產黨主要領導人之一；周樹人（魯迅），著名作家。

【吳】

尋根溯源

古代周族領袖古公亶（粵：坦；普：dǎn）父的長子太伯與弟弟仲雍遠奔江南，始建勾吳國，都城梅里（今江蘇無錫）。周朝建立後，武王封太伯三代孫周章為諸侯，建國號為吳。吳國被越王勾踐滅掉後，其後代為記其恥，遂以國名為姓。

導讀

當代吳姓主要分佈在湖南、福建、江蘇、山東、廣東和四川。現當代名人有吳佩孚，民國初年北洋軍閥之一；吳伯雄，前中國國民黨黨主席。

【鄭】

尋根溯源

周宣王封其弟姬友於南鄭（今陝西華縣東），史稱鄭桓公。桓公子鄭武公先後攻滅鄶和東虢（粵：隙；普：guó），建立了鄭國，定都新鄭（今屬河南省），鄭國一度成為春秋強國。鄭於戰國時被韓所滅，鄭國子孫遂以國名為姓，改姬為鄭。

導讀

鄭氏當今主要集中在四川、福建、浙江和河南等地，台灣也有很多鄭氏分佈，因明末清初祖籍福建的鄭成功抗清驅荷，移師台灣。現當代名人有鄭裕彤，香港企業家；鄭國江，香港填詞人。

【王】

尋根溯源

商代賢臣箕子和比干本是紂王的叔父，因直言苦諫，遭到紂王殘酷迫害。周武王滅商後，箕子、比干的後裔因其先人是商朝王族，於是改姓為王。此外周與戰國諸侯國的王族後裔，在秦滅六國之後，四處避難散居，不少家族也紛紛隱姓埋名，改稱姓王。

導讀 王氏為當今第一大姓，主要分佈在東北、內蒙古和蘇北等地，還有其他王氏遠渡南洋，故王氏在海外也有廣泛分佈。現當代王氏名人有國學大師王國維；語言學家王力。

【馮】

尋根溯源 周武王滅商後，其弟畢公姬高受封於馮城，子孫於是以馮為姓。另外春秋時鄭國大夫馮簡子的封邑也是馮，後代也以馮為姓。

導讀 馮氏自宋明以來，主要分佈在四川、山東、浙江等地，現在以廣東、河北和河南為主。馮氏現當代名人有馮友蘭，中國哲學家；馮小剛，中國電影導演。

【陳】

尋根溯源 西周初，武王將舜的後代胡公滿封於陳（今河南淮陽），胡公滿建陳國，子孫後便以陳為姓。

導讀　陳氏當代主要分佈在浙江、福建、廣東、台灣等地，形成粵閩和蘇浙兩個聚集中心。現當代名人有陳獨秀，中國共產黨創黨人之一；陳寅恪，中國歷史學家。

【褚】（粵：處；普：chǔ）

尋根溯源　春秋時宋共公的兒子公子段被封於褚，任職褚師，是掌管市場的官員，後代便以褚師為複姓，後又省略為單姓褚；一說公子段食邑封在褚地，因其德可以為人師法，故號褚師，後代於是以之為姓，簡略作褚。

導讀　褚氏自漢代以來，主要在山東、河南、江蘇等地分佈，並成為望族；自明清以來，在東北、河北、上海、浙江、廣東、雲南等地均有褚氏分佈。褚氏現當代名人有褚玉璞，民國奉系軍閥將領。

【衛】

尋根溯源　周文王第九子分封於康邑，稱作康叔。周公旦平定商紂王兒子武庚之亂後，將商遺民七族劃歸康叔統治，康叔於是建立衛國（在今河南淇縣一帶）。秦滅衛後，衛國王公貴族後代遂以國名衛為姓。

導讀

衛氏自唐代以後，廣泛地在東北、河南、山西、陝西和江浙一帶繁衍。

【蔣】

尋根溯源

周初周公旦第三子姬伯齡被封在蔣邑（今河南固始。一說今河南光山），後被楚國所滅，後代便改姬姓為蔣。

導讀

蔣姓自唐代起，已開始遷徙到福建、廣東和廣西。當代蔣氏主要分佈在江浙一帶，以及福建和四川等地。現當代名人有蔣中正（介石），政治家；蔣夢麟，教育家，曾任北京大學校長。

【沈】

尋根溯源 周文王第十子季載因平叛有功被封在沈邑（今河南平輿北），後建沈國。沈國最終被蔡國所滅，子孫遂以沈為姓。

導讀 沈氏唐朝以後即遷至福建、廣東和廣西，現代則以江蘇、浙江和河南等地分佈最廣。現當代名人有沈從文，著名作家；沈德鴻（茅盾），著名作家。

【韓】

尋根溯源 周成王之弟叔虞的後代畢萬受封於韓原（今陝西韓城），建立韓國，韓被晉滅後，子孫後代便以韓為姓。又春秋時晉國大夫韓武子後代韓景侯於「三家分晉」之後建立韓國，迫使周威烈王承認為諸侯，建都陽翟（今河南禹縣）。韓哀侯滅鄭，遷都新鄭（今屬河南省）。韓被秦滅之後，子孫以韓為姓。

導讀 韓氏自唐代以後，南遷東南各地，當今分佈在河南、山東、江蘇等地。現當代名人有韓森，香港四大華探長之一。

【楊】

尋根溯源 周成王三弟叔虞的次子名姬抒，在周康王時被封為楊侯，建國於今山西洪洞東南。楊侯第六代孫楊康隨周宣王北征時陣亡，其子尚父繼國。東周桓王時楊國被晉武公滅，子孫陸續南遷，並以國名楊為姓。

導讀 楊氏自明代後，主要在兩廣及西南地區繁衍，當今主要集中在河南、雲南和四川一帶。現當代楊氏名人有楊振寧，著名物理學家，曾獲諾貝爾物理學獎；楊鐵樑，曾任香港終審法院首席大法官。

朱秦尤許，何呂施張。孔曹嚴華，金魏陶姜。

【朱】

尋根溯源 顓頊玄孫陸終的第五子名安，大禹時賜姓曹。武王滅商後封曹安後裔曹挾於邾（今山東鄒縣一帶），建邾國。至戰國時邾被楚滅，王公貴族以國名去偏旁改姓朱。其偏旁右「阝」，古代同「邑」，意思是邾國已失其地，國已不國。

導讀 朱氏自唐代已開始在廣東繁衍，宋代時期則集中在江西一帶。現代朱氏以江蘇、廣東、浙江和江南等地分佈最廣。朱氏現當代名人有朱自清，著名作家；朱經武，美籍華裔物理學家。

【秦】

尋根溯源 古代嬴姓祖先伯益後代嬴非子替周孝王牧馬有功，受封於秦，後代遂以為姓。此外周公之子伯禽裔孫封邑在秦，子孫以封邑為姓。所以秦氏祖先或源出嬴姓，或源出姬姓。

導讀 當今秦氏主要在河南、四川和廣西等地分佈最廣。秦氏現當代名人有秦基偉，中國政治家、軍事家。

【尤】

尋根溯源 五代時，王審之在福建稱閩王，閩國沈姓人為避閩王名字中「審」字的音諱（「沈」與「審」音同），去掉水字旁，改餘下的右半邊為「尤」字作姓。

導讀 尤氏自宋以後，主要在南方諸地分佈，以江浙一帶為主。當今則在河南、山西、福建和雲南等地分佈。現當代尤氏名人有尤列，與孫中山、陳少白、楊鶴齡被清政府合稱「四大寇」。

【許】

尋根溯源 周武王滅商後，將不肯食周粟而逃亡的賢士伯夷後人文叔封於許國，世稱許文叔。封國舊址在今河南許昌，後雖多次遷徙，但均在今河南省界內。戰國初許為楚滅，子孫始以許為姓。一說許姓的祖先是堯時的隱士許由。傳說堯想將君位讓給他，後又想請他做九州長官，他均辭而不受，隱居在箕山、潁水畔。

導讀 許氏當今在山東、江蘇、廣東、雲南等地分佈最廣。許氏現當代名人有許冠傑，香港著名歌手。

【何】

尋根溯源 戰國時韓國被秦所滅後，子孫流離分散。其中逃至江淮一帶的便以韓為姓，當地發音「韓」與「何」相近，於是被變稱為何。

導讀 何氏當今在南方地區分佈較多，其中以四川、廣東、湖南分佈最密集。何氏現當代名人有何大一，美籍華裔科學家，發明雞尾酒療法。

【呂】

尋根溯源

傳説上古炎帝因出生並居住於姜水流域，所以姓姜，姜姓羌人有四支胞族即「四嶽」，其中一支在夏時被封為呂侯，建呂國（今河南南陽）。春秋時呂國被楚所滅，子孫後代以國為姓，稱呂氏。

導讀

呂氏自宋明以後，已繁衍到福建、兩廣一帶。當今在山東、河南等地分佈最為密集。

【施】

尋根溯源

施氏原系殷商七族之一，其餘還有陶氏、樊氏等。周公旦平定武庚之亂，殷商七族都被劃歸文王之子康叔管轄，施氏家族主要負責製造旗幟。

導讀

施氏自宋元以來，已分佈在江浙一帶。當今在東北、北京、山西、安徽、寧夏和福建等地分佈最為廣泛。施氏現當代名人有施叔青，台灣作家。

【張】

尋根溯源

相傳黃帝的孫子姬揮夜觀天象，見弧矢九星如弓狀排列正對大狼星，於是受到啟發而發明製造出弓箭，被黃帝封官做弓正。這當然是神話傳説，不過製作弓箭的弓匠都以姬揮為祖師爺。弓正也稱作弓長，後代將弓長二字合一為姓，遂有了張姓。漢代道教盛行，領袖張角、張寶等都稱道教源於黃帝，而張姓亦為黃帝所賜，於是張姓人數漸多。

導讀

張氏自宋代後，已遍佈全國各地，當今以山東、河南、河北和四川分佈最廣。張氏現當代名人有張藝謀，中國著名導演；張學友，香港著名演員及歌手。

【孔】

尋根溯源

商族始祖為契，子姓。後十四代孫成湯滅夏建立商朝，被商民尊奉為開國英主。商湯字天乙，所以他的一支後裔便用湯的本姓「子」，再加上他字裏的「乙」，合成一個孔字為姓。又紂王庶兄微子啟被周封於商丘，國號宋，史稱宋微子。宋微子後代中有名叫孔父嘉者，他的子孫因禍逃到魯國，改姓孔，這個家族後來誕生了孔子。

導讀

孔氏後人自宋明以後，遍佈於全國各地。當今以山東、江蘇、遼寧等地分佈最為密集。孔氏雖為大族，但現當代經歷了不同時期的變遷，現在已成了全球華人關注的氏族。孔氏家譜曾大修了四次，明代一次，清代兩次，民國一次。二〇〇九年由孔德墉（孔子的第七十七代孫）主持再修了一次。

【曹】

尋根溯源

周武王滅商後封弟弟叔振鐸於曹（今山東曹縣），世稱曹叔振鐸。曹被宋滅，其國人遂以曹為姓。

導讀

曹氏早在唐宋時期，族群已在福建、兩廣等地繁衍，如今全國各地都有曹氏分佈，其中以四川、河北、河南分佈最廣。曹氏現當代名人有曹捷（陶傑），香港作家。

【嚴】

尋根溯源 嚴姓本源為莊氏，是春秋楚王侶的後裔。楚王侶死後謚號楚莊王，其支庶子孫便有以莊為姓者。東漢明帝名劉莊，莊氏為避明帝諱，便以同義詞「嚴」代替莊做了姓氏。

導讀 自宋元以後，嚴氏廣泛地在江南一帶分佈，如今在江浙一帶和湖北、江蘇等地分佈最廣。現當代嚴氏名人有嚴復，翻譯家、教育家。

【華】

尋根溯源 華（粵：話；普：huà）：春秋時宋戴公之子考父封邑於華（今陝西華陰），後代遂以封邑地名為姓。

導讀 華氏自明清以來，在東北、山東、江蘇、浙江、安徽、福建等地分佈最廣。華氏現當代名人有華羅庚，著名數學家。

【金】

尋根溯源

黃帝兒子少昊（粵：浩；普：hào）為金天氏，所以他的一支子孫便以其中的金字為姓。一說漢武帝時，匈奴王太子日磾（粵：覓低；普：mì dī）曾事武帝，武帝將其裝扮成金色人身參與祭天大典，並賜姓金，所以金氏為少數民族後裔。

導讀

金氏當今主要在河南、浙江、江蘇等地分佈。金氏的現當代名人有金岳霖，哲學家、邏輯學家；金性堯，中國作家，與季羨林齊名，被譽為「南金北季」。

【魏】

尋根溯源

周文王後裔畢萬在晉國為大夫，畢萬後代魏斯與韓、趙三家分晉後各自建國，魏斯建立魏國，都安邑（今山西夏縣），史稱魏文侯。魏文侯任用李悝（粵：灰；普：kuī）變法改革，成為戰國七雄之一。魏被秦滅後，後代便以魏為姓氏。又戰國時秦國穰侯魏冉本是楚王後裔，芈（粵：美；普：mǐ）姓，後改芈姓為魏，子孫亦沿襲魏姓。

導讀　魏氏自唐宋以後，在南方分佈最廣，當今以四川、河北等地最為集中。魏氏現當代名人有魏建功，中國語言學家、文字學家。

【陶】

尋根溯源　武王弟康叔統治的殷商七族中有陶氏，負責陶器製作，子孫也以陶為姓。一說堯任君主前居住於唐，後又居住於陶，稱陶唐氏。堯的後裔子孫中的一支遂以陶為姓。

導讀　陶氏當今主要在山東、上海、江蘇、浙江、四川、湖南一帶繁衍。陶氏現當代名人有陶行知，中國教育家；陶希聖，學者、政治家。

【姜】

尋根溯源　炎帝（一說即神農氏）出生並居住在姜水，故以姜為姓。在歷史發展中，由於種種原因，炎帝後代子孫許多支已改變為別的姓氏。周代齊國的開國始祖呂尚就是炎帝的後裔，姓姜名望字子牙，因功封於呂地，遂改姓呂。到春秋時，姜子牙之後齊桓公已成為五霸第一霸主。齊在戰國時被田和所滅，其子孫後代分居各地，許多族裔又改回姜姓。

導讀 姜氏當今以黑龍江、遼寧、山東等地最為集中。姜氏現當代名人有姜文，中國著名導演、演員。

戚謝鄒喻，柏水竇章。雲蘇潘葛，奚范彭郎。

【戚】

尋根溯源 春秋時衛國大夫孫林父受封至戚邑，遂以封邑為姓。

導讀 戚氏在河北、河南、山東和江蘇等地均有分佈。

【謝】

尋根溯源 周宣王封其舅父申伯於謝國（今河南唐河），後代遂以謝為姓。

導讀 謝氏自宋明以來已遍佈全國各地，當今以四川、江西、廣東等地分佈最為集中。

【鄒】

尋根溯源 周武王滅商後封顓頊後裔曹挾於邾國，邾國被滅後其後代改姓為朱。邾國被楚滅前一度為魯國的附屬國，魯穆公時曾將其國號改為鄒，故其後代在國亡後，一部分改姓了朱，另一部分則改姓了鄒。

導讀 鄒氏自唐代以後向東南地區遷居，當今以江蘇、福建和江西等地最為集中。鄒氏現當代名人有鄒家華，曾任中國國務院副總理。

【喻】

尋根溯源 喻（粵：預；普：yù）：西漢蒼梧太守諭猛的後代在東晉時改姓為喻，其子孫遂沿襲改諭作喻姓。

導讀 喻氏主要集中分佈在中原、東北、西南等地。

【柏】

尋根溯源 春秋時有一小國柏國（在今河南西平），後被楚國所滅，子孫後以國為姓。又傳說上古炎帝有師名招，帝嚳（粵：谷；普：kù）有師名同，他們居住在柏地，後代便都以柏為姓。

導讀 柏氏在河北、河南、山東、上海、江蘇和內蒙古等地均有分佈。

【水】

尋根溯源 因大禹治水之故，其後代子孫很多人做了水官，負責掌管治理江河湖泊，漸漸地便以水作為姓氏。另上古居民住在江河湖澤之畔者，也多有以水為姓的。

導讀　水氏歷來在浙江一帶為名門望族，西北以及少數民族地區也有分佈。

【竇】

尋根溯源　夏朝第五代君主名相，相失國被殺，其妃當時已懷有身孕，慌亂中從竇（牆洞）中逃出，生下了遺腹子少康。後少康中興，成為夏的第六代君王。少康兒子杼、龍為紀念祖母逃難之舉，遂以竇為己姓，後代子孫也都姓了竇。

導讀　竇氏自宋明以來，主要在江浙一帶繁衍。

【章】

尋根溯源　齊太公姜尚（姜子牙）的一支子孫被封於鄣（今山東章丘），春秋時被齊所滅，後代於是去掉右邊偏旁「阝（邑）」改姓為章。

導讀 章氏自宋明以來，主要在江浙一帶繁衍，如今擴展到東南沿海、長江中游一帶。章氏現當代名人有章太炎，清末民初思想家、史學家；章子怡，電影演員。

【雲】

尋根溯源 傳説顓頊後裔祝融在帝嚳時擔任火正，居住於妘（粵：魂；普：yún），以妘為姓。其後代一支南遷成為周代諸侯國鄖（粵：魂；普：yún，今湖北鄖縣）國。於春秋時被楚國所滅，其後代便以國名作姓，並去偏旁改字為雲。

導讀 雲氏主要在河南、山東等一帶繁衍。

【蘇】

尋根溯源 周武王時顓頊後裔忿生任職司寇，掌管刑獄、糾察，因功封國於蘇，史稱蘇忿生。春秋時蘇國被狄人滅掉，其子孫便以國名蘇為姓。

導讀 蘇氏自唐代以後，便向東南地區遷居，尤其河南、山西、廣西、廣東分佈最多。蘇氏現當代名人有蘇秉琦，中國考古學家。

【潘】

尋根溯源 周文王後代姬高被封在畢國（今陝西咸陽西北），人稱畢公高。畢公高之子季孫被封在潘（今陝北一帶），季孫之後遂以封地潘為姓。又春秋時楚成王世子商臣的太師為潘崇氏，潘崇氏後代便改姓作了潘。

導讀 潘氏自唐代開始遷居東南沿海一帶，當今多分佈在南方地區，猶以江蘇、安徽和廣東一帶分佈最廣。

【葛】

尋根溯源 夏代有一諸侯國名葛（故址在今河南長葛），葛國國君封為伯爵，所以史稱葛伯。葛伯後人於是以葛為姓。

導讀 葛氏自宋明以來，在河北、江蘇、浙江、安徽、江西等地區分佈最廣。葛氏現當代名人有葛優，中國著名演員。

【奚】

尋根溯源 黃帝後裔姬仲在夏朝時任職車正，掌管車馬，其封地（供其賦稅之地，即食邑）在奚，故被稱為奚仲。奚仲後代取其名字中的奚代姬，便有了奚姓。

導讀 奚氏自明清以來，在遼寧、北京、江蘇、上海、浙江、陝西和湖北等地都有分佈。滿族也有此姓。奚氏現當代名人有奚仲文，香港電影美術指導。

【范】

尋根溯源 帝堯後裔杜伯被周宣王所殺，其子出逃到晉國任士師。晉國後封杜伯曾孫士會食邑於范（今河南范縣），人稱范武子，後代於是以封邑范作為了姓氏。

導讀 范氏當今在河南、四川、遼寧為三大密集區。

【彭】

尋根溯源 顓頊裔孫陸終的第三子籛鏗（粵：箋亨；普：jiān kēng），即錢氏先祖，因居於彭地，故世稱彭祖，彭祖號稱長壽，活了八百歲。商代有諸侯國大彭（故地在今江蘇徐州），大彭的開國君主據說就是傳說人物彭祖，大彭國亡後子孫便以彭為姓。所以錢姓與彭姓均奉彭祖為其先祖。

導讀 彭氏自唐代以後，在江西、福建、四川、湖南等地分佈最密集，現今尤以湖南、四川、湖北和江西分佈最為密集。彭氏當今名人有彭麗媛，中國歌唱家。

【郎】

尋根溯源 春秋時魯懿公孫子費伯修築了郎城（故址在今山東曲阜）居住在那裏，後代子孫遂以郎為姓。又歷史上南匈奴也有郎氏。

導讀　郎氏在北京、浙江、貴州等地都有分佈，滿族人也有郎姓。朗氏當今名人有郎朗，中國著名鋼琴家。

魯韋昌馬，苗鳳花方。俞任袁柳，酆鮑史唐。

【魯】

尋根溯源　周公旦的封國為魯（今山東西南部），但他一直留在鎬京（今陝西西安）輔佐成王，讓其子伯禽就封曲阜（魯國都城）。後代子孫遂以魯為姓。

導讀　魯氏自宋代至今，在安徽、甘肅、福建、江西等許多地方均有分佈。

【韋】

尋根溯源　夏朝少康帝中興復國後，封其孫元哲於豕韋（今河南滑縣南），元哲到了封地後只選留了一個「韋」字建韋國。韋國後被商湯所滅，王族遂以韋為姓。又秦漢時韓信後人避禍曾藏身南粵（今兩廣一帶），僅以姓氏的半邊韋字作姓，故今廣西僮族多韋姓。

導讀

韋氏如今在廣西壯族一帶分佈最廣。

【昌】

尋根溯源

傳說黃帝之子名昌意，娶蜀山氏之女昌仆生兒子顓頊，這個家族的一支便以昌字作姓氏。

導讀

昌氏早期主要在中原地區繁衍，如今主要集中在江蘇、上海、浙江、安徽、福建以及西南地區一帶。

【馬】

尋根溯源 伯益後代趙奢是戰國時代趙國的名將，因戰功被封於馬服（今河北邯鄲），世稱馬服君，後代於是以馬服為姓，並簡化成馬。

導讀 馬氏當今在河南、河北、山西、江蘇分佈最為密佈。馬姓當今名人有馬雲，中國企業家；馬榮成，香港著名漫畫家。

【苗】

尋根溯源 春秋時楚國發生若敖之亂，楚大夫伯棼（粵：墳；普：fēn）被殺，其子賁（粵：奔；普：bēn）皇逃到晉國，被封於苗邑（今河南濟源），子孫便以苗為姓。

導讀 苗氏自宋明以來，在黑龍江、河北、北京、山東、安徽等地均有分佈。

【鳳】

尋根溯源 相傳帝嚳高辛氏時，鳳鳥氏擔任曆正，掌管曆法節令，後代子孫便以先祖氏中的鳳字為姓。又唐代南詔國王族中有閣羅鳳一支，閣羅鳳的後代便以其中最後一個字作為姓氏。

導讀

鳳氏自唐代以後在東北、河北、江蘇等地繁衍。

【花】

尋根溯源

古代本無花字，花草之「花」通「華」字，所以花姓、華姓同源。唐朝開始，花與華字意漸漸有所區別，所以花姓也隨之由華姓分支出來。華（粵：話；普：huà）姓源自春秋時宋戴公子考父，考父食邑於華地，子孫後便以華為姓。

導讀

花氏自宋明以來多分佈在江蘇、上海、安徽、湖南、四川等地。

【方】

尋根溯源

周宣王大臣姬方叔是黃帝後裔方雷氏的後代，他奉命南征叛亂的荊人有功，宣王便賜其子孫取其名字中的方為姓。

導讀 方氏自宋明以來，在福建、安徽、浙江一帶繁衍，如今在河南和安徽等地最為密集。方氏現當代名人有方勵之，天體物理學家；方樹泉，香港慈善家。

【俞】

尋根溯源 黃帝時主管醫藥的俞跗（粵：夫；普：fū）是醫術高超的神醫，據說《素問》就是經他注釋推廣的，故後代以其名中俞字為姓。

導讀 俞氏從宋代以來，主要分佈在江浙一帶以及廣東等南方地區。俞氏現當代名人有俞鴻鈞，政治家。

【任】（粵：吟；普：rén）

尋根溯源 黃帝少子禺陽封在任邑，其後代遂以任為姓。

導讀　任氏自宋明以來，主要分佈在四川、山西、山東和河南一帶，當今以山東和河南兩地最為廣佈。任氏的現當代名人有任劍輝，香港著名粵劇演員。

【袁】

尋根溯源　西周時陳國開國君主胡公媯（粵：歸；普：guī）滿為舜的後代，其十一世孫媯諸，字伯爰（粵：元；普：yuán）。伯爰後代遂取爰字為姓，因「爰」與「袁」通，故又稱姓袁。則爰、袁同出自媯姓。

導讀　袁氏自宋明以來，已廣泛散佈大江南北，當今以四川、冀豫和贛蘇浙等地分佈最多。袁氏現當代名人有袁世凱，清末民初政治家、軍事家。

【柳】

尋根溯源　春秋時魯孝公之子姬展的孫子無駭，以祖父名字展為姓，生有展禽。展禽任魯國負責刑獄的士師（司寇的屬官），不但執法嚴明，而且品行端方，死後諡號惠。因其食邑封於柳下（今河南濮陽柳下村），其後代遂取其封邑中的柳字為姓。

導讀　柳氏自唐宋以來，在江浙、湖廣、閩粵、巴蜀等地聚居。

【酆】（粵：峰；普：fēng）

尋根溯源　周文王的小兒子姬封被封國於酆，人稱酆侯，其後遂以酆為姓。

導讀　酆氏古時在山西、陝西、湖南、四川等地都有零散分佈，如今分佈較廣，但人數不多。

【鮑】（粵：齙；普：bào）

尋根溯源　夏禹後代敬叔，春秋時任齊國大夫，齊侯將鮑邑（今山東歷城東）封給了他，世稱鮑敬叔。其子叔牙以敬叔封地為姓，名叫鮑叔牙，後成為了齊桓公的賢臣，鮑姓由此而始。

導讀　鮑氏自唐宋以來，在河北、江蘇、浙江、湖北、廣東、青海和安徽等地分佈。鮑氏當今名人有鮑德熹，香港著名攝影師。

【史】

尋根溯源　西周著名史官太史佚（粵：日；普：yì）與周公、召公、姜太公齊名，世稱四聖，傳説太史佚的先祖就是黃帝時發明文字的史官倉頡（粵：揭；普：jié）。後代以他們的功績為榮，於是取史官的史字為姓。

導讀　史氏現在主要以山東、湖南等地分佈最為密集。

【唐】

尋根溯源　出自堯之後。堯為陶唐氏部落首領，封於唐（今山西翼城），後來舜封堯的兒子丹朱為唐侯，建唐國。至周時，唐國被成王滅掉，其子孫遂以國名為姓。

導讀　唐氏現代以四川、湖南分佈最廣。唐氏現當代名人有唐君毅，中國著名哲學家、教育家；唐滌生，著名劇作家。

費廉岑薛，雷賀倪湯。滕殷羅畢，郝鄔安常。

【費】

尋根溯源　伯益協助大禹治水有功，受封於大費，其後人於是以費為姓。又春秋時魯懿公後裔被封於費，後代子孫便以費作為姓氏。

導讀　費氏主要集中在江浙一帶和上海等地。費氏現當代名人有費孝通，中國歷史學家。

【廉】

尋根溯源　顓頊的孫子名大廉，子孫便以其名字中的廉作為姓氏。

導讀　廉氏自宋明至今，在遼寧、北京、天津、山東、山西、江蘇等地分佈。

【岑】（粵：涔；普：cén）

尋根溯源　周武王封自己的堂弟姬渠在岑邑，為子爵，人稱岑子。岑子建岑國，子孫後代便以岑為姓。

導讀　岑氏主要在浙江、廣東、廣西、雲南等地區分佈。

【薛】

尋根溯源　夏禹封黃帝後裔奚仲於薛地（今山東滕縣），其後有薛國。薛國曾遷徙至邳（今山東微山西北），再遷至下邳（今江蘇邳縣西南），成為齊國屬地。戰國時薛被楚兼併，公子登仕楚，封官大夫，登命子孫改姬姓為薛姓。

導讀　薛氏自宋明以來，在南方各地分佈最廣，以山西、浙江、江蘇、陝西最為集中。薛氏現當代名人有薛覺先，粵劇藝人。

【雷】

尋根溯源　上古有部落方雷氏，其後代分為方姓或雷姓，據説黃帝妃中便有方雷氏之女。

導讀　雷氏當今主要集中在四川、陝西、湖北三省。雷氏現當代名人有雷鋒，中國共產黨提出的人格模範。

【賀】

尋根溯源　齊桓公後代有公子封，封父名慶克，於是他便以父名中的慶字為姓。傳至東漢安帝時，因漢安帝父名劉慶，為避慶字諱，安帝的侍臣慶純便以同義詞「賀」代慶作姓，從此便有了賀姓。

導讀　賀氏自宋明以來，已向全國遷移，當中以陝西、山西、湖南等地區分佈最為密集，目前仍以山西、湖南分佈最多。

【倪】

尋根溯源 周武王封曹挾於邾建邾國。邾武公封其次子肥於郳（粵：危；普：ní），建附庸小國郳國。戰國時，郳國被楚所滅，後代便以郳為姓，為避仇殺又去偏旁改作兒（粵：危；普：ní），後又加人字旁作倪姓。

導讀 倪氏自古以來都在河北、山西、陝西、江浙、安徽、福建、湖南、江西、廣西、貴州、雲南等地區繁衍。倪氏當今名人有倪匡，香港著名作家。

【湯】

尋根溯源 商王朝建立者成湯，甲骨文中稱唐、大乙，史書亦作商湯，後代以湯為榮，遂用湯為姓。

導讀　湯氏當今在江蘇、湖北、湖南、福建等地區分佈最為密集。湯氏現當代名人有湯用彤，中國哲學家、教育家、歷史學家。

【滕】

尋根溯源　周武王滅商後，封其十四弟錯叔秀於滕（今山東滕縣西南），建滕國。戰國初期先被越國所滅，復國後又被宋滅，子孫遂以國名為姓。

導讀　滕氏主要分佈在山東、河南、江蘇、浙江、湖北、湖南以及北京、黑龍江、山西、安徽等地。滕氏現當代名人有滕代遠，軍事家。

【殷】

尋根溯源　成湯第九代孫商王盤庚自奄（今山東曲阜）遷都至殷（今河南安陽小屯村），所以商亦稱作商殷、殷商，商亡國後，子孫後代便以殷為姓。

導讀 殷氏主要在遼寧、山西、安徽、福建、四川等地區聚居。殷氏現當代名人有殷承宗，中國著名音樂家、鋼琴演奏家、作曲家。

【羅】

尋根溯源 黃帝後裔祝融的後代於春秋時建羅國，後被楚所滅，子孫遂以國名為姓。

導讀 羅氏當今主要在四川和粵湘閩贛等地區聚居。羅氏的現當代名人有羅瑞卿，中國政治家、軍事家。

【畢】

尋根溯源 周文王第十五子姬高受封於畢（今陝西咸陽西北），世稱畢公高，後代遂改姓為畢。

導讀 畢氏自宋明以來，在東北地區，江浙一帶和湖南、湖北、安徽、雲南、江西、廣東和廣西等地區分佈最廣。畢氏的現當代名人有畢琨生（白玉堂），著名粵劇演員。

【郝】

尋根溯源 殷商時商王帝乙封子期於郝鄉（今山西太原），子期後代便以郝為姓。

導讀 郝氏主要在河北、山西、山東、四川等地區聚居。

【鄔】

尋根溯源 黃帝時求言為鄔邑部族首領，後代遂以鄔為姓。又春秋時晉國大夫祁臧封邑於鄔（今山西介休），子孫後來以鄔為姓。

導讀 鄔氏自明清以來主要在江浙一帶，湖北、湖南、江西、四川、廣東等地區繁衍。

【安】

尋根溯源 黃帝孫子名安，據說後居西戎，以名字立國稱安息，後代於是以安為姓。實際上安息國應為少數民族所建，東漢靈帝時西域安息國太子安清來到京城洛陽傳習佛事，後定居洛陽，以安為漢姓。又北魏時有安遲氏族隨孝文帝南遷洛陽，亦改單姓作安氏。除安息國外，西域尚有安國，唐時歸附中原，亦以國名效漢姓作安。而柳城（今遼寧朝陽）胡人安祿山本姓為康，後改為安姓，子孫亦隨之姓安。

導讀

安氏當今主要在東北、華北、西北等地分佈。

【常】

尋根溯源

黃帝時司空名常先，後代便以常為姓。一說周文王兒子康叔分封其子於常邑，這支後代最終以常為姓。又春秋時楚國公族恒惠公的後人以恒為姓，北宋時為避宋真宗趙恒名諱，恒氏便改姓為常，因「常」與「恒」義同。

導讀

常氏自宋明以來已向全國各地遷移，尤其以河南、山西、山東、四川最為密集。

樂于時傅，皮卞齊康。伍余元卜，顧孟平黃。

【樂】（粵：樂；普：yuè）

尋根溯源 春秋時宋國國君宋戴公兒子名衎（粵：漢；普：kàn），字樂父。樂父孫子夷父須取祖父字中的樂為姓，世遂有樂姓。

導讀 樂氏在浙江、安徽、江西、內蒙古、湖南、四川、貴州、福建等地區均有族人分佈。

【于】

尋根溯源 周武王第三子受封在邘（粵：於；普：yú）國，人稱邘叔。子孫後以國名為姓，並去偏旁簡化作于。

導讀 于氏當今主要在黑龍江、遼寧、山東等地分佈最為集中。于氏現代名人有于右任，中國書法家。

【時】

尋根溯源 春秋時宋國公子來，受封在時邑，子孫以封邑為姓，遂有時氏。

導讀 時氏自唐宋至今，在河北、河南、山東、江蘇等地的分佈最多。

【傅】

尋根溯源 商王武丁派人四出訪賢，在傅岩（今山西平陸）發現了築牆的奴隸説（粵：悦；普：yuè），便推舉為相，世稱傅説，其子孫後代便以傅為姓。又黃帝後裔大由，周朝時封邑於傅，因以封地名為姓。

導讀 傅氏當今主要在山東、湖南、雲南等地聚居。傅氏現代名人有傅聰，傅雷之子，中國著名鋼琴家；傅斯年，中國著名歷史學家。

【皮】

尋根溯源 周公後裔仲山甫因輔佐周宣王有功，被封在樊國，稱樊侯。樊侯後人有一支又封在皮氏邑，遂改以皮為姓。

導讀 皮氏主要散佈在北京、河北、湖北、湖南和雲南等地區。

【卞】（粵：便；普：biàn）

尋根溯源 周初武王封其弟叔振鐸於曹，人稱曹叔振鐸。曹叔振鐸的後人中出了個勇士名莊，受封在卞邑，稱為卞莊子，其子孫遂以封邑卞為姓氏。

導讀 卞氏在河北、湖北、江蘇和四川、安徽等地分佈最多。卞氏現代名人有卞之琳，中國詩人、翻譯家、文學評論家。

【齊】

尋根溯源

周初太公望姜子牙封於齊，建齊國，都營丘（今山東淄博東北）。到齊桓公時用管仲為相，國力強盛，成為「春秋五霸」之一。齊康公時，齊國君權被田氏取代，史稱田齊。齊康公的後代遂改原姜姓為齊姓。

導讀

齊氏如今主要在山東、河北和東北地區較為集中。齊氏現當代名人有齊白石，中國著名國畫畫家；齊邦媛，作家、台灣文學之母；齊豫，台灣歌手。

【康】

尋根溯源

周初武王七弟姬封被封於康邑（今河南禹縣西北），故稱康叔。周公滅武庚後，把殷民七族和商故都周圍土地都封給了康叔，建國稱衛，都朝歌（今河南淇縣），成為當時大國。後國勢漸衰，先後淪為齊、魏的附庸國，最終被秦所滅。後代為緬懷康叔，遂以康為姓氏。

導讀 康氏自宋明已散居在河南、陝西、山西、安徽等地區。

【伍】

尋根溯源 春秋時楚莊王有大夫姓芈（粵：美；普：mǐ），名伍參，後代以其名字中的伍字為姓，遂有伍氏。

導讀 伍氏當今在北京、內蒙古、江蘇、浙江、湖南、重慶、江西、廣東、廣西、雲南等地區聚居。

【余】

尋根溯源 春秋時有晉人叫由余的人秦為相，子孫以為榮耀，遂取餘字為家族姓氏。

導讀 余氏自宋明以來，在福建、湖北、江西、浙江等地區聚集，當今在廣東、雲南、江西最為密集。余氏當今名人有余光中，台灣著名作家、詩人；余英時，著名歷史學家；余秋雨，中國知名作家。

【元】

尋根溯源　商朝有一太史名叫元銑（粵：癬；普：xiǎn），他的子孫後來就以元為姓。又春秋時衛國大夫元咺（粵：犬；普：xuǎn），食邑在元，其後人便以元為姓。

導讀　元氏在河南、陝西、河北、山西、天津、安徽、四川、浙江等地區聚居。

【卜】

尋根溯源　上古有占卜之官，其後代遂以卜字為姓。

導讀　卜氏自宋明以來已在福建、廣東、廣西、湖南、湖北、河南、貴州、四川、甘肅和遼寧等地區聚居。

【顧】

尋根溯源 夏朝有附庸小國名顧，在今河南范縣東南一帶，後被商湯所滅，國人改姓為顧。

導讀 顧氏自宋明以來，已在全國擴散，當今主要在江蘇和浙江一帶最為集中。顧氏現當代名人有顧頡剛，中國歷史學家；顧嘉煇，香港作曲家。

【孟】

尋根溯源 古代兄弟排行居長者稱孟或伯，以下依次是仲、叔、季。春秋時魯桓公次子仲慶父趁其同父異母弟魯莊公去世，先後作亂殺死即位的子般和魯閔公，引起魯國人公憤，被迫出逃，後自縊而死。其家族後代仲孫氏以仲為恥，改仲孫氏為孟孫氏，繼又改孟孫為單姓孟。又春秋時衛襄公之子，字孟公，子孫後以孟為姓。

導讀 孟氏早在宋明已廣佈全國，當今主要在北方繁衍為主，猶其在東北等地最為集中。孟氏現當代名人有孟森，中國著名歷史學家。

【平】

尋根溯源 戰國時韓哀侯少子婼（粵：美；普：chuò）被封於平邑（今山西臨汾），韓亡國後婼的後代南遷下邑（今安徽碭山），以平為姓。

導讀 平氏當今主要在江蘇、浙江、安徽等地分佈。平氏當今名人有平亞麗，中國首位殘奧會金牌得主。

【黃】

尋根溯源 顓頊帝後裔有封於黃者建黃國（今河南潢川一帶），後被楚滅，子孫散居四方，以黃為姓。

導讀 黃氏自宋明以來已成為江南大姓，現在主要在四川、江蘇、湖北、湖南、江西、福建、廣西、廣東等地區分佈。黃氏現當代名人有黃仁宇，中國著名史學家；黃家駒，香港歌手。

和穆蕭尹，姚邵湛汪。祁毛禹狄，米貝明臧。

【和】

尋根溯源

傳説堯、舜時掌管天地四時之官有羲氏、和氏，後羲與和合稱成為官名，又太陽的駕者、太陽的母親均名羲和，和姓後代以之為榮，遂以上述神話傳説的人物為其遠祖。一説楚國發現「和氏璧」玉璞（粵：撲；普：pú）的卞和後代，取其祖先名字中的和字為姓，始有和姓。

導讀

和氏在河南、河北、山東、山西、陝西、雲南等地都有分佈。

【穆】

尋根溯源

春秋時宋宣公弟弟和繼承兄位，在位九年，臨終前力排眾議將君位讓給宣公之子與夷，即宋殤公，而將自己兒子公子馮送去鄭國居住。為褒揚其品德，死後謚號穆，子孫後代遂有以穆為姓者。

導讀 穆氏自唐宋以來，在河北、河南、山西、山東、江蘇、浙江、甘肅等地區都有分佈。穆氏後人也多遷往甘肅，又與甘肅的外族交往及成婚，不少原居於邊地的外族人士也改為漢族姓氏穆姓。

【蕭】

尋根溯源 宋國開國君主微子啟後裔樂叔大心平息叛亂有功，封於蕭邑，建附庸於宋的小國蕭（今安徽蕭縣），後被楚滅，後代遂以蕭為姓。

導讀 蕭氏自唐代後，已在閩粵及嶺南地區分佈，當今以四川、湖北、湖南、江西、廣東分佈最為集中。蕭氏當今名人有蕭芳芳，香港電影演員。

【尹】（粵：允；普：yǐn）

尋根溯源 古代東夷族首領少昊（粵：浩；普：hào）兒子殷被封於尹地（今河南新安一帶），後代遂以尹為姓。又尹在古代為輔弼之官，春秋時楚國長官多稱作尹，後代便以祖上的官名為姓氏。

導讀 尹氏當今以四川、湖南、湖北分佈最多。

【姚】

尋根溯源 傳說舜的母親握登生舜於姚墟，舜的後代便有以姚為姓者。

導讀 姚氏自明代以來在浙江、江蘇聚居，當今也在江浙一帶及東南地區分佈最多。姚氏現當代名人有姚蘇蓉，六十年代國語女歌手；姚明，中國著名籃球運動員。

【邵】（粵：紹；普：shào）

尋根溯源 春秋時邵與召為同一個氏族，都是召公奭（粵：惜；普：shì）的後代。召公姓姬名奭，為周的支族，曾助武王滅商，後又與周公一起輔佐成王，為西周四聖之一，封邑於召（今陝西岐山西南），故稱召公或召伯，後代遂以召為姓。召姓後人又有加邑（右「阝」）旁表示封邑之意，於是又有了邵姓。

導讀

邵氏自宋明以來就在江蘇、浙江形成族群，成為江南重要族姓。當今則以江蘇、山東、湖北、甘肅等地為主要分佈地區。邵氏現當代名人有邵逸夫，香港影壇大亨、企業家。

【湛】

（粵：dzam³；普：zhàn）

尋根溯源

夏朝時有一氏族建斟灌國，後因戰亂亡國，國人為避禍，相約分取國名兩字中的各一半「甚」和「水」組成湛字為姓。

導讀

湛氏自古至今主要分佈在河南、山東、浙江、湖北、福建、四川等地，如今在江西南昌等地區成為望族。

【汪】

尋根溯源 春秋時魯桓公庶子名滿，食邑封在汪地（在今山東省境內），後代遂以封邑汪為姓。一說汪姓來源於汪芒氏，夏禹時有防風氏因罪被禹誅殺，後代以為恥，於是改防風為汪芒，在商代時建汪芒國（在今浙江武康東），後代以國名中的汪為姓。

導讀 汪氏自宋代以來，已在湖北、湖南、四川、廣東、廣西及福建等地聚居，現在主要分佈在安徽。汪氏現當代名人有汪曾祺，中國著名作家；汪明荃，香港電視藝員。

【祁】

尋根溯源 春秋時晉獻侯四世孫名奚，官為大夫，封食邑於祁（今山西祁縣），後代遂以祁為姓。

導讀 祁氏主要分佈在山東、湖北、陝西、上海、江蘇、浙江、安徽和東北等地。

【毛】

尋根溯源 周文王之子伯聃（粵：擔；普：dān）被封在毛邑（今河南宜陽），後代遂以邑名為姓。又周文王庶子叔鄭封於毛國（今陝西岐山一帶），史稱毛公，後代於是以國名為姓。

導讀 毛氏如今主要在浙江、廣西、四川等地分佈最為密集。毛氏現當代名人有毛澤東，首任中國國家主席。

【禹】

尋根溯源 春秋列國中有一小國名鄅（粵：惜；普：yǔ），在今山東臨沂一帶，鄅國後人去「邑」旁改姓為禹。一說夏禹後人為紀念先祖，遂以禹為姓。

導讀 禹氏自宋元以來，主要分佈在山西、江蘇、甘肅、湖南、河南等地。

【狄】（粵：迪；普：dí）

尋根溯源　周康王姬釗推行其父周成王政策，周國力益盛，兩王並稱「成康之治」。康王封其弟孝伯於狄城，後代遂以狄為姓。一說孝伯為周成王舅父，封食邑於狄。

導讀　狄氏早期在山東、河北、河南一帶居住，後來向江蘇、浙江、湖南等地擴充。

【米】

尋根溯源　西域少數民族「昭武九姓」之一。原居住在昭武（今甘肅界內），後為匈奴所敗，遷居至中亞地區，建立米國（故址在今烏茲別克斯坦境內）。隋唐時，米國有一支系來到中原地區，遂按照漢俗以米為姓。

導讀　米氏自宋明以來，在北京、天津、陝西、湖北、江蘇、安徽、廣西、雲南等地分佈。

【貝】（粵：背；普：bèi）

尋根溯源 西周召公後代的一支被封在水畔（粵：叛；普：pèi）的丘（今山東淄博北），後代子孫去字的水旁為貝字，作姓氏。

導讀 貝氏自宋明以來，主要集中在江蘇、浙江等地繁衍。貝氏當今名人有貝聿銘，中國著名建築師。

【明】

尋根溯源 春秋時晉國滅虞國後俘獲了虞大夫百里奚，作為陪嫁之臣送入秦國，百里奚與蹇（粵：gin^{2}；普：jiǎn）叔等共同幫助秦穆公建立霸業。百里奚之子名視，字孟明，為秦國大將，曾率軍大勝過晉國，後代子孫遂以孟明視字中的明字為姓。一說傳說中燧人氏有大臣叫明由，明姓由此而始。

導讀 明氏主要在河南、山東、江浙一帶、湖北、安徽、河北和東北等地分佈。

【臧】（粵：妝；普：zāng）

尋根溯源 春秋時魯孝公之子名彄（粵：溝；普：kōu），被封在臧邑（今山東界內），子孫遂以臧為姓。又魯惠公之子名欣，字子臧，其家族一支便以先祖字中的臧字為姓。

導讀 臧氏如今在河北、河南、山東、江蘇、浙江和安徽等地分佈。臧氏現當代名人有臧克家，中國當代詩人。

計伏成戴，談宋茅龐。熊紀舒屈，項祝董梁。

【計】

尋根溯源 周文王封少昊後裔茲輿期於莒（粵：舉；普：jǔ）國，最早建都計斤（今山東膠縣西南），春秋時遷都於莒（今山東莒縣），後被楚國所滅，後代的一支遂以國都計斤中的計字為姓。

導讀　計氏自宋代以來，在江蘇、浙江、湖南、安徽等地區零散分佈。

【伏】

尋根溯源　南北朝時，北魏驃騎將軍侯植跟隨魏孝武帝西遷，甚得寵倖。至西魏文帝時，他又隨宇文泰（北周代魏後，被尊為北周太祖文皇帝）破沙苑，戰河橋，屢建功勳，進封大都督並賜改姓侯伏侯氏，繼又因功賜姓賀屯氏。後裔子孫中一支遂取賜姓中的一個伏字為姓。又伏羲氏後裔中亦有以伏為姓者。

導讀　伏氏自唐宋以來主要分佈在山東、濟南、山西等地，當今主要分佈在湖南。伏氏當今名人有伏明霞，中國著名跳水運動員。

【成】

尋根溯源　武王滅商後，封自己一個弟弟姬叔武於郕（粵：成；普：chéng，今山東寧陽東北），建郕國，也稱盛（粵：成；普：chéng）或成國。後代子孫遂以成為姓。

導讀 成氏自宋明至今，主要分佈在遼寧、吉林、河北、山西、四川、江蘇、浙江、安徽、湖北、湖南等地。

【戴】

尋根溯源 周公平定武庚反叛後，把商殷舊都周圍地區分封給商紂王的庶兄微子啟，建立宋國。春秋時，宋國第十一位君主宋戴公死後，其庶支子孫遂以其謚號戴為姓。又西周時有小國名戴，姬姓，故址在今河南民權東，春秋時被宋國所滅，戴國後代遂以國名為姓。

導讀 戴氏當今主要在江蘇、湖北、四川分佈較為密集。戴氏現當代名人有戴望舒，中國著名詩人。

【談】

尋根溯源 宋國殷商後裔傳至三十多代後有封邑於談的，人稱談君，後代於是以談為姓。又周朝有大夫名談，其子孫遂以談作姓氏。

導讀

談氏主要在江蘇、上海、浙江一帶繁衍。談氏現當代名人有談家楨，中國遺傳學家。

【宋】

尋根溯源

戰國時宋國被齊所滅，王公貴族遂相約改宋為姓氏。

導讀

宋氏主要集居於陝西、河北、四川、河南等地。當今主要在四川、黑龍江等分佈最廣。宋氏現當代名人有宋氏三姐妹：宋靄齡、宋慶齡、宋美齡。

【茅】

尋根溯源

周公旦第三子姬叔受封於茅（今山東金鄉西南），世稱茅叔，後代於是以茅為姓。

導讀

茅氏主要在河南、山東、江蘇、浙江、安徽等地分佈。茅氏現代名人有茅於軾，中國經濟學家。

【龐】

尋根溯源

周文王之子畢公高後裔中，有庶支封於龐鄉，遂以龐為姓。

導讀

龐氏當今主要在山東、湖北、陝西、遼東、雲南、浙江、廣東、江蘇、河北等地分佈。

【熊】

尋根溯源

黃帝為姬姓，號軒轅氏，又號有熊氏，後裔中遂有以熊為姓者。又西周時芈（粵：美；普：mǐ）姓氏族領袖鬻（粵：育；普：yù）熊於荊山一帶建立楚國，都丹陽（今湖北秭歸東南），傳至熊渠做國君時，疆土不斷擴大。後楚國遷都至郢（今湖北江陵西北），到了楚莊王時更成為「春秋五霸」之一。楚國王族後裔遂有以先祖名字中的熊字為姓者。

導讀　熊氏當今主要在湖北、江西、四川、湖南、貴州等地分佈。熊氏現當代名人有熊十力，中國著名學者。

【紀】

尋根溯源　相傳炎帝後裔於周初建有紀國，故地在今山東壽光東南，春秋時被齊國滅掉，後代以國名紀為姓。

導讀　紀氏主要分佈在山東、河北、河南、江西等地。

【舒】

尋根溯源　周朝建立後封皋陶後代於舒（今安徽廬江）建國，春秋時被徐國所滅。後又復國，國名舒鳩，後又被楚所滅，子孫便以舒為姓。

導讀

舒氏主要在河北、山西、內蒙古、湖北、四川、江西、雲南、廣東等地分佈。舒氏現當代名人有舒慶春（筆名老舍），中國著名作家。

【屈】

尋根溯源

春秋時楚武王兒子瑕（粵：霞；普：xiá）受封於屈邑，後代遂以屈為姓。又南北朝時，北魏有屈突氏，魏孝文帝遷都洛陽後進一步改革，鼓勵鮮卑族與漢族通婚，改鮮卑姓氏為漢姓，屈突氏遂改為屈姓。

導讀

屈氏現當代主要分佈在山東、湖北、浙江、四川等地。屈氏現當代名人有屈伯川，中國學者、教育家。

【項】

尋根溯源

春秋時楚國公子燕被封於項（今河南項城），建項國，後被齊滅（一說被魯所滅），後代子孫遂以項為姓。因項國源出於楚，故秦末項羽便自號西楚霸王。

導讀　項氏當今主要在北京、河北、山東、山西、內蒙古、江西、廣西、雲南、浙江、湖北、湖南、貴州等地聚居。

【祝】

尋根溯源　西周初周武王分封先代遺民，黃帝後裔中有一支被封在祝（今山東長清東北），子孫遂姓祝。又古代有官稱太祝，在《周禮》中為春官的屬官，掌管祭祀祈禱，其後代遂以先祖官職祝為姓。

導讀　祝氏當今主要在江浙一帶、湖北等地區分佈。

【董】

尋根溯源　周代大夫辛有之子被派往晉國做太史，掌管監督祭祀、策命、編寫史書等大事，地位很高。監督之責在《尚書》中稱作董，故其後代以董為姓，並世襲太史之職。春秋時著名史官晉國良史董狐即出此氏族。又傳說帝舜時有名叫董父的人善於養龍，其後代以先祖為榮，遂取其名字中的董字為姓。

導讀

董氏當今在遼寧、河北、河南、山西、山東、浙江、湖北、四川、雲南等地分佈。董氏現當代名人有董浩雲，航海業巨擘、世界七大船王之一；董建華，董浩雲的長子、首兩任香港特別行政區行政長官。

【梁】

尋根溯源

伯益後裔非子為周孝王養馬有功，封於秦，為秦開國始祖。傳到秦仲時，周宣王命為大夫，令其討伐犬戎，秦仲戰死，其長子又把犬戎打敗，受封西垂大夫。其次子康則被封於夏陽梁山（今陝西韓城南），建梁國，春秋時梁被秦滅，後代遂以梁為姓。梁國另有部分子孫逃到晉國，居住在晉國的解梁（今山西臨晉西南）、高梁（今山西臨汾東）、曲梁（今河北永平）等地，這些地方後被晉惠公割讓給了秦國，梁的遺民亦都相約改姓梁氏。

導讀

梁氏當今分佈在山東、湖北、廣東、廣西和四川等地。梁氏現當代名人有梁漱溟，現代著名哲學家、教育家；梁朝偉，香港著名電影演員。

杜阮藍閔，席季麻強。賈路婁危，江童顏郭。

【杜】

尋根溯源

帝堯後裔原封於唐，建唐國（今山西翼城西），西周時被成王滅，成為周成王弟叔虞的封地。原居住於此的帝堯後代被遷居至杜邑（今陝西西安東南），建杜國，春秋初年被秦寧公所滅，後代子孫遂以杜為姓。

導讀

杜氏當今在遼寧、河北、河南、山東、四川等地分佈最為密集。杜氏當今名人有杜琪峰，香港電影導演；杜國威，香港舞台劇編劇。

【阮】（粵：遠；普：ruǎn）

尋根溯源 商代時有諸侯小國阮國，舊地在今陝西岐山東北至渭河之間，後被周武王滅掉，子孫於是以國名為姓。

導讀 阮氏當今主要在河北、廣東、台灣、湖北、浙江等地區分佈。

【藍】

尋根溯源 楚國公子亹（粵：美；普：wěi）受封於藍，人稱藍尹，後代於是以藍為姓。又春秋時秦王族一支被封於藍邑（故地據說即今陝西藍田一帶），後代遂以藍為姓。

導讀 藍氏當今主要在吉林、河北、湖南、湖北、江蘇、上海、浙江、四川、廣西、雲南和貴州等地分佈。

【閔】（粵：泯；普：mǐn）

尋根溯源 春秋時魯國慶父作亂，先是殺死了莊公之子般，立莊公另子開即位。接著他又殺了國君開，打算代之為君，引發眾怒，逃亡後自殺。魯國亡君開謚號為閔，即魯閔公，後代子孫遂以閔為姓。

導讀 閔氏主要在山東、山西、浙江、四川、安徽等地區繁衍。

【席】

尋根溯源 春秋時晉國大夫籍談的先人因為世代掌管典籍，所以便以籍做了姓氏。秦末西楚霸王項羽勢力益強，項羽名籍字羽，當時籍氏為避項羽名諱，遂改籍姓為語音相近的席姓。

導讀 席氏當今主要在山西、江蘇、上海、湖北、湖南、四川、青海和貴州等地聚居。

【季】

尋根溯源 春秋時魯桓公的小兒子名友，按伯、仲、叔、季排行稱作季友。季友在平定慶父之亂時立了大功，以後幾代均在魯國掌權，後代以此為榮，遂以季為姓。

導讀

季氏自宋代以來，在浙江、江蘇、河北、湖南、江西、四川、廣東和雲南等地分佈。季氏現當代名人有季羨林，中國著名語言學家、翻譯家。

【麻】

尋根溯源

春秋時楚國有位大夫食邑於麻；齊國則有一位大夫叫麻嬰，他們兩位的後代據說都以麻為姓。

導讀

麻氏當今主要在河北、內蒙古等北方地區分佈。

【強】

尋根溯源

春秋時齊國有大夫公孫彊，「彊」與「強」通，故其後代遂有強姓。

導讀　強氏古今都在河北、河南、陝西、上海、浙江等地分佈。

【賈】

尋根溯源　西周時周康王把唐叔虞的小兒子公明封於賈，人稱賈伯。後來小國賈被晉所滅，賈伯後代遂以賈為姓。

導讀　賈氏自宋代以來，主要集中在河北、河南、四川等地繁衍。賈氏當今名人有賈平凹，中國作家。

【路】

尋根溯源　相傳高辛氏帝嚳的第四個妻子常儀生下了摯，摯的兒子玄元在堯時被封在中路，傳到夏時始建路國，子孫後代遂以國名「路」為姓。一說路是河水名，即路水，故道在今河北涿州一帶，後來在路水畔居住的人便以河名「路」為姓。

導讀

路氏自宋代以來，在河南、河北、湖南、山西、陝西、甘肅、山東、江蘇等地聚居。

【婁】（粵：留；普：lóu）

尋根溯源

周武王滅商後封少康後裔東樓公於杞地，建杞國。春秋時杞國被楚所滅，東樓公子孫又被遷至婁邑，後代遂以婁為姓。又顓頊後裔挾所建邾婁國於戰國時被楚所滅，其國人或以邾為姓，或以婁為姓。

導讀

婁氏自宋代以來在河北、河南、江蘇、浙江、江西、湖南、湖北、山東等地均有分佈。婁氏當今名人有婁燁，中國電影導演。

【危】

尋根溯源

據說帝舜時，堯的不肖了丹朱荒淫狂傲，因不滿堯禪位於舜，聯合諸多部落作亂反舜。居住於今洞庭湖至鄱陽湖一帶的三苗族因參與了丹朱與舜爭奪帝位的叛亂，被舜遷往三危（今甘肅敦煌南），三苗後裔遂以危為姓。

導讀 危氏自宋代以來，主要分佈在江西、浙江、福建和河南一帶。

【江】

尋根溯源 伯益後人嬴姓的一支被封於江（今河南正陽西南），建江國，春秋時被楚所滅，後代遂以江為姓。另一支封在江陵（今屬湖北省），亦以江為姓。

導讀 江氏自宋明以來，主要在江蘇、浙江、安徽、福建、江西和廣西等地分佈。江氏當今名人有江澤民，曾任中國國家主席。

【童】

尋根溯源 據説顓頊之子中有名字為老童者，聲音高亢洪亮，深得顓頊喜愛，老童子孫後代遂以童為姓。又春秋時晉國大夫胥童後人以其名字中的童字為姓。

導讀 童氏主要在遼寧、河南、湖北、江蘇、上海、浙江、安徽、四川、重慶、江西和福建等地分佈。童氏現當代名人有童忠貴（蘇童），中國作家。

【顏】

尋根溯源 顓頊帝後裔在周武王時建郳國，郳國傳至郳武公，因其字伯顏，世人於是稱武公為顏公，顏公後代遂有以顏為姓者。

導讀 顏氏自宋代以來，在江西、蘇州、河北、浙江、廣東和福建等地都有分佈。顏氏現當代名人有顏成坤，香港企業家。

【郭】

尋根溯源 周文王封其弟虢（粵：隙；普：guó）仲於東虢，另一個弟弟虢叔於西虢。東虢在今河南滎陽東北，春秋時為鄭所滅。西虢在今陝西寶雞東，也稱作城虢、小虢，西周滅亡後其支族仍留原地，後被秦所滅。周王室另有姬姓旁支建北虢，在今河南三門峽西和山西平陸一帶，後被晉所滅。東虢、西虢、北虢三國相繼被滅後，後代均以國名為姓，因虢與郭音同，故都改姓郭。

導讀

郭氏當今在河北、河南、山東、湖北等地較為密集。郭氏現當代名人有郭沫若，中國作家、歷史學家、考古學家、古文字學家；郭得勝，新鴻基地產創辦人。

梅盛林刁，鍾徐邱駱。高夏蔡田，樊胡凌霍。

【梅】

尋根溯源

商王太丁封其弟於梅（今安徽亳縣東南），建梅國，世稱梅伯。到商紂王時，梅伯被殺，梅國封號被廢。武王滅商後，封梅伯後人於黃梅（今屬湖北省），後代子孫遂以梅為姓。

導讀

梅氏當今主要分佈在遼寧、天津、北京、湖北、浙江、江蘇、安徽、四川和廣東等地。梅氏現當代名人有梅蘭芳，中國著名戲曲大師；梅艷芳，香港著名歌手。

【盛】

尋根溯源 周穆王時封其同宗建盛國，春秋時盛國被齊所滅，後代遂改姬姓為盛姓。

導讀 盛氏自宋代以來，主要在江蘇、河南、陝西、廣東、浙江、湖南、江西等地繁衍。盛氏現當代名人有盛宣懷，清末政治家、實業家。

【林】

尋根溯源 商紂王暴虐無道，將屢次勸諫自己的叔父少師比干剖心殺死，比干妻逃到了長林，生下遺腹子名堅。武王滅商後拜堅為大夫，因其生長於長林，故賜姓林。又周平王庶子名林開，後代遂以其名中的林字為姓。

導讀　林氏宋朝以來，主要在福建、浙江、廣東等地分佈最廣。林氏現當代名人有林語堂，中國著名學者。

【刁】

尋根溯源　周文王時有雕國，其後代遂以國為姓，並以同音字「刁」代替。又古代工匠中有雕人，是專門刻玉的工匠，他們的後代遂以雕為姓，改字作刁。又春秋時齊國大夫豎刁，曾與管仲共同輔佐齊桓公成就霸業，後代於是以其名字中的刁字為姓。

導讀　刁氏自宋代至今，在江蘇、山西、廣東、雲南、江西、天津和北京等地均有分佈，尤其在山東、湖南、貴州和河北等地分佈最為密集。

【鍾】

尋根溯源　春秋時宋桓公曾孫伯宗在晉國做官，因忠直敢言被殺。伯宗兒子州黎出逃到了楚國，官至太宰，食邑封於鍾離（今安徽鳳陽東北），子孫後代遂以鍾離為姓。秦末，鍾離氏有大將鍾離眛追隨項羽起兵反秦，項羽敗亡後鍾離眛被劉邦追逼，被迫自刎而死。其子鍾離接避難於長社（今河南長葛西），改複姓鍾離為鍾，史稱鍾接，世遂有鍾姓。

導讀

鍾氏自明代以來，主要在江西、廣東、浙江等地繁衍。鍾氏現當代名人有鍾士元，香港政治家。

【徐】

尋根溯源

皋陶後代伯益佐禹治水有功，被賜嬴姓。到夏朝時伯益之子若木被封於徐（今安徽泗水北），後建徐國，歷夏、商、周三代，一直活躍在江淮之間，史稱徐戎、徐夷或徐方。春秋時徐國被吳所滅，子孫遂以國名為姓。

導讀

徐氏自宋代以來，主要在江西、浙江、山東、江蘇等地分佈最為密集。徐氏當今名人有徐克，香港電影導演；徐小鳳，香港著名歌手。

【邱】

尋根溯源　太公望姜子牙輔佐武王滅商有功，封於齊，建齊國，都營丘（今山東淄博東北），子孫遂有以丘為姓者。因孔子名丘，所以後世為避孔子名諱，將丘加邑旁兒改為姓邱。

導讀　邱氏現今在廣東、四川、湖南等地分佈最廣。

【駱】

尋根溯源　伯益後代非子因善養馬，被周孝王封於秦，賜姓嬴。非子父親名大駱，大駱的長子成世居大邱，以父親之名建大駱國，西周厲王時被西戎所滅，後代遂以駱為姓。又姜太公後裔子孫中有公子駱，駱的後代遂以其祖之名為姓。

導讀　駱氏主要散居在南方，如浙江、江蘇、湖南、廣西和四川等地區。駱氏名人有駱以軍，台灣著名作家。

【高】

尋根溯源　姜太公裔孫齊文公呂赤的一個兒子食邑於高（今河南禹縣），人稱公子高。公子高有孫名傒，以祖父封邑為姓，世稱高傒，後代遂有高姓。又齊惠公之子呂祁，字子高，其後代一支子孫中取高代呂為姓。

導讀　高氏自宋明以來主要在河南、陝西、山東、江蘇、安徽等地分佈。高氏名人有高錕，華裔物理學家；高行健，首位獲得諾貝爾文學獎的中國作家；高志森，香港舞台劇導演。

【夏】

尋根溯源　春秋時陳宣公有子名少西，字子夏，後代子孫中有叫征舒的，取先祖之字為姓，稱夏征舒，陳國的夏姓由此始。又周武王滅商後封夏禹的後裔東樓公於杞，建杞國。夏禹後裔中未得到封地的，後來便以先祖的國名夏為姓氏。

導讀　夏氏自明朝以來，以江蘇、浙江、江西、湖北、四川等地分佈最為密集。夏氏現當代名人有夏丏尊，中國作家、教育家、翻譯家。

【蔡】

尋根溯源　周武王滅商後把弟弟叔度分封到蔡（今河南上蔡西南）建國，叔度後因隨同武庚叛亂被周公旦放逐，改封叔度兒子姬胡於此，世稱蔡仲。春秋時蔡國不斷受到楚國侵擾威逼，被迫多次遷徙，蔡平侯遷新蔡（今屬河南省），蔡昭侯再遷州來（今安徽鳳台），稱下蔡，戰國時蔡被楚滅，子孫遂以國名為姓。

導讀　蔡氏現當代在江蘇、浙江、廣東等地分佈。蔡氏現當代名人有蔡鍔，清末民初政治家、軍事家；蔡元培，教育家、政治家。

【田】

尋根溯源　周武王滅商後，封舜的後代胡公建陳國，都宛丘（今河南淮陽）。胡公姓媯（粵：

歸；普：guī）名滿，傳至十三代君陳厲公，生子名完字敬仲。至陳宣公時，欲立庶子款繼承君位，殺太子御寇。敬仲與太子關係密切，害怕禍及自身，出逃齊國，齊桓公封其食邑於田，遂以田為姓。敬仲後人田和後來推翻姜姓齊國而代之，史稱田氏代齊，田姓齊國至齊威王時成為「戰國七雄」之一。

導讀

田氏現主要分佈在河南和四川。田氏現當代名人有田家炳，香港企業家、慈善家；田壯壯，中國電影導演。

【樊】

尋根溯源

周文王子虞仲的後代有位仲山甫任周宣王卿士，食邑封於樊邑，後代以樊為姓。又殷商遺民七族中，樊為其中一族，其後代遂以樊為姓氏。

導讀

樊氏自宋代至今，在河北、河南、山東、山西、陝西、甘肅、江蘇、湖南、湖北、四川、廣東、廣西、雲南等地均有分佈。

【胡】

尋根溯源　陳國開國君主胡公滿，為舜的後裔，春秋末年陳被楚滅，國人中遂有以胡為姓氏者。

導讀　胡氏當今在湖北、江西、四川最為密集。胡氏現當代名人有胡適，中國著名學者；胡錦濤，曾任中國國家主席。

【凌】

尋根溯源　周文王兒子康叔是衛國的開國之君，康叔庶子中有在周任凌人官職的，凌人是負責采貯冰塊管理冰窖的官員，子孫中遂有以祖上官名凌字為姓者。

導讀　凌氏主要分佈在南方諸省，如江蘇、浙江、安徽、江西、廣東等地。凌氏當今名人有凌解放（二月河），中國歷史小說作家

【霍】

尋根溯源 周文王第六子名處，封於霍國（今山西霍縣），人稱霍叔。霍叔與武王弟管叔、蔡叔同為周初三監，因不服周公旦攝政，勾結商紂王子武庚反叛，結果被周公打敗。武庚、管叔被殺（一說管叔自殺），蔡叔被放逐，霍叔則降為庶人，霍叔後代遂以國名霍為姓。

導讀 霍氏自宋代以後，主要在河北、陝西、江蘇、遼寧、山東、湖南、湖北、廣東、四川等地分佈。霍氏當今名人有霍英東，香港商人。

虞萬支柯，昝管盧莫。經房裘繆，干解應宗。

【虞】

尋根溯源 周文王的祖父古公亶（粵：坦；普：dǎn）父被周尊奉為太王，周太王之子虞仲的後代在文王時建立了虞國（今山西平陸北），春秋時晉國以借道攻虢為由趁機滅掉了虞國，虞國後人遂以原國名虞為姓。

導讀

虞氏宋代以來就在山西、江蘇、浙江、四川等地分佈最為密集。

【萬】

尋根溯源

西周時芮伯受封於芮（今山西芮城），後代中有名萬者，人稱芮伯萬，芮伯萬的子孫中遂有以萬為姓者。又春秋時晉獻公滅掉西周分封的姬姓諸侯國魏國（也在今山西芮城北一帶）後，把它封給了晉國大夫畢萬，畢萬後代遂有以萬為姓氏的。

導讀

萬氏自宋代以來，在江西、浙江等地分佈，現當代在四川、江蘇、江西等地分佈最為密集。萬氏現當代名人有萬家寶（曹禺），中國劇作家。

【支】

尋根溯源 古代西域有少數民族所建的月氏（粵：支；普：zhī）國，也稱月支，其族最早居住在今甘肅敦煌與青海祁連縣之間。漢文帝時月支國被匈奴攻破，一部分遷徙至今伊黎河上游，稱大月支；餘下的進入祁連山區，稱小月支。魏晉南北朝時，大、小月支有與漢民族交往並留居中原者，學習漢俗以支作姓，此後遂有支姓。

導讀 支氏主要在河北、山東、四川、江蘇、甘肅和江西等地分佈較多。

【柯】

尋根溯源 春秋時吳王有子名柯盧，子孫後來以柯為姓。

導讀 柯氏自宋代以來主要在山東、河南、湖北、江蘇、浙江、安徽、福建、廣東、雲南等地分佈。

【昝】（粵：蠶；普：zǎn）

尋根溯源

原本出自咎（粵：救；普：jiù）姓。晉文公重耳身邊有五名賢士輔佐，其中一名是他的舅父狐偃，狐偃字子犯，史稱狐偃咎犯，因「咎」與舅音同，藉以代舅意，狐偃的後代中遂有以咎為姓者。然咎字還有災禍之意，咎姓後人認為不夠吉利，於是在這個字下面的口中加上了一橫，成為昝，之後遂有昝姓。

導讀

昝氏現在有少數在河北、山東和江蘇等地聚居。

【管】

尋根溯源

武王滅商後，將自己的弟弟鮮封於管（今河南鄭州），人稱管叔。管叔與蔡叔、霍叔並為周初三監，以監管殷商遺族，後因參與武庚叛亂，被周公殺死（一說自殺），管叔後人遂改姬姓為管姓。

導讀

管氏主要在河南、山東、安徽、江蘇、湖南、江西、陝西、甘肅和東北等地聚居。

管氏當今名人有管謨業（莫言），中國著名作家，曾獲諾貝爾文學獎。

【盧】

尋根溯源

齊文公姜赤之子公子高有孫名姜傒，任齊國正卿，封邑於盧（今山東長清西南），姜傒後代遂以邑名為姓。又齊桓公小白後裔有一支封於盧蒲（在今河北文安西），戰國時被燕兼併，子孫遂改姓盧蒲，後又改為單姓盧。故盧姓均為姜太公後裔。另傳帝舜後代中一支在夏商時居於盧地（今湖北南漳至襄陽之間），與當地少數民族雜處融合，史稱盧戎。周初因其系帝舜後裔故被封為諸侯國，春秋時盧國被楚所滅，子孫後代遂以盧為姓。

導讀

盧氏現今在廣東、河南、湖北、四川和廣西等地有較多分佈。

【莫】

尋根溯源

顓頊曾建造鄚（粵：莫；普：mò）城，其部族居此城的便以城名「鄚」為姓，後又去邑旁改姓莫。又春秋時楚國有官職稱莫敖，地位僅次於令尹，楚莊王大夫屈蕩之子屈到就擔任過莫敖。因莫敖地位較高，只有王公貴族子弟方可擔任，所以擔任過莫敖的後代子孫中便有以祖上官職為姓者，再後又演變成單姓莫。

導讀

莫氏自宋代以後主要在江蘇、浙江、廣西和貴州等地分佈。莫氏當今名人有莫華倫，著名歌劇演員。

【經】

尋根溯源

春秋時鄭武公之子共叔段曾封於京（今河南滎陽東南），世稱京城太叔，後出奔到共國，其後代遂有以京為姓者，為避仇殺又改京為經。一說西漢《易經》京氏學創始人京房，本姓李氏，自己推律定為京姓。漢元帝時京房為博士，任魏郡太守，後因與中書令石顯爭權被下獄處死，其後代為避禍改姓經。另說春秋時魏國有經侯，後代遂以經為姓。

導讀

經氏自宋代以來，主要在浙江等南方地區繁衍。

【房】

尋根溯源 堯有兒子名朱，封在丹水，世稱丹朱，因其荒淫無能，所以堯禪位於舜。丹朱不服而反舜，被舜擊敗後改封到房（今河南遂平）建國，世稱房侯。房侯之子陵以封國為姓，稱房陵，後遂有房姓。

導讀 房氏自宋代以來，在北京、河南、湖北、陝西、安徽等地均有分佈。房氏當今名人有房仕龍（藝名成龍），香港電影演員。

【裘】（粵：球；普：qiú）

尋根溯源 春秋時衛國有大夫封邑於裘，後代遂以裘為姓。又古代製皮工匠中按技能分為五種，裘是其中之一，裘人的後代於是便有以裘為姓者。也有說是由仇（粵：球；普：qiú）姓所改的。

導讀 裘氏當今主要在遼寧、河北、北京、山西、江蘇、浙江、江西和福建等地均有分佈，目前以浙江最為集中。

【繆】（粵：妙；普：miào）

尋根溯源 「春秋五霸」之一秦國國君任好，死後謚穆，史稱秦穆公。「穆」與「繆」古時音同，故秦穆公後裔中遂有以繆為姓者。

導讀 繆氏自宋代以來，在河南、山東、江蘇、浙江、安徽、湖南、雲南、廣東等地均有分佈。

【干】

尋根溯源 春秋時宋國有大夫名干犨（粵：囚；普：chōu），他的後代遂以先祖名中第一字為姓。又說春秋時有小國名干國，干國滅亡後遂有以國為姓者。

導讀 干氏當今主要在湖北、江蘇等南方地區有少量分佈。

【解】（粵：械；普：xiè）

尋根溯源 周成王分封其弟叔虞於唐，世稱唐叔虞。唐叔虞兒子名良，食邑於解（今山西解縣），人稱解良，其子孫遂以解為姓。

導讀 解氏當今主要在吉林、河北、北京、遼寧、山西、江蘇、四川和雲南等地分佈。

【應】（粵：英；普：yīng）

尋根溯源 周武王封自己的一個兒子在應（今河南魯山東）建國，世稱應侯，其後代遂以國名應為姓。

導讀 應氏主要在浙江、安徽、上海等地分佈。

【宗】

尋根溯源 古代職官有宗人，主要負責宗廟祭祀之禮，後代子孫故有以先人官職為姓者。因為宗有祖廟、祖先、宗族的意思，所以歷代與此有關的職官名稱大多有宗字，比如宗伯主要執掌邦國祭禮典禮，為古代六卿之一，宗伯的後代遂有以此為複姓宗伯的。宗與宗伯雖一為單姓，一為複姓，但都是執管家國祭祀大典職官的後裔。

導讀 宗氏自宋代以來，在北京、河北、河南、江蘇、浙江、湖北等地均有分佈。

丁宣賁鄧，郁單杭洪。包諸左石，崔吉鈕龔。

【丁】

尋根溯源 西周時姜太公望的兒子伋（粵：吸；普：jí）死後謚號丁公，丁公子孫遂以丁為姓。又三國時吳帝孫權宗室中有中郎將孫匡在伐曹時觸犯軍紀，孫權強令其族改姓為丁，因丁在古代是苦役的代稱。又商代有丁國，第二十二代商王武丁就曾討伐過丁國的反叛，丁國隨同殷商一起被武王滅掉後，其後代便以丁為姓。

導讀 丁氏當今在江蘇、山東、浙江、安徽、湖北、湖南、福建和江西等地均有分佈。

【宣】

尋根溯源 西周厲王之子姬靜繼承君位，死後諡號宣，即周宣王，宣王子孫中遂有以宣為姓氏的。又春秋時魯國大夫宣伯後代亦有以宣為姓者。

導讀 宣氏自漢代後，就在東南沿海分佈，在浙江寧波等地分佈最為密集。

【賁】（粵：奔；普：bēn）

尋根溯源 春秋時魯國有大夫名縣賁父，其後人遂以賁為姓。又春秋時楚國令尹斗椒因罪被殺，其子賁皇投奔晉國，封邑於苗，稱苗賁皇。晉楚鄢（粵：煙；普：yān）陵之戰中，賁皇為晉侯出謀大敗楚軍，被晉侯封為大夫，子孫遂以其名中賁字為姓。又據説古有勇士孟賁，其後代亦以賁為姓。

導讀

賁氏當今主要在遼寧、湖北、安徽、廣西和甘肅等地有少量分佈。

【鄧】

尋根溯源

商王武丁封其叔父曼季於鄧（今河南鄧州）建國，稱鄧侯，其後代遂以鄧為姓。又五代時南唐後主李煜（粵：沃；普：yù）幼子從鎰被封做鄧王，南唐被宋滅後，從鎰子孫為避禍改李姓為鄧姓。

導讀

鄧氏自明代就在湖南、江西、福建、廣東、廣西、四川等地分佈較為密集。鄧氏現當代名人有鄧世昌，清代北洋艦隊致遠艦艦長；鄧小平，曾任中國國務院副總理。

【郁】

尋根溯源 春秋時魯國宰相有名郁貢者，其後代子孫遂以郁為姓。又春秋時吳國大夫食邑中有郁國，之後遂有郁姓。

導讀 郁氏自宋代以來，主要在東南地區聚居，如浙江、安徽等地。郁氏現當代名人有郁達夫，中國著名作家、詩人。

【單】（粵：善；普：shàn）

尋根溯源 周成王分封少子臻（粵：津；普：zhēn）於單（今河南孟津東南），作為周朝王都轄內的諸侯世代拱衛周王室，地位顯貴尊榮，人稱單伯，其子孫後遂以單為姓。

導讀 單氏主要在河南、山東、河北、天津、湖北、浙江和江西等地均有分佈。

【杭】

尋根溯源 夏禹治水之後留下許多舟船，便命自己庶子管理這些餘下的船隻，其封國稱餘航

（故地在今浙江余杭），後代將航去舟旁改作木旁為姓，遂有杭姓。

導讀 杭氏主要在浙江、安徽一帶和東南地區、東北地區分佈。

【洪】

尋根溯源 相傳堯有大臣共工，和驩兜（粵：歡 dau^1；普：huān dōu）、三苗、鯀（粵：滾；普：gǔn）合稱「四凶」。他們或為禍作亂，或治水無功，結果有的被堯流放，有的被殺。共工後代本以共為姓，後為避仇殺，兼欲獲水德，遂將共字加水旁成洪姓。又西周時有姬姓諸侯國共國（今河南輝縣），春秋時被衛國所滅，後代改姓共氏，又為避難，加水旁改姓洪。

導讀 洪氏自宋代以來，已在中原散居，並在安徽、江西和甘肅分佈，成為望族。

【包】

尋根溯源 春秋時楚國大夫申包胥，其後代子孫中有以包為姓者。又說有鮑姓後人去魚字旁改姓為包者。

導讀 包氏自宋代以來，在黑龍江、內蒙古、陝西、湖北、江蘇、浙江、安徽、江西、雲南和四川等地均有分佈。包氏現當代名人有包玉剛，香港企業家、環球航運及九龍倉集團創辦人。

【諸】（粵：朱；普：zhū）

尋根溯源 春秋越王勾踐的後裔支族有騶（粵：鄒；普：zōu）無諸，封為閩越王，秦時被廢為君長。因參與諸侯反秦有功，漢代時復為閩越王。子孫後因數次反叛，被漢武帝所滅，遂取先祖字中的諸字為姓。又春秋時魯國有諸邑（今山東諸城西南），食邑於諸的公族大夫後裔中遂有以諸為姓的。

導讀 諸氏自宋代以來，在江蘇、浙江、湖南等地均有分佈。

【左】

尋根溯源 周代各諸侯國均設有史官，分左史和右史，左史記言為內史，右史記事為太史。如周穆王有左史戎父、楚威王有左史倚相，他們的後代便以祖上官職左字為姓。

導讀 左氏自唐宋以來，在山東、江蘇、安徽、湖南、江西和河南等地均有分佈。

【石】

尋根溯源 西周初周成王封康叔於衛（今河南淇縣），世稱衛康叔，其後裔子孫中有公孫碏（粵：卓；普：què）立有大功，被衛桓公封為大夫。公孫碏，字石，史稱石碏，其後代遂以其字為姓。又自秦漢始，西域地區石姓少數民族不斷融入中原。到唐時，以建都昭武（今甘肅臨澤境內）的康國為首，石、安、曹等「昭武九姓」少數民族小國全部歸附中原，從此石姓也成為了我國人口較多的姓氏之一。

導讀 石氏自唐宋以來，主要在河北、河南、山東、山西和江蘇等地分佈。

【崔】

尋根溯源

春秋時齊國丁公之子季了讓君位給其弟叔乙，自己食邑於崔（今山東鄒平西），後代遂以崔為姓。又自唐代開始，朝鮮半島上新羅國崔姓朝鮮人不斷經中國東北，南下進入中原，其中一部分融入漢族，留在東北的部分成為「滿州八旗」崔姓，或形成我國的朝鮮族崔姓。

導讀

崔氏自明代以來則以江蘇、山東、山西、河北等地聚居最多。崔氏當今名人有崔琦，美籍華裔物理學家、諾貝爾物理學獎得主；崔健，中國搖滾樂開山鼻祖。

【吉】

尋根溯源

周宣王時大臣兮甲，字伯吉父，官職為尹，史稱尹吉父。他率軍大敗獫狁（粵：險允；普：xiǎn yǔn），立有戰功，後又負責徵收南淮夷族貢賦，子孫以此為榮，遂以其字中的吉字為姓。

導讀 吉氏自唐宋以來，在今陝西、河南、廣西和內蒙古、東北等地均有分佈。

【鈕】

尋根溯源 鈕姓世系源出未見記載，因有鈕滔見於《晉書》，故推測晉代鈕姓大概是此姓氏之祖。

導讀 鈕氏族人主要在浙江一帶和華北地區有少量分佈。

【龔】（粵：公；普：gōng）

尋根溯源 傳説堯帝時「四凶」之一共工的後裔，開始時均姓共，後代有加水旁的演化成洪姓。共工兒子中有一個叫句龍，他接替父親繼任水土治理之官，句龍子孫後來為避仇禍，在共字上加一與水有關的龍字，遂有了龔姓。故龔姓與洪姓同為共工後裔。

導讀 龔氏自宋明以來就在江蘇、江西、浙江、福建、四川、湖南和山東等地聚居。龔氏現當代名人有龔如心，香港企業家。

程嵇邢滑，裴陸榮翁。荀羊於惠，甄麴家封。

【程】

尋根溯源

顓頊之孫重黎官職火正，負責管理天下火事，其後裔封於程，遂有程氏。一說伏羲氏後裔在夏朝時建立了程國（故地在今河南洛陽東），商朝滅亡後被周武王遷到廣平（今河北界內），再被周宣王遷回原程國故地，後代遂以程為姓。又春秋時晉國大夫荀驩的食邑被封於程（今河南洛陽東），後裔亦改姓為程。

導讀

程氏當今主要在河南、山東、陝西、湖北、安徽、四川等地分佈。程氏當今名人有程小東，香港導演、武術指導。

【嵇】（粵：溪；普：jī，舊讀 xí）

尋根溯源 夏朝第六代君少康封自己庶子於會（粵：膾；普：kuài）稽，其後代遂以會稽為姓。西漢初會稽公族大姓被遷到譙郡嵇山（今安徽宿縣西南），稽與嵇音同，子孫於是改會稽為嵇姓。

導讀 嵇氏自宋代以來，主要在河南、江蘇、上海和安徽等地分佈。

【邢】

尋根溯源 周公旦第四子封於邢（今河北邢台），建邢國，春秋時被魏滅掉，後代遂以邢為姓。又春秋時晉國大夫韓宣子家族有食邑於邢邑（今河南溫縣東）者，子孫於是以邢為姓。

導讀 刑氏自唐宋以來主要在河北、湖北、貴州、海南、江蘇和浙江等地均有分佈。

【滑】

尋根溯源 周代有姬姓小國滑國，故地在今河南睢縣西北，後遷都於費（今河南偃師西南），又稱費滑。春秋時滑國先是被秦所滅，旋即歸屬晉國，滑國公族後代便以滑為姓。

導讀 滑氏當今主要在山西、安徽、河北、上海、北京等地聚居。

【裴】（粵：賠；普：péi）

尋根溯源 伯益後裔秦非子旁支子孫中有封於鄉者。遂以為姓。到第六世孫陵時封邑改遷別地，陵便將姓去掉下面的邑字換為同音的衣字，遂有裴姓。又春秋時晉平公封顓頊後裔於裴中（今陝西岐山北），人稱裴君，後代遂有裴姓。

導讀 裴氏自唐宋以來，在河南、山西、陝西、河北、四川、遼寧、內蒙古和廣東等地分佈。裴氏現當代名人有裴艷玲，中國著名戲曲演員。

【陸】

尋根溯源　齊宣王幼子名通，封於陸鄉，子孫遂以陸為姓。又春秋時有陸渾國，故地在今河南嵩縣東北，是少數民族所建的小國，後來按漢習改為陸姓。南北朝時北魏有步陸孤氏，為鮮卑族，魏孝文帝遷都洛陽後命其改為漢姓陸氏。

導讀　陸氏當今分佈在浙江、廣東、廣西等地。陸氏現當代名人有陸徵祥，民國時期外交家。

【榮】

尋根溯源　周文王大夫夷公受封於榮邑，世稱榮夷公，後代遂以榮為姓。又周成王卿士封於榮，世稱榮伯，後代以榮為姓。另傳說黃帝時命榮將與樂官伶倫一起鑄造了十二口編鐘，用來演奏黃帝所作的樂曲《咸池》，因編鐘音質優美樂律精准，深得黃帝喜愛，於是封榮將為榮國之君，子孫於是以榮為姓。

導讀 榮氏當今在河北、北京、山東、江蘇、廣東、雲南、四川和湖北等地均有分佈。

【翁】

尋根溯源 周昭王庶子受封於翁山（今浙江定海東），子孫後代於是以封地為姓。又說夏朝第二代君主啟當政時有貴族名翁難乙，其後人遂以他名字中的翁字為姓。另傳說周昭王小兒子出生後左手掌紋似「公」字，右手掌紋似「羽」字，於是左、右相合起名稱翁，其子孫遂以翁為姓。

導讀 翁氏主要分佈在東南地區，如江蘇、浙江、福建、廣東和湖南等地。翁氏現當代名人有翁文灝，中國地質學家。

【荀】

尋根溯源 周文王有子封於郇（粵：殉；普：xún），建郇國，人稱郇伯，其子孫後改郇為荀，作為姓氏。

導讀 荀氏自宋代以後，在河南等地分佈最為密集。

【羊】

尋根溯源 春秋時晉國大夫祁盈封於羊舌，遂稱羊舌氏，後代去掉舌字改姓羊。又據《周禮》記載古代有官名羊人，掌管宰羊祭祀方面的事情，其後代於是以羊為姓。

導讀 羊氏在唐代以前，已分佈在江浙一帶，宋明以來則分佈在河南、安徽。

【於】（粵：迂；普：yū）

尋根溯源 黃帝有大臣名則，他發明了用草和麻編織鞋子，結束了古人赤腳無鞋的歷史，因為這一功績被封在於邑，人稱於則，子孫後代便以於為姓。

導讀 於氏比較罕見，在河南、江蘇和陝西等地有少量分佈。

【惠】

尋根溯源 周惠王的後代子孫以祖上謚號惠字為姓。又顓頊後裔陸終第二子名惠連，惠連後人遂以惠為姓。

導讀 惠氏早期在陝西、河南、江蘇、陝西等地均有一定分佈。惠氏當今名人有惠英紅，香港女影星。

【甄】（粵：因；普：zhēn）

尋根溯源 古時製造陶器所用的轉輪叫做甄，所以陶瓦工匠就被叫做甄工，據說舜曾做過甄工，後代子孫中遂有以甄為姓者。又說皋陶次子名仲甄，甄姓就是他的後代。

導讀 甄氏自宋代以來，在山東、河南、河北、廣東和湖北等地有少量分佈。甄氏當今名人有甄子丹，香港武打影星。

【麴】（粵：谷；普：qū）

尋根溯源 麴（也作麯），即俗稱的酒母，是釀酒、製醬用的發酵物，古代掌管釀造官員的後代遂以曲為姓。一說鞠（粵：谷；普：jū）氏後代在漢代為避難而遷徙，同時改鞠姓為麴姓。又中國姓氏中另有曲姓，據《風俗通》說是晉穆侯封小兒子成師於曲沃，後代遂姓曲沃，再去掉沃字改姓曲。另一說則認為曲是夏桀時的一個逆臣，他助桀為虐，被商湯殺死，曲姓就是他的後代。故麴、曲二姓並不同源同宗。

導讀 麴氏自宋代以後在雲南、河北、四川和北京等地均有分佈。

【家】

尋根溯源 周考王有子名家父，是周朝的卿士，其後代遂以家為姓。一說家父就是《詩經・小雅・節南山》的作者，為周代大臣，因為他敢挺身而出揭露執政者尹氏的暴虐，希望周王任用賢士為民造福，所以後代非常尊敬他，遂以其名家字作為姓氏。

導讀　家氏在山東、陝西、四川、河北、台灣和北京等地均有分佈。

【封】

尋根溯源　炎帝裔孫名鉅，據說他是黃帝的老師，夏朝時其後代被封在封父（今河南封丘），建立封父國，子孫遂以封或封父為姓。

導讀　封氏當今在遼寧、湖北、山西、安徽、台灣和北京均有分佈。

芮羿儲靳，汲邴糜松。井段富巫，烏焦巴弓。

【芮】（粵：銳；普：ruì）

尋根溯源　周武王封姬姓司徒於芮（今陝西大荔南）建芮國，世稱芮伯，《詩經．桑柔》據說就是他寫的諷諫周厲王搜刮民脂民膏的詩篇。芮伯後代東遷居芮伯城（今山西芮城北），春秋時被晉獻公所滅，子孫後代為紀念先祖改姓芮。

導讀 芮氏早期在陝西、河南等地聚居，自漢唐後擴散到山東、河北、天津一帶。

【羿】（粵：魏；普：yì）

尋根溯源 夏代有窮氏部落首領名叫後羿，又稱夷羿，善於射箭狩獵。他曾一度推翻夏朝，奪取了夏第三代君主太康的王位，但不久就因不理民事而被家眾殺死，他的後代遂改用其名字羿為姓。

導讀 羿氏當今主要在遼寧、湖北、北京、山西、安徽、台灣和河南等地均有分佈。

【儲】

尋根溯源 古有儲國，儲國公族後代遂以儲為姓。又春秋時齊國有大夫名儲子，子孫於是以儲為姓。

導讀 儲氏自宋代以來，在江蘇、湖南等地均有分佈。

【靳】（粵：艮；普：jìn）

尋根溯源 戰國時楚懷王侍臣名尚，因食邑封於靳（今湖南長沙至寧鄉間），史稱靳尚。張儀替秦王遊說，離間齊、楚聯盟，將被楚懷王處死，靳尚通過懷王夫人鄭袖說服懷王釋放了張儀。靳尚子孫後以其封國之名靳為姓。

導讀 靳氏主要分佈在北方地區，如山東、山西、河北、天津等地。

【汲】（粵：吸；普：jí）

尋根溯源 周文王之後康叔受封於衛建國，至衛宣公時封兒子於汲（今河南衛輝），人稱太子汲，後代子孫遂以汲為姓。

導讀 汲氏當今主要在河北、山東、安徽、雲南、河南及東北等地均有少量分佈。

【邴】（粵：丙；普：bǐng）

尋根溯源 春秋時晉國有大夫豫食邑封於邴（今山東費縣界內），人稱邴豫，子孫遂姓邴。邴氏後人亦有去掉邑旁改姓為丙的。

導讀 邴氏早期在山東和河南等地活動，當今此姓已成稀見。

【糜】（粵：眉；普：mí）

尋根溯源 夏代姒（粵：似；普：sì）姓同姓部落中有一族為有糜氏，有糜氏後代遂有取糜字為姓者。一說古代種植糧食作物糜子的人中，後來有以糜為姓者，為的是祈求上天保祐其氏族永遠食糧豐足。

導讀 糜氏早期主要分佈在湖北一帶，後來擴展到山東、河南、江蘇等地區。

【松】

尋根溯源　據説秦始皇登泰山封禪祭祀天地時途中曾遇大雨，幸有一棵大松樹得以避雨其下，於是即以當時的第九等爵「五大夫」封之，後來五大夫便成了松樹的代稱。陪侍始皇泰山封禪的大臣中遂有以松為姓者。一説松姓世系不詳，最早見於史籍記載的是隋代松贇（粵：溫；普：yūn）。

導讀　松氏早期在山東分佈為士，當今分佈已不詳。

【井】

尋根溯源　周代虞國有大夫名井伯，晉滅虞之後，井伯後代百里奚入秦，秦穆公用為大夫，與蹇（粵：gin^2；普：jiǎn）叔、由余等共同輔佐穆公建立霸業，百里奚支族中遂有以先祖井伯之名中的井字為姓者。

導讀　井氏主要在陝西、山東、遼寧等地分佈。

【段】

尋根溯源 春秋時鄭莊公弟弟共叔段的後代，有以共為姓者，也有以段為姓者。又道家創始人老子後代子孫中，有在魯國為卿士食邑於段的，後人遂以段為姓。

導讀 段氏自宋代以來就在山西、河南、江西、湖南、四川、陝西、河北、安徽、湖北和雲南等地聚居。段氏現當代名人有段祺瑞，民國時期政治家、皖系軍閥首領。

【富】

尋根溯源 東周時，周襄王準備伐鄭，大夫富辰苦諫不聽。後襄王利用翟人攻鄭，還娶了翟人的女子為自己王后，富辰再諫仍不聽。最後翟人反叛，襄王被迫先後出逃到鄭國、晉國。富辰後代以祖上忠正賢良為榮，遂取其名字中富字為姓。

導讀 富氏自宋代以後主要在河南、陝西、浙江和東北地區有少數分佈。

【巫】

尋根溯源 古代以舞降神之人稱作巫，他們執掌祝禱、占卜、治病等事，被認為是神的代言人，其後代遂以巫為姓。據説黃帝時神巫名咸（一説是商代人），黃帝與炎帝逐鹿中原，大戰阪泉之前就是先由巫咸占卜勝負的，故巫姓以巫咸為始祖。一説巫咸之子名賢，商時任太宰，史稱巫賢，巫姓就是由他而始。

導讀 巫氏早在漢唐時已成望族，當今則在全國零散分佈，其中以江蘇古今都有分佈。

【烏】

尋根溯源 上古少昊氏以鳥名任命官職，掌管高山丘陵之官名烏鳥，其後代遂以烏為姓。又南北朝魏孝文帝時改變鮮卑風俗，令其民族改姓漢姓，烏石蘭氏遂改漢姓作烏氏。

導讀 烏氏早期散居在山東、河南、陝西。如今則在河北、甘肅和浙江等地均有分佈。

【焦】

尋根溯源

西周初年周武王封神農氏後代子孫於焦地（故址在今河南陝縣南部一帶），其後人遂以焦為姓。

導讀

焦氏自清朝以後在河南、山東、江蘇和江西等地均有零散分佈。

【巴】

尋根溯源

周代在今四川東部地區有巴人所建巴子國，其不少文化遺產保留至今。巴人的後代遂以國名巴為姓。

導讀

巴氏主要分佈在四川、東北、內蒙古等地。

【弓】

尋根溯源 古代製造弓弩的官稱作弓正，子孫遂以弓為姓。又春秋時魯大夫叔弓出使晉國，不辱使命，世贊其知禮，死後謚敬子。叔弓之後遂以其名弓為姓。

導讀 弓氏主要在河南、山東、山西等地分佈。

牧隗山谷，車侯宓蓬。全郗班仰，秋仲伊宮。

【牧】

尋根溯源 春秋時衛國康叔後代有牧人，為管理放牧之官，其子孫遂有以牧為姓者。又傳黃帝有臣名力牧，黃帝夢見他執千鈞之弓弩，驅羊萬群，勇力過人，遂拜他為將，力牧後裔遂以牧為姓。

導讀 牧姓乃十分罕見的姓氏，在河南、浙江等地有零散分佈。

【隗】（粵：偉，又讀葵；普：wěi，又讀 kuí）

尋根溯源 商湯滅夏桀後將夏王族封於隗，建隗國（今湖北秭歸東），春秋時被楚所滅，後代以隗為姓。

導讀 隗氏是罕見姓氏，當今只在甘肅、陝西、安徽、四川和浙江等地有零散分佈。

【山】

尋根溯源 周代有山師之官，掌管山林，後代遂以山為姓。傳說炎帝出生於厲山（也稱烈山，今湖北隨縣北）的山洞內，遂號厲山氏（烈山氏），後在阪泉（今河北涿鹿東南）被黃帝擊敗，子孫後裔中的一支遂以山為姓。

導讀 山氏是少數的姓氏。歷史上山氏多在今河南、江蘇等地分佈。

【谷】

尋根溯源 顓頊之後秦國開國君主非子，因養馬有功被周孝王封於秦谷（今甘肅天水西南），後代遂有以谷或秦為姓者。又南北朝時魏孝文帝命鮮卑族改漢姓，其中谷會氏則改為谷氏。

導讀 谷氏當今在河南、河北、江蘇、浙江、山東、遼寧、湖南和雲南等地均有分佈。

【車】

尋根溯源 「春秋五霸」之一秦穆公死時，輔佐他的子車奄息、子車仲行、子車鍼（粵：針；普：qián）虎三位良臣被迫殉葬從死，子車氏後代子孫哀悼先人，改姓車氏。《詩經・黃鳥》就是秦國人挽子車「三良」的詩篇。又黃帝時有大臣名車區，負責星相占卜，其後代以車為姓。又漢武帝時有丞相田千秋，因老邁上朝時必須乘車出入，時人謂之車丞相，後其子孫遂有以車為姓者。

導讀 車氏當今主要在河南、山東、四川、安徽、吉林、遼寧等地分佈。

【侯】

尋根溯源 西周時封夏侯氏於侯建國，子孫遂以國名侯為姓。又春秋時晉國哀侯兄弟均被晉武公殺死，哀侯子孫避禍出逃，並以原封爵位侯為姓。南北朝魏孝文帝遷入中原後，鮮卑族侯奴氏、侯伏氏改漢姓為侯。

導讀 侯氏自明朝以來集中在陝西、山西、浙江、山東、河南、甘肅、江蘇和河北等地。侯氏當今名人有侯孝賢，台灣著名導演。

【宓】（粵：伏，又讀密；普：fú，又讀 mì）

尋根溯源 宓姓據説是伏羲氏的後代，因為上古時宓與伏音同，故伏羲也稱宓羲，後裔遂有取宓為姓者，今多讀宓為「密」音。

導讀 宓氏當今在浙江、湖北、山東、北京等地偶有所見。

【蓬】

尋根溯源 西周初周王室封支裔子孫於蓬州（一說即蓬陂，在今河南開封南；一說在今四川營山東北），後代遂以蓬為姓。又說蓬是蓬草，蓬姓祖先以蓬草築屋，認為蓬草為生存必須品，故以蓬為姓。

導讀 蓬氏當今在河南、浙江、上海、吉林、黑龍江等地均有零散分佈。

【全】

尋根溯源 西周設有泉府之官，負責管理錢財，泉府後代遂有以泉為姓者，又因泉與全音同，故演化為全姓。一說全是古代邑名，居住全邑的人於是以全為姓。

導讀 全氏自宋代以來，在浙江、湖南、廣東、遼寧等地均有分佈。

【郗】（粵：雌；普：xī）

尋根溯源 東夷族少昊氏摯的後裔西周時被封於郗邑（今河南沁陽一帶），子孫遂以郗為姓。

導讀 郗氏早期在河南一帶居住，至今擴展到山東、山西等地區。

【班】

尋根溯源 楚國若敖有孫子名子文，官職令尹，人稱令尹子文，傳說小時候他被老虎叼走，是吃虎乳長大的。因老虎身上有斑紋，所以令尹子文的後代就用斑為姓，後寫作班。

導讀 班氏早期活躍在江漢地區，如今在山西、陝西等地均有零散分佈，漢代有史學家班彪及班固，以及通西域的班超。

【仰】

尋根溯源 秦惠王兒子名卬（粵：昂；普：yǎng），人稱公子卬，子孫後加人字偏旁以仰為姓。又説舜有大臣名仰延，精通音樂，他將原本僅有八根弦的瑟增加到二十五根弦，使其樂律更加豐富寬廣，了孫引以為榮，遂改姓仰。

導讀 仰氏古時主要分佈在江浙一帶。

【秋】

尋根溯源 春秋時魯國大夫仲孫湫（粵：秋；普：qiū）的裔孫名胡，在陳國為官，人稱湫胡，湫胡後代遂有去水偏旁以秋為姓者。傳統京劇中《秋胡戲妻》據説就是根據湫胡的故事改編的。

導讀 秋氏在當今已是罕見姓氏。

【仲】

尋根溯源 黃帝後裔高辛氏有才子八人，世稱「八元（善）」，舜舉之使教化四方。八元中仲熊、仲堪的子孫，遂以先祖名字中的仲字為姓。又商湯王有左相名仲虺（粵：毀；普：huǐ），仲虺子孫遂以仲為姓。又周宣王有卿士仲山甫，多次勸諫宣王施行仁政，力佐周室中興，其後代以仲為姓。

導讀 仲氏自宋代以來主要在江蘇、浙江、山東、安徽、遼寧等地均有分佈。

【伊】

尋根溯源 傳說帝堯出生於伊水畔，其後代於是以伊為姓。一說商代大臣伊尹，輔佐商湯攻滅夏桀，子孫遂以其名伊為姓。伊尹名伊（一說名摯），尹為官名。

導讀 伊氏自宋代以來在山東、河北、天津、北京、江蘇、浙江、福建、廣東和東北地區均有分佈。

【宮】

尋根溯源 周朝專門負責修繕、清掃宮室庭院的官稱宮人，其後人遂以官職宮為姓。又春秋時魯國孟僖子的兒子食邑於南宮，後代子孫中的一支遂以宮為姓。

導讀 宮氏自宋代以來，主要在今天的山東、安徽、北京、遼寧等地均有分佈。

寧仇欒暴，甘鈄厲戎。祖武符劉，景詹束龍。

【寧】（粵：檸；普：níng）

尋根溯源 春秋時秦襄公曾孫死後謚寧，世稱寧公，子孫遂以寧為姓。又衛武公兒子季亹（粵：美；普：wěi）封於寧邑，後代於是以封地寧為姓。

導讀 寧氏自宋代以來，在安徽、甘肅、河南、山東、河北、湖南、廣西、北京和遼寧等地均有分佈。

【仇】（粵：求；普：qiú）

尋根溯源 夏代有諸侯九吾氏，入商後建國名九國，九國的國君九侯在商朝末年時被紂王殺死，子孫為避禍遂加人字偏旁改九為「仇」作為姓氏。又春秋時宋繆公被宋萬殺死，大夫仇牧聞訊趕赴宮廷救君，在宮門口與宋萬狹路相逢，仇牧仗劍斥責宋萬，不幸亦被殺死。仇牧後代為紀念先人，取其名字中的仇字為姓。

導讀 仇氏自宋代以來，在河南、河北、山東、安徽、甘肅、天津、上海、湖南和江蘇等地均有分佈。

【欒】（粵：戀；普：luán）

尋根溯源 春秋時晉靖侯有孫子名賓，封食邑於欒（今河北欒城），後代遂以封邑欒為姓。又齊國始祖姜太公後代中有叫子欒的，子欒的後人遂有以欒為姓者。

導讀 欒氏自宋代以來，在山東、江蘇和河南等地均有零散分佈。欒氏的當今名人有欒菊傑，中國著名劍擊女運動員。

【暴】

尋根溯源 商代諸侯暴辛公建暴國，周朝時併入鄭國，暴辛公後代遂以暴為姓。

導讀 暴氏自宋明以來，在河北、江蘇、浙江等地均有零散的分佈。

【甘】

尋根溯源 夏代時有甘國（今陝西戶縣西。一說今河南宜陽或洛陽附近），甘國王族後裔以甘為姓。一說夏代甘國後裔中出了賢士甘盤，在商朝時任第二十二代商王武丁的老師，甘盤子孫因此以甘為姓。又西周時武王，東周時惠王、襄王，都有姬姓王族封邑於甘，他們的子孫後代都以甘為姓。

導讀 甘氏自宋代以後，在河南、江蘇、江西、四川、湖南、福建、廣西和湖北等南方地區均有分佈。

【斜】（粵：抖；普：dǒu）

尋根溯源 戰國時田氏代齊，史稱田齊。姜姓齊國末代君主齊康公被迫流落海濱，用酒器斜當做鍋煮食野菜充飢，其支庶子孫中的一支為不忘先祖困苦，遂以斜作為姓氏。

導讀 斜氏當今主要在浙江、河北和台灣等地有零散分佈。

【厲】

尋根溯源 春秋齊國厲公後代以祖上謚號厲為姓。一說上古炎帝生於厲山，號厲山氏，炎帝後裔中遂有以厲為姓者。一說西周時有厲國，故地在今河南桐柏東南一帶，厲國公族後代以國名為姓。

導讀　厲氏自宋明以後，在河北、北京、江蘇、浙江等地均有零散分佈。厲氏現當代名人有厲以寧，中國經濟學家。

【戎】

尋根溯源　周武王封其弟叔振鐸於陶丘（今山東定陶西南），建立姬姓諸侯國曹國。當時另一諸侯小國戎國（今山東荷澤西南），是曹國的附庸國，春秋末年戎國隨同曹國一起被宋國所滅，戎國公族後裔遂以戎為姓。

導讀　戎氏當今主要在浙江、上海、安徽、四川、江西、台灣等地分佈。

【祖】

尋根溯源　商湯後裔子孫中，先後有祖乙、祖辛、祖丁、祖庚、祖甲任第十三、十四、十六、二十三、二十四代商王，他們的後代遂以祖為姓。

導讀　祖氏自宋代以後，在東北地區、東南地區和台灣均有分佈。

【武】

尋根溯源　據説夏代幫助後羿一度奪取夏王太康君位的部族首領中有名武羅者，武羅的子孫後來便以武為姓。又商代中興之王武丁先後用兵征服了周邊各國，後裔子孫中遂有以其名字中的武為姓者。又周平王小兒子出生後因手心中有「武」字手紋，故起名叫武，他的後代於是改姬姓為武姓。

導讀　武氏當今在遼寧、山西、河北和河南分佈最為密集。

【符】

尋根溯源　春秋時魯頃公之孫公雅在秦國任符璽令，負責掌管傳達命令調遣軍隊的符節印璽，其後代遂以符為姓。

導讀　符氏自宋代以來在湖南、江西、浙江、廣東、海南等地分佈較多。

【劉】

尋根溯源　唐堯兒子丹朱的後裔有名叫累的為夏王孔甲養龍（馴養鱷魚）有功，封在劉地（故地在今河北唐縣），故稱劉累，劉累後人遂以劉為姓。劉姓後裔在周代曾被遷到杜邑（今陝西西安一帶），後改姓為杜。杜氏子孫中有名隰（粵：雜；普：xí）叔的在晉國任士師，隰叔後代後來分為兩支，一支留在晉國以隰叔官職中計程車字為姓；一支入秦未歸，並且改回最初先祖姓氏即劉姓。戰國後期秦滅魏、楚等六國，劉姓亦隨秦軍東進，其中一支定居在了沛縣（今屬江蘇省），這族中就出了後來的漢高祖劉邦，劉姓也從此成為了大姓。又東周匡王姬班少子王季封於劉邑（今河南偃師西南），世稱劉康公，後代遂以劉為姓。

導讀　劉氏當今在全國均有分佈，以江西、湖南的分佈最為密集。劉氏現當代名人有劉少奇，中國政治家，曾是中國主要領導人之一；劉半農，著名詩人、作家、語言學家。

【景】

尋根溯源 春秋時楚國大夫景差與宋玉同時，以楚辭見稱，他的後人遂以景為姓。又春秋時齊國景公的後代，有以其謚號景為姓者。

導讀 景氏自宋代以來，在北京、河北、山西、山東、陝西、江蘇和河南等地均有分佈。景氏當今名人有景海鵬，中國航天員。

【詹】（粵：尖；普：zhān）

尋根溯源 舜封黃帝後裔於詹地（在今河南省界內），遂有詹姓。一說周宣王封其支庶子孫於詹地建國，人稱詹侯，詹侯之後以詹為姓。因黃帝為姬姓，是周始祖，則詹姓源出於姬姓。

導讀 詹氏自宋明以來，在福建、浙江、安徽、江西、河北和遼寧等地區均有分佈。詹氏現當代名人有詹天佑，有「中國鐵路之父」之稱。

【束】（粵：速；普：shù）

尋根溯源

春秋末期田姓代齊，至戰國田齊公族中有踈（今讀作「疏」）姓，因戰亂避禍，去足字偏旁改姓作束。一說踈姓傳至漢代，有踈廣家居傳授《春秋》，漢宣帝徵召其為博士太中大夫，做太子少傅。王莽篡國後，踈廣曾孫踈孟達避難沙鹿山，去掉姓中的足旁改姓束氏，束姓由此而始。

導讀

束氏為少見姓氏，漢唐時期在河北周邊分佈，並成為望族，當今束氏在江蘇等有少量分佈。束氏現當代名人有束星北，中國物理學家。

【龍】

尋根溯源

相傳黃帝時有臣名叫龍行；帝舜時有臣名龍，官職為納言（負責上傳下達之官），他們的後代遂以先祖名字龍為姓。一說顓頊後裔替舜馴養龍（即鱷魚），故稱豢（粵：幻；普：huàn）龍氏，後代於是以龍為姓。一說劉氏先祖劉累曾師從豢龍氏為夏王孔甲養龍，因功封於劉，賜姓禦龍氏，故其後代有姓劉者，有姓龍者。一說春秋時魯國有龍邑，故地在今山東泰安西南，居於此地的人，後代有以龍為姓者。

導讀

龍氏自宋明以來就在四川、安徽、河南、浙江、江西、湖南、湖北、廣西等地均有分佈。其中以湖南、四川最為密集。龍氏當今名人有龍應台，台灣著名作家。

葉幸司韶，郜黎薊薄。印宿白懷，蒲邰從鄂。

【葉】

尋根溯源

春秋時楚國莊王的曾孫沈尹戌為楚平王左司馬，在與吳國的交戰中被殺。沈尹戌之子沈諸梁，字子高，被封於葉縣（今河南南陽）任縣尹，自稱葉公，因平定楚國王族白公勝之亂有功，子孫世襲其爵，並改沈為葉姓。

導讀

葉氏自明代以來主要在南方的浙閩贛等地區繁衍，當今在廣東、浙江、四川、江西、湖北、安徽等地區有密集分佈。葉氏的現當代名人有葉劍英，中國政治家、軍事家；葉聖陶，中國作家、教育家。

【幸】

尋根溯源　幸氏世系不詳，有人說因古代君王身邊有不少寵倖的侍從之臣，其子孫遂被冠以幸姓。

導讀　幸氏為少數姓氏，古今在江西、湖南偶有幸氏的族人。

【司】

尋根溯源　據傳神農氏時屬下有專門負責占卜祭禱的大臣名叫司怪，司怪子孫遂以司為姓。一說春秋時鄭國有大夫名叫司成，司姓就是他的後代。另說複姓司馬、司徒、司寇、司城的子孫有改為單姓司的。

導讀　司氏當今主要在河南、河北等地分佈。

【韶】

尋根溯源 帝舜製作的韶樂美妙動聽，後被當做廟堂音樂，據說孔子在齊聞韶樂而三月不知肉味，因此有人以韶為姓。一說舜南巡曾登韶石（在今廣東韶關北），演奏韶樂，故此地稱韶石，居住於此地的人遂以韶為姓。

導讀 韶氏是罕見的姓氏，古今分佈情況不詳。

【郜】（粵：告；普：gào）

尋根溯源 周文王有小兒子封於郜（在今山東成武東南），春秋時被宋桓公所滅，郜國姬姓王公子孫遂以故國國名郜為姓。

導讀 郜氏當今主要在河南、山東和江蘇等地分佈。

【黎】

尋根溯源　據說顓頊裔孫被封於黎陽（今山西長治西南），建黎國，子孫後代遂以黎為姓。到商朝末年黎國被周所滅，周武王分封帝堯後裔居黎，堯的後裔亦以封地黎為姓。

導讀　黎氏自明代以來主要在江西、廣東、湖南、四川、湖北、安徽、廣西等地分佈。黎氏現當代名人有黎元洪，曾任中華民國大總統；黎民偉，香港電影之父；黎明，香港歌星。

【薊】

尋根溯源　西周初武王封黃帝後裔於薊（今北京大興）建薊國，子孫遂以薊為姓。

導讀　薊氏當今主要在江蘇、湖北、湖南、山西等地分佈。

【薄】（粵：泊；普：bó）

尋根溯源　商代諸侯中有薄姑氏，其後代遂以薄為姓。又春秋時宋國有大夫封於薄城（今河南商丘北），子孫於是以食邑為姓。又南北朝時鮮卑族有薄奚氏，魏孝文帝下令改漢姓時，一部分改作薄姓，一部分改作奚姓。

導讀 薄氏如今主要在山西、山東、江蘇、安徽等地區分佈。

【印】

尋根溯源 春秋時鄭成公名睔（粵：棍；普：gùn），字子印。他的孫子段為鄭國大夫，曾著《蟋蟀賦》，被譽為保家之士，段以祖父之字印為姓，後遂有印姓。

導讀 印氏早期在河南一帶分佈，如今在四川、廣東、浙江等地區都有零散分佈。

【宿】

尋根溯源 據說西周初周武王封伏羲氏後裔於宿（今山東東平東）建國，子孫後代遂以宿為姓。

導讀

宿氏早期在山東一帶繁衍，並成為望族，其他如山西、河南和東北地區都有宿氏的分佈。

【白】

尋根溯源

據説炎帝時有大臣名白阜，負責水利工程，因治水有功深得炎帝讚賞，子孫於是以白為姓。又春秋時秦文公之子公子白的後代以白為姓。又春秋時著名的秦晉殽（粵：淆；普：xiáo）之戰中，秦軍統帥為孟明視、西乞術、白乙丙三人。為紀念先祖戰功，白乙丙子孫後遂以白為姓，據説戰國著名秦將白起就是他的裔孫。又春秋後期楚平王太子建有子名勝，楚惠王時被封在白邑（今河南息縣西南）建城，人稱白公城，勝則被稱為白公勝。白公勝作亂被葉公平定，其後人遂以城邑之名白為姓。又西漢至唐宋時，西域少數民族中亦有大量仿效漢俗起單姓稱白氏的。

導讀

白氏自明代以來，就在山西、江蘇、河北、陝西、四川等地區分佈。白氏當今名人有白先勇，白崇禧之子，當代著名作家。

【懷】

尋根溯源 西周時周武王初封其子叔虞於懷地，後周成王滅唐國（今山西翼城西），把唐封給了叔虞，世稱唐叔虞，而原來居住於懷地的叔虞宗族則改姓懷。又春秋時宋國微子啟後裔中有改子姓為懷姓的。

導讀 懷氏在湖南、江蘇、山東和東北地區都有零散分佈。

【蒲】

尋根溯源 據說是上古有扈氏的後裔。一說夏禹封舜的後代於蒲（今河南長垣；一說今山西呂梁；一說今山西蒲州），蒲人遂以蒲為姓。

導讀 蒲氏當今主要在四川、雲南、浙江等地聚居。

【邰】（粵：台；普：tái）

尋根溯源　據説帝堯封後稷於邰，其子孫遂以邰為姓。後稷就是周的先祖棄，傳説他的母親名姜嫄，為有邰氏之女。姜嫄在田野上見一巨人腳印，好奇踏上去玩，結果因此懷孕而生一子，開始想把這男孩拋棄不要，故名叫棄。棄後來做了堯的農官，教民耕地種植稷、麥等糧食作物，因功封邑於邰（今陝西武功），邰姓和姬姓都是他的子孫後代。

導讀　邰氏早期分佈在陝西一帶，如今主要在江蘇一帶分佈。

【從】

尋根溯源　東周時平王將小兒子精英封於樅（粵：聰；普：cōng，今安徽樅陽），建樅國，世稱樅侯。樅侯後代樅公為劉邦大將，與御史大夫周苛同守滎陽，滎陽城破，樅公被項羽所殺。樅公子孫將樅字去掉木旁改姓從，意思是「去木留從」，樅姓由此漸漸消亡。

導讀　從氏如今主要在山東、安徽、江蘇等地區有少數分佈。

【鄂】

尋根溯源 春秋時晉孝侯之子郤（粵：隙；普：xì）接替父位，因其原居於鄂（今山西鄉甯南），故稱晉鄂侯，鄂侯子孫後遂以鄂為姓。又春秋時楚王有子封於鄂（今湖北鄂城），鄂邑王公子孫後代便以鄂為姓。

導讀 鄂氏早期在河南、湖北和東北等地區有少數分佈。

索咸籍賴，卓藺屠蒙。池喬陰鬱，胥能蒼雙。

【索】

尋根溯源 周公平定武庚之亂後，將殷商遺民「殷民七族」和商故都周圍地區一併封給了武王弟弟康叔。索氏即為殷七族之一，居住地在今河南商丘東部一帶，這就是索姓的先祖。

導讀 索氏自宋代以來，在內蒙古、東北、河北、河南、湖北等地有一定分佈。

【咸】

尋根溯源 帝堯大臣有名咸的，是堯的巫祝之官。傳說他能為人延年益壽；而且咒樹樹能枯，咒鳥鳥能墜，子孫為其神通廣大而自豪，因此以咸的名字為姓。一說巫咸是商朝時負責掌管占卜巫祝的大臣，咸姓就是他的後代。

導讀 咸氏早期主要在河南、山東、江蘇、山西等地分佈，如今已稀見其姓氏族人分佈。

【籍】

尋根溯源 春秋時晉國大夫荀林父之孫伯黶（粵：掩；普：yǎn）管理國家典籍文獻，後代遂以其官職籍為姓。一說衛國有地名籍圃，居住此地之民遂以籍為姓。

導讀 籍氏早輩遷居河南、江蘇等地區，形成望族，當今籍氏的分佈已稀少。

【賴】

尋根溯源 西周初年周武王分封炎帝後裔於賴（今湖北隨縣）建國，賴國後被楚國所滅，子孫出逃至鄢、傅、羅等地，有的以原國名賴為姓，有的則以寓居地鄢、傅、羅等為姓。

導讀 賴氏當今在廣東、江西、貴州和台灣也有分佈。賴氏當今名人有賴聲川，台灣戲劇家。

【卓】

尋根溯源 春秋時楚威王兒子名卓，人稱公子卓，卓姓就是他的後代。一說卓姓是楚國大夫卓滑的子孫。

導讀 卓氏當今主要在山西、浙江、福建、湖南和台灣等地區分佈。

【藺】

尋根溯源

春秋末韓、趙、魏三家分晉，晉大夫韓武子後代韓景侯建立韓國，子孫後有以韓為姓者。後來韓國公族有支裔孫韓康在趙國為官，食邑封於藺（故址在今山西離石西），子孫後改以藺為姓，藺相如即出自這一家族。

導讀

藺氏早期在山西、河北等北方地區分佈，明代以後則在北京、山西、山東等地區為主要分佈區。

【屠】

尋根溯源

據說東方九黎部族首領蚩尤與黃帝大戰涿鹿，兵敗被誅。黃帝為使九黎族人難以集聚反抗，將其分散於各地居住，其中居住於屠地（今山東界內）的遂以屠為姓。又商朝王族有封於鄌（粵：圖；普：tú）地者，後代去邑偏旁改姓屠。又古有以屠宰牲畜為職業者，其後代遂姓屠。

導讀　屠氏自宋明以來，主要居住在江浙一帶。屠氏當今名人有屠呦呦，諾貝爾生理學或醫學獎獲獎者。

【蒙】

尋根溯源　夏朝初期封顓頊後裔於蒙雙（今山東界內），之後遂有蒙姓。

導讀　蒙氏自宋代以來，在四川、甘肅、陝西和廣西等地均有分佈。蒙氏現當代名人有蒙民偉，香港企業家。

【池】

尋根溯源　戰國時秦國王族中有一公子名池，官居大司馬，家族聲名顯赫，子孫遂以池為姓。又春秋時城邑都建有城牆，城牆外則圍有護城河，因護城河稱為池，故居住護城河邊的人家中便有以池作為姓氏者。

導讀 池氏早在漢唐之間已在山西形成望族，當今在浙江、遼寧、湖北、河北和西南等地區均有分佈。

【喬】

尋根溯源 據說軒轅黃帝死後葬於橋山（今陝西黃陵），子孫中留居橋山為其護陵守墓者遂以山名橋字為姓，後去偏旁木字簡姓作喬。又東漢太尉橋玄後代裔孫橋勤在北魏時任平原內史，後隨孝武帝避亂逃奔關中，投靠大將宇文泰。後宇文泰殺孝武帝立元寶炬為帝，權傾一時，史稱西魏。某日宇文泰興致所至，命橋勤改姓喬木之喬，取其高遠之意，橋勤聽命而改，據說橋姓簡作喬姓的出處即此。

導讀 喬氏自明代以來在山西、陝西、河北、河南、山東、江蘇等地分佈。

【陰】

尋根溯源 春秋時齊桓公賢相管仲後代孫管修仕楚，封為陰邑大夫，人稱陰修。陰修與其先祖一樣有賢名，後因白公勝之亂被殺，修的子孫遂以陰為姓。

導讀 陰氏當今在山西、黑龍江等地分佈，但數量不多。

【鬱】

尋根溯源 古代有郁國，是吳大夫封地，其公族後以國名鬱為姓。一說古時扶風有鬱夷縣，膠東有鬱秩縣，北邊還有鬱致縣，居住在那裏的人後來便陸續以鬱為姓。一說春秋時楚國曾征伐郁林氏，將其民強遷至楚都郢的附近，人稱鬱氏。

導讀 鬱氏是罕見姓氏，自宋明以來，在山東、安徽和台灣有少數分佈。

【胥】（粵：雖；普：xū）

尋根溯源 春秋時晉有大夫名胥臣，曾陪晉公子重耳出奔。重耳即位後胥臣得以封邑賜爵，子孫以為榮，遂以其名胥為姓。

導讀　胥氏自宋代以來在山西、湖南、重慶、陝西和江蘇等地均有分佈，目前主要在山東、浙江等地分佈最為密集。

【能】

尋根溯源　周成王封熊繹建楚國，其子熊摯受封於夔，建夔國。後楚國以夔國不奉祀祖先為罪名滅掉了夔，夔國王族為避株連之禍，將熊字改為能字作姓。

導讀　能氏當今主要分佈在湖南、河南、山東、安徽、江蘇、甘肅、四川、福建和台灣等地。

【蒼】

尋根溯源　傳説黃帝諸子中有一個名叫蒼林，其後代遂以先祖名字中的蒼字為姓。

導讀　蒼氏自漢唐以來主要向南方發展，在湖南形成名門望族。現當代主要在河南、陝西、山西、山東等地分佈。

【雙】

尋根溯源　夏朝時顓頊後裔的一支被封於雙蒙，其子孫遂以雙為姓。一說封於蒙雙的顓頊後裔，後又分為雙姓和蒙姓。雙蒙與前面「蒙」姓之封地蒙雙，實為一地。

導讀　雙氏早期活動主要在中原地區分佈，唐宋以來則在甘肅、江浙一帶、湖北和湖南等地分佈。

聞莘党翟，譚貢勞逄。姬申扶堵，冉宰酈雍。

【聞】

尋根溯源 春秋時魯國的少正卯博聞強識（粵：志；普：zhì）學問淵博，但觀點政見與孔子不同，他聚徒講學對孔子的學說衝擊很大，孔子做了魯國司寇執掌刑獄之後便誅殺了少正卯。由於少正卯是當時遠近聞名的人，其後代便以「聞人」二字為姓，後來又演變成了單姓聞。

導讀 聞氏自宋代以來，在江蘇、浙江、河南、湖北、山東等地均有族人分佈。聞氏現當代名人有聞一多，中國著名詩人、學者。

【莘】（粵：新；普：shēn）

尋根溯源 夏代國王啟的支系子孫被封於莘，後代遂以封國莘為姓。古史所稱商湯娶有莘氏之女，即是莘國女子。

導讀 莘氏自宋明以來在江浙和甘肅等地均有分佈。

【党】

尋根溯源 夏禹後裔世居党項（今青海、甘肅一帶）者以党為姓。又春秋時晉國公族封邑於上党（今山西長治），子孫後代遂以党為姓。又歷史上党項一地是民族混居的地區之一，除夏禹後裔，還有很多少數民族，其中的党項羌人學習漢俗亦以党為姓。

導讀 党氏自宋代以來，主要分佈在山西、山東，其他如陝西、河南等地區均有分佈。

【翟】（粵：宅；普：zhái）

尋根溯源 黃帝後裔居於翟地者，後便以翟為姓。翟又可讀作翟（粵：敵；普：dí），與狄同，春秋時代居住於北地的狄族故有以翟字作姓者。

導讀 翟氏當今主要在河南、山東、山西、遼寧和廣東等地分佈。翟氏當今名人有翟志剛，中國神舟七號宇航員，中國太空漫步第一人。

【譚】

尋根溯源 周初分封時夏禹的一支了孫被封於譚（今山東章丘西）建國，到春秋時譚國被「春秋五霸」之一的齊桓公所滅，譚國國君逃亡至莒（粵：舉；普：jǔ，今山東莒縣），留在故國的子孫遂以原國名譚為姓。又談姓中有因避禍、避諱而改譚姓者。

導讀 譚氏自宋代以來在廣東形成重要分佈區，其他在河北、湖北、江西、四川也有譚氏分佈。譚氏當今名人有譚盾，美籍華裔音樂家；譚詠麟，香港著名歌星。

【貢】

尋根溯源 孔子的著名弟子端木賜，字子貢，其後代子孫中遂有以貢為姓者。

導讀 貢氏自宋似以來，在安徽、江蘇等東南地區分佈。

【勞】

尋根溯源 嶗山（今山東界內）古稱勞山，居住山裏的人原來很少與外界來往，西漢初勞山人開始與外界相通，朝廷於是賜山民為勞姓。

導讀 勞氏自宋代以來在山東、浙江、湖南、廣東等地區均有分佈。勞氏現當代名人有勞思光，當代著名哲學家。

【逄】（粵：龐；普：páng）

尋根溯源 相傳炎帝有裔孫名陵，商朝時被封於逄建國，世稱逄伯陵，其後代遂以封國逄為姓。

導讀 逄氏早期在山東、安徽和北京一帶聚居。

【姬】

尋根溯源 傳說黃帝出生於姬水畔，於是便以姬為姓，周朝王族是黃帝後裔，遂為姬姓。

導讀 姬氏在漢唐時為河南的望族，但因唐玄宗下詔令天下的姬姓改為周姓，以避諱。因此姬姓人數大減。

【申】

尋根溯源 周朝封姜姓始祖炎帝的後裔於申（故址在今河南南陽北），春秋時申國被楚所滅，其王族後代遂改姜姓為申姓。

導讀 申氏當今在河南、山東的分佈最為密集。

【扶】

尋根溯源 夏禹有大臣扶登，其子孫遂以扶為姓。一說西漢初年有一個巫祝名嘉，善於占卜祈禱，預言無不應驗，漢高祖劉邦因巫嘉能感召神祇扶助漢室，特賜巫嘉姓扶。

導讀　扶氏早期在河南、陝西等地分佈。當今在河南、四川等地有零散分佈。

【堵】

尋根溯源　春秋時鄭國大夫泄寇受封於堵邑（在今河南界內），世稱堵叔。堵叔與叔詹、師叔號稱三良臣，輔佐鄭君，頗有善名，後代子孫遂以封邑堵為姓。

導讀　堵姓是罕見的姓氏，如今在江蘇、浙江等地仍有零散的分佈。

【冉】

尋根溯源　據說帝嚳高辛氏部落中有冉氏，其後裔遂以冉為姓。又周文王第十子名季載，武王滅商後被封於聃，周公推舉他做司空輔佐成王，聲名顯於當時，後代子孫遂把封邑去掉右偏旁作冉為姓。又楚有大夫名叔山冉，他的後代也以冉為姓。

導讀　冉氏當今在四川、湖南和河南一帶有零散的分佈。

【宰】

尋根溯源 本為殷商時代開始設置的掌管家事、家奴的官職，西周時沿置，職權擴大到執掌王家內外事務，或在王的左右輔贊王命。春秋各國亦設此官，多稱為太宰。周有大夫孔擔任此職，史稱宰孔，其子孫遂以其官職宰為姓。

導讀 宰氏早期在河南、山東一帶活動，當今在上海、安徽、江西、北京和台灣等地區均有分佈。

【酈】

尋根溯源 夏禹封黃帝後裔於酈地建國，酈國滅亡後，王公族裔遂以國名為姓。

導讀 酈氏自宋代以來，在河南、河北、浙江等地區有少量分佈。

【雍】

尋根溯源　西周初文王將其一子封於雍地（故地在今陝西西部），人稱雍伯，雍伯後代遂以雍為姓。

導讀　雍氏早期在河南活動，自宋代以來在陝西、東北、湖北、江蘇有少量分佈。

郤璩桑桂，濮牛壽通。邊扈燕冀，郟浦尚農。

【郤】（粵：隙；普：xì）

尋根溯源　春秋時晉國公族叔虎因戰功受封於郤，建郤國，世稱郤子，其子孫後代便以封國郤為姓。

導讀　郤氏在漢唐時期在河南一帶活動，主要在北方地區。如今已很少見郤氏的分佈。

【璩】（粵：渠；普：qú）

尋根溯源 璩姓源出不詳。因璩本是一種耳環，故一說認為璩姓可能是製作耳環工匠的後代。另一說認為古代有地名蘧，居住於蘧的人遂以蘧為姓，後蘧與璩混同為一姓。今見於著錄的如唐代岳州人璩抱朴，春秋衛國大夫蘧瑗，漢代大行令蘧正。

導讀 璩氏為罕見姓氏，當今在河南、上海、北京等地有少量分佈。

【桑】

尋根溯源 傳說古代東夷族首領少昊氏後代有居住於窮桑（故址在今山東曲阜北）的，子孫遂以地名中的桑字為姓。又春秋時秦國公族有公孫枝，字子桑，他的後代遂以其字桑為姓。

導讀 桑氏自宋代以來，在河南、安徽、浙江、江蘇、山東和東北等地區分佈。

【桂】

尋根溯源 周朝王族後裔姬季楨為秦國博士，秦始皇焚書坑儒時被殺，他的弟弟姬季眭（粵：桂；普：guì）為避禍，將季楨的四子統統更改了姓名，其老大改叫桂奕，因「桂」與自己名字「眭」同音，桂姓源出於此。

導讀 桂氏當今在湖北、河南、陝西、四川等地分佈最多。

【濮】（粵：樸；普：pú）

尋根溯源 虞舜有子名散，封地於濮，子孫後以濮為姓。一說春秋時衛國有大夫封於濮，後代遂以封地為姓。

導讀 濮氏自宋代以來，在浙江、安徽等地有少量分佈。

【牛】

尋根溯源　周武王滅商後封商紂王庶兄微子啟建宋國，微子啟裔孫司寇牛父為保衛宋國戰死，子孫引以為榮，以他的名字牛為姓。又北魏侍中寮允，因功賜姓牛，其子牛弘任隋朝吏部尚書，好學博聞，性格寬宏，史稱大雅君子。

導讀　牛氏早期在河南等地區活動，自宋代以來則在河北、河南、上海、江蘇、安徽、甘肅、山東和山西等地區均有分佈。

【壽】

尋根溯源　春秋時周王室支裔吳王壽夢的後代，以其祖名字壽為姓。

導讀　壽氏自宋代以來在浙江、廣東等地均有分佈。

【通】

尋根溯源　春秋時巴國有大夫封食邑於通川（故地在今四川省），子孫遂以通為姓。一說秦漢時有爵位名徹侯，金印紫綬，地位極尊。曾有封爵徹侯者的子孫以先人爵位「徹」為姓，後因避漢武帝劉徹名諱，改徹姓為通姓，取「徹」與「通」字意相同之故。

導讀 通氏是罕見姓氏，當今在上海、湖北、浙江等地有零散分佈。

【邊】

尋根溯源 商代有小國名邊，居其國者以邊為姓。又東周襄王時有大夫封邑於邊，稱邊伯，子孫遂以邊為姓。一說春秋時宋平公之子禦戎，字子邊，子孫以他的字邊為姓。

導讀 邊氏自宋代以來，在山東、內蒙古、甘肅、陝西、河南、河北、湖北、浙江等地區均有分佈。

【扈】（粵：戶；普：hù）

尋根溯源 夏朝時禹的子孫中有封地於扈者建扈國（今陝西戶縣），禹去世後由啟繼承了王位，引起了其他王族公國的不滿，扈國即是反對啟的公國之一，結果扈國被啟滅掉，國人遂改姓扈。

導讀

扈氏自宋代以來，在山西、河北、河南、東北等北方地區均有分佈。

【燕】（粵：煙；普：yān）

尋根溯源

商朝封黃帝後裔伯倏於燕（今河南汲縣一帶），史稱南燕國，其國人後以燕為姓。又周武王建國後，分封助其滅商的功臣召公奭（粵：惜；普：shì）於燕（今河北北部和遼寧西部）建國，都城為薊（在今北京西南部），史稱北燕。燕在戰國時為七雄之一，後被秦滅，燕國公族遂以燕為姓。又東晉時鮮卑族慕容氏於北方稱帝，國號為燕，分前燕、後燕、西燕、南燕、北燕諸國，諸燕相繼亡國後，其後人亦有仿漢族以燕為姓者。

導讀

燕氏自宋代以來，在河南、山東、內蒙古、江西等地都有分佈。

【冀】

尋根溯源 唐堯的後裔周朝初年被封於冀（今山西河津一帶）建國，春秋時冀國被晉吞併，其王族遂以冀為姓。又冀姓後代追溯其源，認為晉國大夫冀芮食邑於冀，子孫遂以冀為姓，故冀芮實為冀姓之祖。

導讀 冀氏自宋代以來，在山西、河北、遼寧和湖南等地區均有分佈。

【郟】（粵：夾；普：jiá）

尋根溯源 周成王定國鼎於郟鄏（粵：辱；普：rǔ），故址在今河南洛陽西，居住此地的人後遂以郟為姓。又春秋時鄭國大夫郟張的先人封邑於郟地（今河南郟縣），其族遂以郟為姓。

導讀 郟氏自宋代以來，在湖南和東南地區均有分佈。

【浦】

尋根溯源　春秋時晉國大夫浦躒（粵：礫；普：lì）乃姜太公姜尚的後代，浦躒子孫後遂以其名字中的浦字為姓。

導讀　浦氏自宋代以來在江蘇、浙江、上海、山東等地均有分佈。

【尚】

尋根溯源　夏朝時有王族名尚黑者，他的子孫後以先祖名字中的尚為姓。又姜太公名望，西周初年官拜太師，輔佐武土滅商有功，被尊稱為師尚父，也稱姜尚。因其封於齊建國，為齊國始祖，故亦稱太公。姜太公後裔中遂有以其尊號中的尚為姓者。一說戰國時開始設置尚書官職，掌管文書，秦漢後因尚書在皇帝身邊辦事，地位漸重，尚書的子孫後代遂有取祖上官名中的尚（即執掌之意）為姓者。

導讀　尚氏自宋代以來，在天津、河南、河北、遼寧等北方地區均有分佈。尚氏現代名人有尚小雲，京劇演員、京劇四大名旦之一。

【農】

尋根溯源　西周初武王封神農氏後裔為農正，執掌農業生產與農事祈禱等事，農正後代子孫遂以祖上官職為姓。

導讀　農氏為罕見姓氏，宋代以後，在東南地區均有少量分佈。農氏現當代名人有農勁蓀，民國初年實業家、富商。

溫別莊晏，柴瞿閻充。慕連茹習，宦艾魚容。

【温】

尋根溯源　西周初成王封其弟叔虞於唐，唐叔虞後代子孫中的一支受封於温（今河南温縣），其族後人遂以温為姓。又春秋時晉國大夫郤至的食邑封於温，世稱温季，温季後代遂以温為姓。又唐代西域有康居國（故址在今新疆北），與唐交往中其國王取漢姓為温，後融入中原成為温姓源流之一支。

導讀

温氏當今在山西、河北、北京、天津、河南、山東、重慶、四川、廣東和福建等地都有一定分佈。温氏當今名人有温家寶，曾任中國國務院總理。

【別】

尋根溯源

古代宗法之制，嫡長子族系稱宗子，長子之外的次子、三子等諸子族系稱小宗。小宗的次子地位更低，稱為別子，因為按照宗法制度別子不能承繼祖姓，於是就有了以別為姓以示區別者。別姓既然帶有如此明顯的尊卑有別之意，所以罕見於世，歷史上大多用為元代蒙古族人的姓氏音譯。

導讀

別氏自宋代以來在陝西、湖北和河南等地均有分佈。

【莊】

尋根溯源

春秋時楚莊王支系子孫中有以先祖謚號莊為姓者。又春秋時宋戴公名武莊，其後代子孫中遂有以其名字中莊字為姓者。

導讀

莊氏自宋代以來，在江蘇、福建、廣東、雲南、四川、遼寧等地都有分佈。

【晏】

尋根溯源

據説顓頊有裔孫名陸終，陸終第五子名晏安，晏安後人遂以晏為姓。又堯帝時有臣名晏龍，晏龍之後遂取其名字中晏字為姓。又春秋時齊國公族有封於晏（今山東齊河西北）者，後代遂以封邑為姓，身為齊國靈公、莊公、景公三朝大夫的晏嬰即出此家族。

導讀

晏氏自宋代以來在江西、陝西、四川、湖北、湖南、江蘇和貴州等地區均有分佈。晏氏現當代名人有晏陽初，中國教育家。

【柴】

尋根溯源　齊國姜子牙的後代裔孫有名高柴者為孔子弟子，高柴之孫名舉，舉以祖父名字中的柴字為姓，稱做柴舉，柴姓由此而始。又元朝滅亡後，蒙古王公貴族中有不少家族改作漢姓柴氏，到了清代，亦有許多滿族人效仿漢姓改稱柴氏。

導讀　柴氏自宋代以來，在河北、河南、山東、浙江、陝西、江西、天津、吉林、遼寧等地區均有分佈。柴氏現當代名人有柴澤民，中國外交家，中國首任駐美大使。

【瞿】

尋根溯源　商朝時有一大夫封食邑於瞿上，世稱瞿父，子孫後以先祖封邑為姓。一説孔子有弟子名商瞿，居住地被稱做商瞿里，後改稱瞿上鄉（在今四川雙流東），他的後代便以瞿為姓。

導讀　瞿氏自宋代以來，在江蘇、安徽、湖南、上海、浙江等地均有分佈。瞿氏現當代名人有瞿秋白，中國政治人物、文學家、翻譯家。

【閻】

尋根溯源　西周初武王封周太伯（太王古公亶父的長子）曾孫仲奕於閻鄉，其後代遂以封邑閻為姓。又周康王之子封於閻，後代亦以封地為姓。春秋時晉成公之子封於閻，子孫亦以閻為姓。

導讀　閻氏自明代以來以北方為中心，在山西、山東、河北、河南、甘肅、陝西、遼寧、安徽等地均有分佈。閻氏現當代名人有閻錫山，北洋軍閥晉系領袖。

【充】

尋根溯源　周代官職中有充人，主管飼養祭祀時所用的牲畜，「充」的意思就是使牲畜肥壯，充人後代遂有以祖先官職為姓者。

導讀

充氏早期在河南和山東等地活動，當今充氏在山西、北京、河南、江蘇等地有少量分佈。

【慕】

尋根溯源

古代鮮卑族有慕容氏，意思是：仰慕天地二儀之德，承繼日、月、星辰三光之容。在不斷與中原漢民族融合的過程中。鮮卑慕容氏有改複姓為單姓慕者。

導讀

慕氏早期在西北地區活動，宋代以來就在河南、甘肅等地偶有所見。

【連】

尋根溯源

顓頊裔孫陸終第三子名惠連，他的後代中遂有以連為姓者。又春秋時齊國大夫連稱與管至父一起戍葵丘，後發動叛亂殺死襄公，從而引起國人不滿，最終連稱亦被殺。連稱子孫只好逃出了齊國，為了避禍，他們改掉原姓，以連稱名字中的連字作為了新姓氏。又楚國春秋時設有連尹、連敖等軍事官職，後合為一職，他們的子孫後來遂有以祖上軍職中的連字為姓者。

導讀 連氏自宋代以來，在山西、湖北、安徽、江西、福建和台灣等地均有分佈。

【茹】

尋根溯源 古代東胡族有柔然部落，南北朝時北朝稱其作蠕蠕，南朝稱其作芮芮，主要活動在今甘肅敦煌、張掖北部。柔然族人進入中原後改蠕蠕、芮芮為茹茹氏，後又效法漢族以單字茹為姓。

導讀 菇氏自宋代以來，在河南、山東、山西、安徽、江蘇、浙江等地均有分佈。

【習】

尋根溯源 古有小國名少習國，其故地在今陝西商州東南一百八十多里的武關北。少習國人後有以習為姓氏者。

導讀

習氏當今主要在河北、湖北、浙江等地區分佈。習氏當今名人有習近平，中國國家主席。

【宦】

尋根溯源

宦姓源起不詳，有人推測為官宦人家後代自稱姓宦。當然是取仕宦之意，而非閹宦之宦。一說戰國時趙國有宦者令，漢代有宦者令、宦者丞，均為少府屬官，宦姓也可能源於任此官職者的後代。

導讀

宦氏是罕見姓氏，在江蘇、貴州偶有所見。

【艾】

尋根溯源

夏代少康王時，有臣名汝艾輔佐其中興大業，其子孫後代便以艾為姓。又春秋時齊景公寵臣名孔，因封邑於艾（今山東萊蕪東南），人稱艾孔，後代遂姓艾。

導讀

艾氏當今在河北、河南、陝西、湖北、湖南、浙江、上海、江西和雲南等地均有一定分佈。

【魚】

尋根溯源

春秋時宋桓公因病打算讓位，太子茲父請桓公立其庶兄子魚（名目夷）繼位，子魚一再謙讓，最後茲父登基為宋襄公。襄公命子魚為司馬，宋、楚泓之戰，宋襄公不聽子魚趁楚軍渡河前後陣腳未穩之機擊潰楚軍的正確建議，結果被楚軍打敗，襄公自己亦因傷而卒。子魚後代以先祖賢能為傲，遂以其字魚為姓。

導讀

魚氏自宋代以來，在陝西、河南、湖北和江蘇等地區均有分佈。

【容】

尋根溯源

古有容氏國，其國人後遂以容為姓。又古代禮樂之官稱作容，據說黃帝的禮官名容成，中國最早的曆法就是他發明的，道家更是把他附會作仙人，說他是黃帝或老子的老師，容成的子孫後遂以容為姓。

導讀 容氏自宋代以來，在安徽、江西、廣東等地均有分佈，當今廣東仍有容氏的分佈。容氏現當代名人有容閎，中國首位留學美國的學生。

向古易慎，戈廖庾終。暨居衡步，都耿滿弘。

【向】

尋根溯源 春秋時宋桓公兒子中有公子肸（粵：日；普：xī），字向父，其子孫遂以其字向為姓。

導讀 向氏當今在山東、湖南、湖北、廣東、江西和四川等地區分佈，尤其在湖南、湖北分佈最為集中。

【古】

尋根溯源 周太王古公亶父後人中有以古為姓者。又春秋時晉景公大夫郤犨（粵：隙囚；普：xì chōu），又稱苦成叔，謀事有智，臨戎有文，而且有辯才，為使有禮，其後代中有以苦成為姓者。苦成的後人又以音近而改姓古成者；古成的子孫則又有改複姓為單姓古者。

導讀 古氏自宋代以來在山西、河南、廣西、廣東、江西等地有少量分佈。

【易】

尋根溯源 春秋時齊桓公有寵臣名雍巫，字牙，精於烹調美食，封邑於易，人稱易牙，易牙子孫後代以易為姓。又古代易州在今河北易縣，居於此者遂以地名為姓。

導讀 易氏自宋代以來在江蘇、江西、湖北、湖南、廣東、四川、貴陽等南方地區分佈。易氏的當今名人有易中天，中國作家、學者。易建聯，中國籃球員。

【慎】

尋根溯源　春秋時楚太子建的兒子白公勝曾於慎地（今安徽潁上西北）打敗吳國軍隊，後作亂出逃，自縊而死。白公勝的後代居於慎的遂以地名慎為姓。

導讀　慎氏漢唐時在河北、甘肅和江浙一帶分佈，當今慎氏分佈人數不多。

【戈】

尋根溯源　夏禹後裔子孫中有封於戈地者，遂以封地戈為姓。

導讀　戈氏自宋代以來，在江蘇、浙江、河北、四川、雲南等地區有少量分佈。

【廖】

尋根溯源　商朝時封顓頊後裔叔安於廖國，世稱廖叔安，子孫後以廖為姓。又周文王有子名伯廖，伯廖子孫中有以廖為姓者。

導讀

廖氏當今在江西、湖南、四川、廣東和廣西等地分佈較多。廖氏現當代名人有廖仲愷，中國國民黨革命元勳之一；廖本懷，香港首位華人政務司。

【庾】（粵：雨；普：yǔ）

尋根溯源

古代稱露天堆積糧食的臨時倉庫為庾，遠在帝堯時代就有負責看管這種糧倉的官職掌庾大夫，周朝沿置此官職，且子孫一般世襲其職，因此他們的後代中就有以庾為姓者。

導讀

庾氏自宋代以後，族人數量已不多，分佈也不詳，當今在廣東有少量的分佈。

【終】

尋根溯源

顓頊裔孫名陸終，陸終子孫中遂有以終為姓者。一說夏桀太史令名終古，子孫遂以其名為複姓終古，後裔中又有改複姓為單姓終者。

導讀

終氏自宋代至今，在山東、河北、北京、安徽、浙江等一帶均有分佈。

【暨】（粵：雨；普：jì）

尋根溯源

據説顓頊裔孫陸終兒子名籛，籛的後人在商代時封於諸暨（今屬浙江省），子孫遂以地名中的暨字為姓。

導讀

暨氏自唐宋以來，在江浙一帶有一定分佈，因為有相當一部分暨姓者改姓周，故在當今已極為少見暨氏。

【居】

尋根溯源

春秋時晉國大夫先軫善用兵，先後統帥中軍擊敗楚師，為襄公謀劃大敗秦師，後不穿冑甲勇入狄師戰死。先軫之子先且居繼其父職，輔佐晉襄公多有善策，子孫因以為榮，以其名字中的居字為姓。

導讀 居氏早期在山西、河南活動，如今在長江一帶如湖北、江蘇、浙江、安徽等地區均有分佈。

【衡】

尋根溯源 商湯輔國之臣伊尹，官拜阿衡，至太甲王時改稱保衡，為執掌國政之臣，伊尹後代遂以先祖官職名稱衡字為姓。又三國時袁紹在官渡被曹操打敗，不久病死，其支裔子孫避禍於衡山（今屬湖南省），後便以山名為姓。

導讀 衡氏早期在河南和山東一帶活動，當今在北方地區偶有所見。

【步】

尋根溯源 春秋時晉國大夫郤豹的裔孫名揚，封邑於步，世稱步揚，其子孫後代以封邑步為姓。

導讀 步氏早期在山西一帶活動，漢唐以來則在山東、江蘇、浙江一帶活動。

【都】

尋根溯源 春秋時鄭國大夫公孫閼，字子都，好強逞勇，長相俊美，聞名當時。鄭莊公命子都與大夫潁考叔伐許，子都因為爭功而將潁考叔射殺。子都後人中有以其字都為姓者。

導讀 都氏早期在湖北、河南一帶活動，自宋代以來，在河北、山東、江蘇、浙江及東北等地均有分佈。

【耿】

尋根溯源 商代自祖乙王至陽甲王均於耿（今河南溫縣東）建都，後盤庚遷都於殷（今河南安陽小屯村），留在耿的商王族後裔中遂有以耿為姓者。又周滅商後，分封周姬姓王族中一支建諸侯小國耿（在今山西河津南），春秋時為晉所滅，其王族遂以國名耿為姓。

導讀

耿氏自宋代以來在河北、河南、山東、江蘇、安徽、湖北、雲南和遼寧等地區均有分佈。

【滿】

尋根溯源

周初封舜的裔孫胡公滿於陳建國，建都宛丘（今河南淮陽），春秋時陳國被楚所滅，胡公滿的後代遂以滿為姓。又伊斯蘭歷史上阿拔斯王朝統治者艾布·賈法爾又名滿蘇爾，意即勝利者。後滿蘇爾演變成穆斯林中的一支大姓，在與我國中原漢民族交往融合的過程中，我國回族遂效仿漢姓改滿蘇爾為滿姓。

導讀

滿氏早期在河南活動，自宋代以來在河南、山東、山西等繁衍。當今滿氏數量已漸少，只在陝西有少量的族人分佈。

【弘】

尋根溯源 春秋時衛懿公大臣弘演出使在外，狄人攻衛，殺衛懿公後食盡其肉而丟棄其肝。弘演聞訊趕回衛國，呼天悲號，並自剖己腹將懿公之肝置於內而死。弘演子孫以其祖忠耿為榮，遂改姓弘。

導讀 弘氏早期在河南、山西、江蘇和湖北等地活動，當今弘氏已為罕見姓氏，主要分佈在北京、台灣等地區。

匡國文寇，廣祿闕東。歐殳沃利，蔚越夔隆。

【匡】（粵：康；普：kuāng）

尋根溯源 春秋時魯國句須擔任匡邑（故地在今山東西南一帶）宰，子孫遂以其居官的地名為姓。

導讀　匡氏早期在山東、河南、湖南、江西、貴州、四川、江蘇等地區分佈。

【國】

尋根溯源　據說夏禹時，為其掌管車馬出巡的禦者名國哀，國姓子孫認為國哀即其始祖。又春秋時齊國有上卿名國，子孫以國為姓，世襲上卿。又春秋時鄭穆公之子公子發，字子國，後代遂以其字為姓。

導讀　國氏長期在山東聚居，當今仍有國氏分佈。

【文】

尋根溯源　周武王滅商建周，追謚父親姬昌為文王，文王後代中遂有以其封謚文為姓者。

導讀　文氏當今在湖北、廣東、江西、廣西、四川等地有零散的分佈。

【寇】

尋根溯源 西周初蘇忿生任武王司寇，負責刑獄盡職盡責，他的後代遂以其官職中寇字為姓。又衛國始祖康叔為周武王弟，周公滅武庚後把殷民七族和商故都土地均封賞給了他，成王時又命他做了司寇，康叔後代中遂有以其官稱中的寇字為姓者。又後魏時鮮卑族中的若口引氏改漢姓為寇。

導讀 寇氏自宋代以來、在山西、河南、黑龍江等地均有分佈。

【廣】

尋根溯源 據說上古軒轅黃帝時，有號廣成子的高人隱居於崆峒山石室中，黃帝曾向他請教過治國之道，廣成子後代有以廣成為複姓者，亦有以廣為單姓者。

導讀 廣氏早期在浙江一帶活動。自明清以來廣氏已成了罕見姓氏。

【祿】

尋根溯源 商紂王兒子武庚，字祿父，武王滅商後繼續守其封地為殷君，周公旦攝政時他勾結「三監」謀反，被周公誅殺。武庚死後，子孫改以其字中的祿字為姓。

導讀 祿氏自漢唐以來，主要在西南、西北地區分佈，當今已很稀少。

【闕】（粵：決；普：quē）

尋根溯源 相傳春秋時孔子講學授徒之所在洙、泗二水之間的闕里（故地在今山東曲阜北），孔子學生中有定居此地的，其後代遂以闕為姓。一說闕裏有邑名闕党，封於闕党邑的魯人中有以闕為姓者。

導讀 闕氏是漢化的少數民族姓氏，當今在湖南、湖北、福建等南方地區還有其族人分佈。

【東】

尋根溯源

傳說帝舜有七位好友，其中的東不識乃伏羲後裔，東不識的後代子孫遂以東字為姓。

導讀

東氏早期在河南等地區活動。當今在甘肅仍有少量的東氏分佈，但已成為罕見姓氏。

【歐】

尋根溯源

春秋時越國著名的冶煉鍛造工匠歐冶子，曾為勾踐王製作過湛盧、巨闕等五把名劍，與干將攜手為楚王打造了龍淵等三把寶劍，因此名噪當時，他的子孫後以其名字中的歐字為姓。又越工勾踐後裔有封為烏程歐陽亭侯者，其子孫遂以歐陽為姓，歐陽複姓在傳繼過程中又演化出了歐這個單姓。

導讀

歐氏主要在江蘇、安徽和廣東等地區分佈。

【殳】（粵：殊；普：shū）

尋根溯源 帝舜是傳說中遠古部落有虞氏的領袖，他曾命垂擔任共工一職，負責執掌百工之事，垂讓賢於殳斨（粵：槍；普：qiāng），殳斨後代遂以先祖名字中的殳為姓。

導讀 殳氏自宋代以來，在江浙閩等地區偶有所見。

【沃】

尋根溯源 商王太甲之子名沃丁，他即位後名相伊尹已卒，沃丁任用賢臣咎單繼續實行伊尹善政，天下大治。沃丁後代認為先王治理有方，遂以沃為姓。一說古代居住於沃（今山西曲沃）的人以居住地為姓。

導讀 沃氏古時主要在山東、浙江等地區分佈，當今分佈情況不詳。

【利】

尋根溯源 帝堯的理官皋陶後裔理利貞，為了躲避商紂王追殺，出逃至今河南嵩縣伊水旁，曾以李子充飢，他的後代遂有以李、以理或以利為姓者，故利姓與李姓同出一祖。

導讀 利氏自宋代以來，主要在浙江地區偶有所見，當今分佈情況不詳。利氏現當代名人有利孝和，香港企業家、慈善家。

【蔚】（粵：鬱；普：yù）

尋根溯源 北周宣帝時改代郡為蔚州（今河北蔚縣東北）。代郡上溯至春秋時為諸侯小國代國，戰國初被趙襄子所滅，其侄趙周受封於此。戰國末期趙國為秦攻破，趙公子嘉由邯鄲出奔到代，自立為代王。後代國終為秦滅，居住此地的古代國和遷徙來的趙國王公貴族後裔中遂有改姓代者。至北周宣帝改代郡為蔚州後，代姓中又有改姓蔚者，蔚姓由此而始。

導讀 蔚氏自宋代以來主要在河北、安徽和河南等地區分佈。

【越】

尋根溯源 夏禹後裔夏朝第六代王名少康，少康庶子名無餘，建立越國，都城會稽（今浙江紹興），戰國時越被楚滅，王族後裔以國名越為姓。

導讀 越氏早期在江浙一帶活動，自宋代以來在西南地區和貴州等地仍有少量分佈。

【夔】（粵：葵；普：kuí）

尋根溯源 西周時成王封熊繹建立楚國，其子熊摯受封於夔（今湖北秭歸東）建夔國。後楚國以夔不敬祀先祖為藉口滅掉了夔，熊摯的後代為免受株連紛紛改姓避禍，有改熊字為能字做姓氏者，有改以封國夔字做姓氏者。

導讀 夔氏為罕見姓氏，當今只有廣西有此姓氏。

【隆】

尋根溯源 春秋時魯國境內有隆邑，居住此地的人便以隆為姓。

導讀 隆氏早期在山東一帶活動，如今多在西北地區有隆氏分佈。

師鞏厙聶，晁勾敖融。冷訾辛闞，那簡饒空。

【師】

尋根溯源 上古至先秦負責掌管音樂的官員稱做師，如軒轅時的司樂師延，傳說他拊一弦琴則地祇皆升，吹玉律則天神俱降，聽遍諸國樂聲，可以從其中分辨出興亡之兆。商代樂官師涓為商紂王制靡靡之音，武王伐紂時師涓投河自殺。春秋時衛國樂官也稱師涓，晉國著名樂師為師曠。這些樂師的後代多以師為姓。

導讀 師氏自明朝以來，主要在山西、陝西、河北、山東、河南、四川和青海等地分佈。

【鞏】

尋根溯源 周敬王時有同族姬姓卿士簡公封邑於鞏（今河南鞏縣），世稱鞏簡公，他在輔佐敬王時主張選賢任能，棄用了不少姬姓王族子弟而錄用了大批遠道前來的異姓諸侯國人才，結果遭致王侯子弟的不滿而被誅殺，簡公的子孫後遂以封地鞏為姓。

導讀 鞏氏自宋代以來在河北、山東、安徽最為活躍，當今主要在長江以北各省均有零散的鞏氏分佈。鞏氏的當今名人有鞏俐，中國著名演員。

【厙】（粵：瀉；普：shè）

尋根溯源 厙為庫的俗字，古代有守庫大夫官職，其後代則有以庫或厙為姓者。又我國少數民族中多有厙狄、厙門、厙傉官等複姓或三字姓，在與漢民族的融合過程中不少改成了單姓厙或庫姓。

導讀 厙氏當今已為罕見姓氏，在北京、山西、內蒙古還有分佈。

【聶】

尋根溯源 春秋時齊國有丁公封支庶子孫於聶（今山東省境內），子孫後代遂以聶為姓。一說是衛國大夫（或說是楚國大夫）封地於聶，因以為姓。

導讀 聶氏當今在遼寧、河北、湖北、湖南、四川、雲南等地分佈。聶氏的現當代名人有聶耳，中國作曲家；聶衛平，中國圍棋大師；聶海勝，中國航天員。

【晁】

尋根溯源 西周時景王姬貴小兒子姬朝在王位爭奪中失敗，被迫出逃至楚國，子孫後以朝的同音字晁為姓。又晁與鼂通，所以鼂姓亦作晁姓，例如西漢著名刑名家、景帝御史大夫鼂錯，今多寫做晁錯。

導讀 晁氏自宋以來，主要在河南、山東分佈。

【勾】

尋根溯源 傳說上古有木正、火正等五行之官，木正為春官，主掌天地四時萬物生死。勾芒氏為少昊時木正，其後代以勾為姓，勾姓又演化出句（粵：歐；普：gōu）姓、鉤姓，實為一源。

導讀 勾氏早期居住在中原一帶，當今在四川、河南等地分佈最廣。

【敖】（粵：敖；普：áo）

尋根溯源 傳説顓頊帝有老師名太敖，其子孫遂以敖為姓。又春秋時楚國稱被廢被殺且沒有謚號的國君為敖，他們的後代也有以敖為姓者。

導讀 敖氏自宋代以來，在陝西、甘肅、山東、福建、浙江等地有零散的分佈。

【融】

尋根溯源 傳說高辛氏帝嚳的火正祝融，執掌火事，他是顓頊後代老童之子，祝融子孫中有以祝或融為姓者。

導讀 融氏當今在江西、北京等地分佈。

【冷】（粵：laang^{5}；普：lěng）

尋根溯源 傳說黃帝時有樂官名泠（粵：零；普：líng）倫，古代樂律就是由他發明創定的，泠與伶通，故樂官、樂人後便稱做伶人，他們的後代遂有以泠或伶為姓者。又因為寒冷的「冷」字在表示清涼或象聲時可寫做泠泠，與泠泠音、義皆同，所以泠姓又有演變成冷姓並讀成lěng（粵：aang^{5}）者。

導讀 冷氏在山東、江蘇、江西、四川、黑龍江等地都有分佈。

【訾】（粵：子；普：zī）

尋根溯源 古代有訾陬（粵：鄒；普：zōu）國，居其國者遂以訾陬為氏，據說帝嚳的一個寵妃即訾陬氏人，訾陬後又演化做單姓訾。一說訾姓原本為祭姓，因祭祀要殺牲，祭姓的後代認為姓「祭」不祥，所以改為字形相近的訾姓。

導讀 訾氏早期在河南、山東一帶活動，當今在山西、山東、浙江等地聚居。

【辛】

尋根溯源 夏禹兒子啟建立了夏朝，封其支庶子於莘（今河南開封東南，一說在今山東曹縣北），莘國也稱有辛、有莘、有侁（粵：辛；普：shēn）國，其後人遂以地名莘或辛等為姓，商湯所娶有莘氏即其國之女。又今陝西合陽東南亦曾是古代莘國故地，姒姓，周文王妃太姒即此國之女，居此國者也有以莘或辛為姓者。

導讀 辛氏自宋代以後在山東、山西、河南、江西、雲南、福建等地均有分佈。辛氏當今名人有辛曉娟（筆名步非煙），中國武俠小說作家；辛小玲，香港著名胡琴演奏家。

【闞】（粵：磡；普：kàn）

尋根溯源 春秋時齊國大夫止曾居住於闞（今山東汶上西南），世稱闞止，他的子孫遂以闞為姓。一說黃帝後裔南燕國（與北方燕國並非一國，在今河南延津東北）王族中有封於闞邑者，後代以闞為姓。

導讀 闞氏自宋代以來，在遼寧、河北、浙江、江蘇和廣西等均有分佈。

【那】（粵：挪，又讀 na^{1}；普：nuó，又讀 nā）

尋根溯源 春秋時諸侯小國權國（在今湖北當陽東南）被楚所滅，楚把權人遷徙至那城（故城在今湖北荊門東南），權國王公後裔遂有以那為姓者。

導讀 那氏自宋代以來，在東北的內蒙古漢族和西南土族也有分佈。

【簡】

尋根溯源 春秋時晉國大夫狐鞫居食邑於續，號續簡伯，他的後人或以簡為姓，或以續為姓，或以狐為姓，故簡姓、續姓、狐姓同源同宗。

導讀 簡氏自宋代以來，在四川、湖南、廣東、台灣等地分佈。

【饒】

尋根溯源 戰國時趙悼襄王封長安君於饒（在今河北界內），其子孫遂以饒為姓。又戰國時齊有大夫食邑於饒，他的子孫後代也以饒為姓。

導讀 饒氏當今在湖北、廣東、江西等地均有分佈。

【空】

尋根溯源 古代有小國名空，居其地者稱空侯氏，空侯氏後代遂以空為姓。又商代始祖名契，契的後裔中有封於空桐（今河南虞城）者，子孫遂以空桐為姓，繼而又演化出單姓空。

導讀 空氏為罕見姓氏，當今在河南、江蘇、內蒙古等地有少量分佈。

曾毋沙乜，養鞠須豐。巢關蒯相，查后荊紅。

【曾】

尋根溯源 相傳夏禹之後第五代君少康中興夏室後，封小兒子曲烈於鄫（今山東蒼山西北），建鄫國，歷夏、商、周三代至春秋時被莒國所滅。鄫國太子出逃到魯國為官，其子孫後將原國名鄫去掉偏旁邑（即右阝），表示離開了故國都邑，只留曾字以為姓。

導讀 曾氏自明朝以來，在江西、廣東、湖南、福建、四川等地均有分佈。曾氏現當代名人有曾慶紅，曾任中國國家副主席；曾昭掄，中國化學家、教育家。

【毋】（粵：無；普：wú）

尋根溯源 戰國時齊宣王封其弟食邑於毋邱，以延續田氏齊國的祖祀，其子孫後代遂以毋為姓。

導讀 毋氏自宋代以來在山西、山東、上海、北京、遼寧、河南、陝西、四川和台灣等地均有分佈。

【沙】

尋根溯源 相傳神農氏即炎帝時有大臣夙沙氏，他的後代遂有以沙為姓者。又春秋時商紂王庶兄微子啟後裔中的一支受封食邑於沙（今河北大名東），子孫後代以沙為姓。

導讀 沙氏當今在遼寧、北京、河北、河南、江蘇、浙江、雲南等地均有分佈。

【乜】（粵：ne⁶；普：niè）

尋根溯源 春秋時衛國有大夫封邑於乜，子孫後代遂以封邑乜為姓。

導讀 乜氏早期在河南、陝西、甘肅等地均有分佈。

【養】

尋根溯源 春秋時吳國公子掩余、燭庸出逃至楚國，楚王封賞他倆大片田地為養地食邑，其故址在今河南沈丘東與安徽界首西之間，他們的後代遂以養為姓。

導讀 養氏早期在河南、湖北、山東、江蘇分佈，現今分佈情況不詳。

【鞠】

尋根溯源 相傳周族始祖後稷的孫子出生下來時手心有菊形花紋，因古代菊與鞠字相通（一說生而有紋在手稱做鞠），所以給他起名叫鞠陶，鞠陶後代遂以先祖名中鞠字為姓。

導讀　鞠氏早期在陝西、河南和山東等地活動。

【須】

尋根溯源　相傳中古時東夷族首領太皞（粵：浩；普：hào）即伏羲氏的後裔，春秋時期先後在濟水流域建立了須句、任、宿、顓臾等國，其中須句國人後來便以須句或須為姓。一説燕國有附庸小國密須國，密須國公族後代遂以密或須為姓。

導讀　須氏早期在陝西、山東、河北、遼寧、江蘇等地分佈，現今分佈情況不詳。

【豐】

尋根溯源　西周初周文王滅了商朝崇侯虎的封國酆（今陝西戶縣），將其改作酆邑，武王滅商後封其弟（文王第十七子）於酆為酆侯，酆侯子孫後去偏旁邑字作豐（豐）為姓。

又春秋時鄭穆公有子名豐，子孫遂以豐為姓。

導讀

豐氏早期在河南、浙江等地活動。豐氏現當代名人有豐子愷，中國著名散文家、畫家。

【巢】

尋根溯源

相傳遠古時代巢居的發明者教民構木為巢居住在樹上，以避免野獸侵襲，史稱有巢氏。夏禹時封有巢氏後人建巢國，巢國人遂以巢為姓。

導讀

巢氏早期在江淮地區活動，自宋代以來，在江蘇、浙江、四川等地分佈。

【關】

尋根溯源

夏朝末年有賢臣龍逢，因其封邑於關，世稱關龍逢。當時夏帝桀荒淫暴虐，沉溺酒肉，不理朝政，關龍逢屢屢直諫觸怒了暴君夏桀，結果被囚禁殺死，關龍逢子孫後代便以關為姓。

導讀

關氏早期在山西、河北一帶活動，宋代以後就廣泛地在全國分佈。關氏現當代名人有關山月，中國畫家、嶺南畫派大師。

【蒯】（粵：拐；普：kuǎi）

尋根溯源

春秋時衛靈公太子蒯聵（粵：潰；普：kuì）欲殺靈公夫人南子，靈公大怒，蒯聵被迫出逃到晉國。後衛國內亂，蒯聵趁機回國即位，是為衛莊公，衛莊公後裔子孫遂以蒯為姓。一說晉國大夫蒯得後代以蒯為姓。一說商代有蒯國，故址在今河南洛陽一帶，其國人後遂以蒯為姓。

導讀

蒯氏早期在河南活動，自宋代以來蒯氏在江蘇、浙江、安徽等地區分佈。

【相】（粵：soeng3；普：xiàng）

尋根溯源 夏朝第五代王名相，建立都城相衷，故城在今河北省界內，居住相裏的王族後裔遂以相為姓。又商朝第十二代君名河亶甲，也曾居於相地，他的後代中亦有以相為姓者。

導讀 相氏自宋以後在陝西、山西和江浙一帶有零散分佈。

【查】（粵：渣；普：zhā）

尋根溯源 春秋時，齊頃公有子食邑於樝（粵：渣；普：zhā），「樝」通「楂」，故其後代子孫以楂為姓，後又去掉木字旁改姓查。

導讀 查氏早期在山東、湖北、江蘇、浙江、安徽、四川等地區分佈。查氏現當代名人有查海生（筆名海子），中國詩人；查良鏞（筆名金庸），香港著名武俠小說作家。

【后】

尋根溯源 傳說古代東夷族首領太皞裔孫中有名后照者，他的子孫遂以后為姓。此「后」姓不同於「後」，「後」姓另有起源。

導讀 后氏早期在中原一帶活動，漢以後在山東、四川、湖南和安徽等地分佈。

【荊】

尋根溯源 西周時鬻（粵：育；普：yù）熊立國荊山一帶，建都丹陽（今湖北秭歸東南），稱荊國，為楚國前身，故楚國也稱為荊楚，楚國後裔子孫中遂有以荊為姓者。

導讀 荊氏早期在河南和湖北一帶活動。漢唐後在河南、山西和江淮地區廣泛分佈，尤其在山西地區，荊氏已成了長期定居的望族。

【紅】

尋根溯源 西周周夷王時，楚王熊渠趁周室衰微，不斷興兵吞併周圍小國，並封長子熊摯為鄂王。熊摯字紅，故其支庶子孫中有以其字紅為姓者。又漢高祖劉邦後代中有楚元王劉交，劉交之子劉富封地於紅，劉富子孫後代遂以封地紅為姓。

導讀 紅氏早期在河南和湖北等地區居住，自宋代以來則在山西等地分佈，但數量已不多。

游竺權逯，蓋益桓公。万俟司馬，上官歐陽。

【游】

尋根溯源 春秋時鄭穆公有子名偃，字子游，其子孫以其字游為姓。又晉國桓、莊之族後裔有游姓。

導讀 游氏自宋代以後在中西部、北京和上海等地均有分佈。

【竺】（粵：竹；普：zhú）

尋根溯源 商朝末年孤竹國君長子伯夷與次子叔齊爭讓君位，後雙雙投奔了周，武王滅商後他倆因不食周粟而死，他們的後代中有以原國名中竹字為姓者，後又有改竹為竺者。又古代西域天竺國（印度古稱）僧徒進入中國後，多以竺為姓，而我國僧人又常有取其師之姓為己姓者，如南朝宋時廬山名僧竺道生，本姓魏，出家後就以其師竺法汰之姓為姓。

導讀 竺氏早期在河南、陝西等地活動，自宋代以後在山東、江蘇、浙江等地均有分佈。

【權】

尋根溯源 商朝二十二代王武丁裔孫封地於權（今湖北當陽東南），其子孫遂以權為姓。

導讀 權氏自宋代以後族人數量不多，在河北、河南、湖北、江蘇和江西等地有少量分佈。

【逯】（粵：陸；普：lù）

尋根溯源 戰國時秦有大夫封邑於逯，子孫遂以逯為姓。又楚國公族中有逯姓。

導讀 逯氏自宋代以來，在河北、河南、山東、浙江等地有零散的分佈。逯氏現當代名人有逯欽立，中國古文獻學家。

【蓋】（粵：鴿；普：gě）

尋根溯源 戰國時齊有大夫食邑封於蓋（今山東沂水西北），子孫以蓋為姓。

導讀 蓋氏自宋以來，族人在北方聚居，河北是蓋氏的主要分佈地。

【益】

尋根溯源 相傳帝舜時掌管刑法的大臣皋陶有子名伯益，伯益為禹重用，助禹治水有功，被禹選為繼承人，後被禹子啟所殺。伯益支系子孫中有以益為姓者。

導讀　益氏自宋代以後，在山東、江蘇、浙江等東南地區有零散分佈。

【桓】（粵：垣；普：huán）

尋根溯源　相傳黃帝時有大臣名桓常，其子孫遂以桓為姓。又春秋時宋國國君宋桓公後代，以其祖先謚號桓為姓。又南北朝時北魏鮮卑族有烏丸氏，魏孝文帝遷都洛陽後，烏丸氏改漢姓為桓。

導讀　桓氏早期在河南和山東等地活動，自宋代以後桓氏已比較少見，分佈也不詳。

【公】

尋根溯源　春秋時魯昭公有兩個兒子，名衍與為，他們的封爵是公、侯、伯、子、男中的第一等即公爵，所以世稱公衍、公為，其子孫以祖上封爵為姓，遂有公姓。

導讀　公氏發源於山東，秦代以來在河北、河南、山東等地分佈。

【万俟】（粵：墨其；普：mò qí）

尋根溯源　南北朝時期北魏孝文帝遷都洛陽，改鮮卑王族拓跋氏為漢姓元，故北魏亦稱元魏。在孝文帝倡導下鮮卑族紛紛改姓漢姓，魏獻文帝之弟即孝文帝的叔叔這個家族，被賜改稱複姓万俟。

導讀　万俟氏早期在西北地區和山西一帶分佈，自宋代以後，在河南、遼寧、北京、安徽等地還能見到万俟氏族人。

【司馬】

尋根溯源　傳說古代東夷族首領少皞設官職司馬，執掌軍政大事。但文獻記載司馬一職始見於西周，春秋戰國至漢代一直沿用，負責軍政、軍賦，周宣王時程伯休父任司馬，他的後代遂以司馬為姓。

導讀 司馬氏當今在北京、天津、河北、山西、湖北、江西、福建和貴州等地區有一定分佈。

【上官】

尋根溯源 春秋時楚莊王小兒子名子蘭，官為上官大夫，他的子孫遂以其官職上官為姓。又在今河南滑縣東南三十多里處古時有上官邑，是河南通向河北的通道，居住此地的人遂有以邑名為姓者。

導讀 上官氏早期在河南、湖北一帶分佈，自唐宋後就在山西、河南、山東、江蘇、福建等地有零散的分佈。

【歐陽】

尋根溯源 戰國時，越王勾踐第五代孫越王無彊（粵：強；普：qiáng）被楚威王殺死，越國被滅。無彊之子蹄被楚王封於烏程歐餘山（在今浙江吳興）南面，因山南為陽，故世稱其歐陽亭侯，子孫後遂以歐陽為姓。

導讀

歐陽氏當今在湖南、河南、江蘇、浙江、福建、江西和廣東等地均有分佈。歐陽氏現當代名人有歐陽竟無，著名佛學家、教育家。

夏侯諸葛，聞人東方。赫連皇甫，尉遲公羊。

【夏侯】

尋根溯源

西周時夏禹後裔東樓公被封於雍丘（今河南杞縣），建杞國。戰國時杞簡公被楚所滅，簡公之弟佗（粵：拖；普：tuō）出逃奔魯，魯公認為佗乃夏禹之後，尊稱為夏侯，佗的後代遂以夏侯為姓。

導讀

夏侯氏早期在河南、山東一帶活動。當今夏侯氏在北京、山西、上海、江西、台灣等地偶有所見。

【諸葛】

尋根溯源 相傳遠古有葛天氏部落，夏代諸侯葛伯即葛天氏後裔。葛伯其國被商所滅後，他的支族中有一支遷至諸（今山東諸城西南），並以遷居地名諸，加上原諸侯國名葛，組合成複姓諸葛。

導讀 諸葛氏當今主要在浙江一帶分佈。

【聞人】

尋根溯源 春秋時魯國大學問家少正卯因與孔子政見不同被殺，少正卯曾與孔子同時講學，他的影響力使得孔子門下三盈三虛，在當時聞名遠近，號稱「聞人」，子孫在其被殺後遂以聞人為複姓，或單姓為聞。

導讀 聞人氏自宋代以後在浙江等地有少量分佈，當今在浙江已不見聞人氏家族。

【東方】

尋根溯源 相傳伏羲氏創八卦，以震為尊，認為震是雷之象，萬物均出於震，與之對應的方位為東方，是太陽神居住之地，伏羲後裔中遂有以東方為姓氏者。

導讀 東方氏早期在河南、陝西等地活動，當今在北京、山西、山東和台灣等地偶有所見。

【赫連】

尋根溯源 東漢時長期活躍於漠北的匈奴族開始分裂為兩部，留居當地的稱北匈奴，南下的稱南匈奴。南匈奴右賢王劉豹子後代劉勃勃擁兵自立，號稱大夏天王，自創姓氏稱赫連，因赫有顯耀盛大之意，故赫連意思是光輝顯赫與天相連。

導讀 赫連氏早期在西北地區活動，宋代以後已很少見赫連氏，當今在河南、山東等地偶有所見。

【皇甫】（粵：府；普：fǔ）

尋根溯源 春秋時宋戴公有子名充石，字皇父，曾任周太師，子孫遂以皇父或皇為姓。漢代時，皇父氏族後裔皇父鸞徙居於茂陵，將姓中的父字改為甫字，這一家族後遂姓皇甫。

導讀 皇甫氏早期在河南一帶活動，唐宋以來在陝西、甘肅、寧夏、河北、河南、山西、江蘇、浙江、安徽、四川等地活動。

【尉遲】（粵：遇慈；普：yù chí）

尋根溯源 南北朝時北魏孝文帝遷都洛陽，鮮卑族紛紛改姓漢姓，與鮮卑拓跋部落一起南遷的尉遲部落，從此就以尉遲為姓。

導讀 尉遲氏早期在西北地區活動，唐代以後已數量不多，在山西地區偶有所見。

【公羊】

尋根溯源 春秋時魯國有貴族公孫羊孺，他的子孫後代取其姓和名中各一字組成又一複姓公羊。

導讀 公羊早期在山東一帶活動，公羊姓為罕見姓氏，當今在北方地區偶有所見。

澹台公冶，宗政濮陽。淳于單于，太叔申屠。

【澹台】（粵：談枱；普：tán tái）

尋根溯源 春秋時孔子弟子滅明因家住魯國澹台山（今山東嘉祥南），故以澹台為姓，稱澹台滅明，他的子孫以後均以澹台為姓。

導讀 澹台氏早期在山東一帶活動，自宋代以後在安徽、江西等地有零散分佈。

【公冶】

尋根溯源 春秋時魯國季氏之族有大夫季冶，字公冶，子孫遂以其字為姓。

導讀 公冶氏早期在山東地區活動，公冶氏為罕見姓氏，當今在山西還有零散分佈。

【宗政】

尋根溯源 漢高祖之弟楚元王劉交之子劉郢客官為宗正，封上邳侯，統掌皇族事務，他的後代遂以其官名宗正為姓，宗正也作宗政，故其姓後改作宗政。

導讀 宗政氏自漢代以來，在江淮一帶分佈，宗政氏是罕見的姓氏，當今的分佈和遷移情況不詳。

【濮陽】（粵：樸羊；普：pú yáng）

尋根溯源 古代稱山之南水之北為陽，濮陽（今屬河南省）為春秋時衛國都城，在濮水之北，居住於此的王公貴族後代遂以都邑之名為姓。

導讀 濮陽氏早期在河北、河南和安徽等地都有分佈，當今在江蘇一帶仍有分佈。

【淳于】（粵：純於；普：chún yú）

尋根溯源 夏朝時有斟灌國，周武王時封淳於公在此建淳于國（今山東安丘東北），後被杞國所滅。杞文公時杞國遷都淳于，戰國時杞國又被楚國所滅。居住於此的原淳于國公族貴戚中，遂有以故都名稱為姓者。

導讀 淳于氏早期在河南、山東一帶活動，自宋代以來，淳于氏由於改姓等原因，族人已明顯減少，當今在山東還有淳于氏分佈。

【單于】（粵：sin⁴ 於；普：chán yú）

尋根溯源 漢代時匈奴稱其君長為單于，意思是像天一樣廣大高遠，匈奴左賢王去卑單于歸降漢朝後，即以其君位之稱單于為姓。

導讀 單于氏早期在內蒙古一帶活動，自宋代以後，單于氏已很罕見，當今在山東一帶偶有所見。

【太叔】

尋根溯源 春秋時衛文公兒子姬儀，人稱太叔儀，姬儀後代遂改姬姓為太叔。又鄭莊公弟弟段封邑於京，世稱京城太叔，他的子孫也有以太叔為姓者。

導讀 太叔氏早期在河南分佈，自漢代以後，其族人的遷移情況已不詳，當今在遼寧、北京等地偶有所見。

【申屠】

尋根溯源　傳説上古神農氏主掌四時、方嶽之官稱四岳，其後裔於周代時封國於申（故地在今河南南陽北），世稱申侯。申侯支裔孫居住在安定（在今河南省境內）的屠原，其子孫後遂以封國申與居住地屠合為複姓申屠。一説夏代有賢人名申徒狄，申徒後轉寫為申屠，申徒狄後代遂以之為姓。一説春秋時楚有官職稱申屠，子孫後代以祖上官稱為姓。

導讀　申屠氏早期在陝西活動，自宋代以來已成罕見姓氏，當今在遼寧、北京、浙江、安徽和台灣等地偶有所見。

公孫仲孫，軒轅令狐。鍾離宇文，長孫慕容。

【公孫】

尋根溯源　春秋時列國諸侯王位按例由嫡長子繼承，繼位前稱太子，太子的兄弟稱作公子，公子的兒子稱公孫，公孫的兒子如果沒有封邑爵號的一般皆以公孫為姓，追本溯源可知姓公孫的人非常多，並非一族一姓的後人。一說黃帝本姓公孫，因居姬水故改姓姬，姓公孫者為黃帝之後。

導讀　公孫氏在漢代以後，在河北、陝西地區成為望族，其後在遼寧、山東、陝西、甘肅和浙江等地都有公孫大族，但自宋代以後，公孫氏已少見，當今的公孫氏分佈情況不詳。

【仲孫】

尋根溯源　春秋時魯桓公次子名慶父，因排行第二，故稱仲慶父、共仲，又稱孟氏。慶父弒君作亂，畏罪出逃，後自縊而死，他的子孫遂改姓仲孫或孟孫。

導讀　仲孫氏早期在山東、河北等地很活躍，當今仲孫氏已成罕見姓氏，分佈情況不詳。

【軒轅】

尋根溯源　傳説中中原各部族的共同祖先黃帝號軒轅氏，所以黃帝後裔子孫中有以軒轅為姓者。

導讀　軒轅氏早期活躍於河南、陝西等地區，由於黃帝之後分為許多姓氏，真正的軒轅氏很少，當今在河南、台灣等地仍有軒轅氏分佈。

【令狐】（粵：零胡；普：líng hú）

尋根溯源　周文王第十五子畢公高的裔孫魏顆，與其父魏犫（粵：囚；普：chōu）一樣均為春秋時晉國名將，魏顆以戰功受封於令狐（今山西臨猗西），子孫遂以封邑令狐為姓。

導讀　令狐氏早期在山西等地區活動，宋代以後，令狐氏的族人已漸少見，當今在山西、四川、貴州和台灣偶有所見。

【鍾離】

尋根溯源 春秋時晉國有大夫伯宗，因遭受讒言被殺，其子伯州黎出逃到楚邑鍾離（今安徽鳳陽），伯州黎的後代遂以鍾離為姓。

導讀 鍾離氏自宋代以來，在江蘇、浙江、安徽等地均有分佈，當今只在遼寧、沈陽等地分佈。

【宇文】（粵：語聞；普：yǔ wén）

尋根溯源 鮮卑族有部落首領名普回，據說普回有一次外出狩獵時拾獲玉璽，上刻文字為「皇帝璽」，普回認為此璽是上天所授，而鮮卑族俗稱天子為「宇文」，故普回改稱自己部落為宇文，從此該部落遂以宇文為姓。

導讀　宇文氏早期活躍在西北地區，自宋代後，宇文氏已不常見，當今在北京、河南、陝西、浙江、四川和台灣等地還有少量宇文氏分佈。

【長孫】（粵：掌宣；普：zhǎng sūn）

尋根溯源　北魏道武帝拓跋珪（粵：閨；普：guī）的曾祖拓跋郁律的長子沙英雄，號拔拔，是鮮卑族南部首領；拓跋郁律的次子就是道武帝的祖父。沙英雄的兒子名嵩，按輩分排列應是皇室家族中的叵房裔孫，所以道武帝拓跋珪建立北魏後封其為北平王，授官太尉，並賜姓長孫，長孫一姓自此而始。

導讀　長孫氏早期在西北地區分佈，鮮卑族南下後，主要在山西等地活躍，宋代以後長孫氏已少見，當今在遼寧、陝西和上海等地偶有所見。

【慕容】

尋根溯源　鮮卑族涉歸單于自稱仰慕天地二儀之德，承繼日月星三光之容，因此改用慕容為自己部落的姓氏。

導讀　慕容氏早期在西北地區居住，自宋代以後，在史料中已經很難找到慕容氏的踪跡，當今在安徽、湖北、廣東和台灣等地有少量分佈。

鮮于閭丘，司徒司空。亓官司寇，仉督子車。

【鮮于】（粵：先於；普：xiān yú）

尋根溯源　相傳西周初武王封商紂王的諸父、賢臣箕子於朝鮮，箕子旁支子名仲，食邑封在于地，仲的子孫後遂以祖上封邑中的鮮和于，組合成姓氏鮮于。

導讀　鮮于氏早期在北方活動，漢代以後，在北京一帶形成望族，宋代以後，在東北、內蒙古、河北和四川都有鮮于氏分佈。

【閭丘】（粵：驢休；普：lǘ qiū）

尋根溯源 春秋時齊國大夫嬰居住在閭丘，世稱閭丘嬰，子孫後代遂以閭丘為姓。

導讀 閭丘氏自唐宋以來，分佈在河南、陝西，當今在北京、上海等地區均有閭丘氏的分佈。

【司徒】

尋根溯源 相傳帝嚳之子契因助禹治水有功，被舜任命為司徒，掌管教化，契的後代中遂有以司徒為姓氏者。司徒也作司土，夏商周至春秋時期主要掌管國家的土地民眾、田賦徒役，漢代以後司徒官職漸高，職權相當丞相。故祖上擔任司徒官職之人的後代子孫，遂以司徒為姓氏。

導讀 司徒氏自宋代以來，在河北、山西、雲南等地均有分佈，當今廣東也有司徒氏聚族而居。

【司空】

尋根溯源 西周時司空為六卿之一，主管建築和製作業，春秋時晉國的士蒍（粵：毀；普：wěi）擔任司空，子孫後代遂以司空為姓。

導讀 司空氏在漢唐時期，在河北、河南、山西、江蘇等地區繁衍，當今在遼寧、上海和安徽等地分佈。

【亓官】（粵：其觀；普：qí guān）

尋根溯源 古代插定髮髻（粵：計；普：jì）和弁冕的簪子稱笄（粵：雞；普：jī），是貴族戴的一種帽子，冕是帝王、諸侯及卿大夫所戴的禮帽。自周代開始設立了專門執掌王侯冕服與等制的禮官弁師，又稱笄官，因「笄」與「亓」通，所以也稱亓官，他們的後代中遂有以祖上官職為姓者。

導讀 亓官氏為罕見姓氏，當今在山東、河南、安徽等地有少量分佈。

【司寇】

尋根溯源 西周時六卿之一，主管刑獄，周武王時蘇忿生為司寇，春秋時衛靈公之子公子郢的後代也擔任過司寇，他們的子孫遂以司寇為姓。

導讀 司寇氏早期在中原地區活動，在河北、河南繁衍，當今在遼寧、北京、上海仍有司寇氏分佈。

【仉】（粵：獎；普：zhǎng）

尋根溯源 春秋時魯國有大夫党（粵：獎；普：zhǎng）氏，是周公族之後，因「党」與「掌」音同，故又演化出掌氏，「掌」與「仉」通，故又有仉氏，所以党、掌、仉三姓不僅讀音相同，而且源出一宗。

導讀 仉氏早期在山東居住，自宋明以來，在河北、河南等地有少量分佈。

【督】

尋根溯源 春秋時宋國大夫華父督的子孫以其祖名字中的督字為姓。又戰國時燕國督亢之地（今河北易縣、涿州、固安一帶）最為肥沃，燕太子丹為刺殺秦王，派荊軻帶着夾藏匕首的督亢地圖假作進獻秦王的禮物，結果行刺失敗，荊軻被殺，督亢之人因此有以督為姓者。又漢末少數民族「板盾七姓」中，有改稱漢姓督氏者。

導讀 督氏為罕見姓氏，當今在河北、江蘇、江西等地均有分佈。

【子車】

尋根溯源 春秋時秦國有大夫子車氏，其族人中子車奄息與子車仲行、子車鍼虎三位賢臣同時輔佐秦穆公，號稱「三良」。秦穆公卒，以三良殉葬，國人哀傷而賦詩《黄鳥》，今複姓子車即為秦國子車氏的後裔。

導讀 子車氏是罕見姓氏，當今不見子車氏分佈。

顓孫端木，巫馬公西。漆雕樂正，壤駟公良。

【顓孫】（粵：專宣；普：zhuān sūn）

尋根溯源 春秋時陳國有公子顓孫在魯國做官。他的子孫後來便以其名字顓孫為姓。孔子的弟子顓孫師，字子張，據說就是他的後代。

導讀 顓孫氏自唐代至今已很少見，當今在遼寧、北京、山東、安徽、四川還有少量分佈。

【端木】

尋根溯源 春秋時衛國人端木賜，字子貢，為孔子弟子。子貢有雄辯之才，田常代齊時本想出兵伐魯，孔子打算選派弟子遊說田常而救魯國，子路、子張、子石爭相請行，孔子卻點名叫子貢赴齊，結果子貢先後遊說田常、吳王，越王、晉君，造成了史籍所稱「存魯，亂齊，破吳，強晉而霸越」的局面，子貢後代遂以其祖之名中的端木二字為姓。

導讀　端木氏自漢代以後，在山東、浙江和安徽等地有一定分佈。

【巫馬】

尋根溯源　周代設有巫馬官職，掌管治療馬病等事務，子孫遂以祖上官職為姓，孔子弟子巫馬期的先人就是周朝時的巫馬官。

導讀　巫馬氏早期在山東一帶成為望族，當今在遼寧、北京、上海和浙江還有少量分佈。

【公西】

尋根溯源　春秋時魯國國君桓公的兒子名季友，季友的後裔季孫氏家族自魯文公以後世代為大夫，權傾一時，以至魯國公室日益衰卑。季孫氏中有一支子孫後以公西為姓，孔子弟子公西赤即其族人。

導讀 公西氏是罕見姓氏，自唐代至今，其姓氏分佈情況不詳。

【漆雕】

尋根溯源 春秋時魯國的漆雕氏中有漆雕開、漆雕哆、漆雕徒父三人同時成為孔子弟子。其中漆雕開，字子若，喜讀《尚書》，不樂做官，最為孔子賞識，漆雕一姓由此為人廣知。

導讀 漆雕氏早期在江浙一帶活動，唐代以後已很少見，當今在遼寧還有漆雕姓氏。

【樂正】（粵：岳證；普：yuè zhèng）

尋根溯源 周代設有大小樂正官，掌管禮樂教化，其後代遂有以祖上官職樂正為姓者。

導讀 樂正氏早期在甘肅是望族，自宋代以來，已很少見樂正氏，當今在遼寧、北京等地偶有所見。

【壤駟】（粵：讓四；普：rǎng sì）

尋根溯源 據説周代時已有壤駟氏族，但最早見於史籍的是春秋時的孔子弟子壤駟赤，字子徒（一説字子從），以《詩經》《尚書》見長，複姓壤駟者一般認為壤駟赤即其先祖。

導讀 壤駟氏早期在山西、陝西一帶活動，當今壤駟氏分佈情況不詳。

【公良】

尋根溯源 春秋時陳國有公子名良，他的後代遂以公良為姓，孔子弟子公良儒，字子正（一説字子幼），就是出自這一氏族。孔子經過蒲地時被蒲人所困，公良儒駕車仗劍為孔子解圍，深得孔子讚賞。

導讀 公良氏早期在河南一帶活動，自漢代以後，在河南一帶成為望族，當今在台灣還有少量公良氏的分佈。

拓跋夾谷，宰父穀梁。晉楚閆法，汝鄢塗欽。

【拓跋】（粵：托拔；普：tuò bá）

尋根溯源 鮮卑族政權北魏王朝自稱是黃帝之後，受封於北土，謂黃帝以土德王，而鮮卑語稱土為拓，稱君主為「跋」，故北魏皇族以拓跋為姓氏。孝文帝拓跋宏遷都洛陽後，以《周易》解釋「元」為萬善之始，遂改拓跋為漢姓元，所以北魏在歷史上亦稱拓跋魏或元魏。

導讀 拓跋氏早期在西北地區活動，並在河南成為望族，自宋代以後拓跋氏已很少見。

【夾谷】

尋根溯源 滿族的祖先自五代十國時稱女真，到遼代時完顏阿骨打統一各部建立金王朝，金代女真族有加古部落，後來寫成夾谷，遂成為複姓為子孫沿用。

導讀　夾谷氏在宋金時期主要在黑龍江、吉林、遼寧等地區分佈，明清以來夾谷氏已經很罕見，當今在上海和沈陽仍有此姓。

【宰父】

尋根溯源　周代設有掌管朝議、考核官員職守等級的宰夫官職，後演化成複姓宰父。孔子弟子宰父黑即出自此氏族。

導讀　宰父氏早期在山東地區分佈，自漢代至今，宰父氏已成罕見姓氏，當今分佈情況不詳。

【穀梁】（粵：谷良；普：gǔ liáng）

尋根溯源　春秋時魯國有大夫食邑封於穀梁，後代遂以先人采邑為姓。孔子弟子子夏的學生戰國魯人穀梁赤，即這一氏族的後人，他後來為《春秋》作傳，與《左傳》《公羊傳》並稱「春秋三傳」。一說古代種植穀粱的氏族後代以穀粱為姓，後改粱作梁，遂姓穀梁。

導讀 穀梁氏起源於山東，當今分佈情況不詳。

【晉】

尋根溯源 西周時周成王封其弟叔虞建唐國，唐叔虞兒子燮繼位後因唐國南有晉水，改封國稱晉，自稱晉侯，晉侯後裔遂以晉為姓。

導讀 晉氏早期在山西一帶分佈，宋代以後，在河北、河南、山東、陝西等北方地區有一部分分佈。

【楚】

尋根溯源 西周時鬻（粵：育；普：yù）熊立國於荊山，建都丹陽（今湖北秭歸東南），至其裔孫熊繹受封於周成王，被稱為楚子（子爵），其國則稱為楚、荊楚或荊蠻。之後楚國疆土不斷擴大，並遷都至郢（今湖北江陵西北），楚國被秦所滅後，公族後裔遂以楚為姓。

導讀 楚氏早期在湖北活動，唐宋以來在河北、河南、山東、安徽等地有分佈。

【閆】

尋根溯源 西周時周武王封周太伯（太王古公亶父的長子）曾孫姬仲奕於閻鄉，其後人遂有以閻為姓者。閻與閆通，故閆姓與閻姓同宗，是閻姓的別支。

導讀 閆氏和閻氏已混用，閆氏當今的分佈情況不詳。

【法】

尋根溯源 戰國末期田齊被秦國所滅，齊襄王的子孫為避禍不再稱田姓，而改以襄王名字法章中的法字為姓。

導讀 法氏早期在山東聚居，宋代以後在北方為主要分佈地區。

【汝】

尋根溯源 西周末年幽王被殺，太子宜臼東遷洛邑（今河南洛陽），建立東周，史稱周平王。周平王封少子於汝（今河南省境內），其子孫後以封地汝為姓。一說殷商有賢人名汝鳩，汝鳩後代遂以汝為姓。

導讀 汝氏早期在中原地區活動，宋代以後在江蘇、安徽等地均有分布。

【鄢】（粵：煙；普：yān）

尋根溯源 春秋時鄭國有鄢邑（今河南鄢陵），《左傳》載「鄭伯克段於鄢」，記鄭莊公討伐反叛的弟弟共叔段至鄢邑，指的就是此地，鄢人後代遂以邑名為姓。

導讀 鄢氏早期在河南居住，自宋代以來，在福建、江西、四川等南方地區均有分佈。

【塗】（粵：圖；普：tú）

尋根溯源 相傳夏代有塗山氏，其後代去了山字以塗為姓。又古有塗水（即今安徽東北部的滁河），居住水畔的人們遂以塗為姓。

導讀 塗氏早期在長江地區居住，自宋代以後，在江西、安徽、四川等地活動，當今在湖北、湖南、安徽、江西、福建、貴州等地均有一定分佈。

【欽】

尋根溯源 我國古代少數民族東胡的別支，於秦末被匈奴所滅，避禍遷徙至烏桓山（今內蒙古阿魯科爾沁旗北），由此改稱烏桓族。烏桓族亦稱烏丸族，其中的欽志賁（粵：奔；普：bēn）部落後裔子孫，在民族融合中改稱漢姓欽。

導讀 欽氏早期在河北和內蒙古一帶活動，自宋代以來，在東北、東南及西南地區偶有所見。

段干百里，東郭南門。呼延歸海，羊舌微生。

【段干】

尋根溯源 春秋時道家學派創始人、思想家老子的兒子李宗為魏國大將，受封邑於段干，其子孫後代以封地段干為姓。

導讀 段干氏早期在河南、山西一帶活動，自漢後在山東和山西一帶成為望族。當今分佈情況不詳。

【百里】

尋根溯源 春秋時秦國大夫百里奚（姓百，名奚，字里）原為虞國大夫，虞亡後被晉國俘獲當作陪嫁之臣送入秦國，後來一度出走入楚，又被秦穆公用五張黑公羊皮贖回用為秦國大夫，世稱五羖（粵：古；普：gǔ）大夫。百里奚與蹇叔、由余等共同輔佐秦穆公成就霸業，其子孫後代遂以百里為姓。

導讀　百里氏早期在河南、陝西一帶活動，當今在山西仍有百里氏分佈。

【東郭】

尋根溯源　古代城邑築有城牆圍護，稱為城；在城的週邊再加築的一道城牆則稱為郭。周代齊國公族大夫居住於國都郭牆內東、南、西、北方的，分別有以東郭、南郭、西郭、北郭為姓氏者。

導讀　東郭氏早期在山東一帶居住，當今已成罕見姓氏。

【南門】

尋根溯源　商湯時賢臣蠕居住在都城南門，人稱南門蠕，其子孫遂以南門為姓。一說當時有負責開啟、關閉都邑南門的管城官，他的後代於是以南門為姓。

導讀　南門氏早期在中原和周邊地區居住，但自漢代以後南門氏成為罕見姓氏。

【呼延】

尋根溯源 秦漢時散居我國北方大漠南北的匈奴族有呼延（也寫作呼衍）、蘭、須卜三個貴族部落，匈奴鮮卑族拓跋部建魏並南遷洛陽後，呼延則成為了北魏的一個複姓。

導讀 呼延氏自漢代在北方地區活動，當今在陝西有呼延氏分佈。

【歸】

尋根溯源 周代有小國名胡或胡子，故址在今安徽阜陽西北，春秋時被楚所滅。胡子國公族中有歸姓，即今歸姓公認的始源。

導讀 歸氏早期在安徽一帶活動，自宋代以後，歸氏主要在河南、江蘇分佈。

【海】

尋根溯源　春秋時衛靈公有大臣海春，被海姓公認為是氏族的先祖。

導讀　海氏早期在中原地區居住，宋代以後，在河北、河南、山東、廣東和海南等地有一定分佈。

【羊舌】

尋根溯源　春秋時晉國公族靖侯封食邑於羊舌，後代遂以其封邑為姓。

導讀　羊舌氏早期在山西一帶居住，漢代後在陝西、河南一帶聚居，當今遼寧還有羊舌氏居住。

【微生】

尋根溯源 周代宋國始祖微子啟的後裔中有以微為姓者。微生氏族認為自己的先祖是出生於微家，故姓微生，所以微生與微兩姓同源同祖。一說魯國有貴族微生氏，即微生姓氏的淵源所自。

導讀 微生氏是罕見的姓氏，起源於山東，當今在遼寧地區有少量分佈。

岳帥緱亢，況郈有琴。梁丘左丘，東門西門。

【岳】

尋根溯源 相傳唐堯時設有掌管四方諸侯的大臣，稱之為四岳（一說四岳為羲和的四個兒子），四岳的後裔中有以岳為姓者。

導讀 岳氏早期在中原地區活動，自宋代以來，在河北、河南、山東、陝西、甘肅、吉林、遼寧、山西、浙江、湖南和安徽等地均有分佈。岳氏當今名人有岳敏君，中國著名畫家。

【帥】

尋根溯源　上古至先秦掌管音樂的官稱作師，其後代遂以師為姓。西晉時為避景帝司馬師諱，將師姓去掉一橫改姓帥，遂有帥姓。

導讀　帥氏早期在中原地區居住，自宋代以來，在湖北、山西和江西等地區都有一定分佈。

【緱】（粵：溝；普：gōu）

尋根溯源　西周時有卿大夫封食邑於緱（今河南偃師東南），子孫遂以緱為姓。又北魏鮮卑有渴侯氏，孝文帝遷都洛陽後改渴侯為漢姓緱。

導讀　緱氏早期在河南活動，當今在北京、甘肅、河南、江蘇和台灣等地均有分佈。

【亢】（粵：抗；普：kàng）

尋根溯源　西周諸侯國宋國開國君主微子啟後裔有伉氏，其後代有去掉人字旁以亢為姓者。又春秋時衛國大夫三伉的後人以亢為姓。又戰國時齊國有亢（粵：剛；普：gāng）父邑，地勢十分險要，故址在今山東濟甯南，受封鎮守亢父的士大夫後裔中，亦有以亢為姓者。

導讀　亢氏早期在河南、山東一帶居住，唐代以後在陝西、四川、山西、江蘇等地有零散分佈。

【況】

尋根溯源　據說三國時蜀國有況長寧，是況姓之始見。一說況姓出自廬江郡，廬江郡即春秋時舒國，在今安徽合肥一帶。明代蘇州知府況鍾，江西靖安人，以剛直清廉、斷獄公正見稱，是史籍中為數不多的況姓名人，但亦有人考證說況鍾先祖姓況乃黃姓所改。

導讀 況氏起源在四川，自宋代以來，在浙江、安徽、福建、江西、廣東和廣西等地均有分佈。

【郈】

尋根溯源 相傳與顓頊爭帝而發怒頭觸不周山的共工氏，有個兒子名句龍，句龍擔任郈土一職，掌管社稷，即田地和五穀。郈土自夏、商、周三代以來，被尊奉為土地之神，句龍的後代遂以其官職為姓，稱郈氏。

導讀 郈氏早期在河南、山東一帶活動，自宋代以來，在安徽、山東均有郈氏的踪跡。

【有】（粵：友；普：yǒu）

尋根溯源 相傳遠古巢居的發明者為有巢氏，有巢氏的後代中遂有以有字為姓者。一說孔子的弟子有若，字子有，是有姓的先祖。

導讀 有氏是罕見的姓氏，早期在山東一帶繁衍，當今在上海、安徽、江西、北京和黑龍江等地均有少量分佈。

【琴】

尋根溯源 春秋時衛國人琴牢，字子開，又字子張，為孔子弟子，他的後代遂以琴為姓。一說古代世世相承的琴師子孫中有以琴為姓者。

導讀 琴氏早期在中原一帶活動，宋代以後在南方地區如江蘇、浙江、湖北、廣西等地均有分佈。

【梁丘】

尋根溯源 春秋時魯國有邑名梁丘，故址在今山東成武東北，有卿大夫封邑於此，後代遂以梁丘為姓。齊景公有下大夫名梁丘據，即出自其族。

導讀　梁丘氏是罕見姓氏，早期在山東一帶活動，當今在遼寧仍有分佈。

【左丘】

尋根溯源　春秋時魯國有太史左丘明，相傳是周代史官之後，世代為左史，故以左為姓，名叫丘明。一說他因家住左丘，名叫明，故稱左丘明。左丘明家世代擔任史職，故他能搜羅到列國之史以解釋《春秋》，著有《春秋左氏傳》和《國語》。今複姓左丘者，均以左丘明為其先祖。

導讀　左丘複姓是罕見的姓氏，其古今分佈情況不詳。

【東門】

尋根溯源　春秋時魯莊公之子公子遂，字襄仲，因居住在都城東門，世稱東門襄仲。魯文公死後他借助齊國之力而立魯宣公，其子歸父也因此受寵於宣公，他們的後代遂以東門為姓。

導讀　東門氏主要活躍在山東一帶，但唐代以後已很少見，當今在河南仍有少量分佈。

【西門】

尋根溯源　春秋時鄭國有大夫居住於都城西門，後代遂以之為姓，戰國魏文侯時鄴令西門豹即出此氏族。

導讀　西門氏早期在河南一帶繁衍，自宋代後，西門氏已比較少見，當今在北京、山東、上海偶有所見。

商牟佘佴，伯賞南宮。墨哈譙笪，年愛陽佟。

【商】

尋根溯源　相傳黃帝之兄有孫封地於商（今陝西商縣東南），遂以商為姓。一說商紂王有賢臣商容，他的後代於是以商為姓。又周武王滅商後，商朝公族後代以故國名為姓。又戰國時衛國人公孫鞅在秦孝公支持下任秦國左庶長，兩次在秦實施變法，並因戰功受封商十五邑，號稱商君，秦孝公死後他被秦國貴族車裂，子孫遂以商為姓。

導讀

商氏早期在河南一帶活動，自唐宋以來，在河北、山東、浙江、上海、廣東、福建等地分佈，其中山東、浙江、廣東分佈最為密集。

【牟】（粵：眸；普：móu）

尋根溯源

春秋時有牟子國，故址在今山東萊蕪東，相傳是帝嚳火官祝融後裔的封國，國人遂以牟為姓。

導讀

牟氏早期在山東一帶居住，自宋代以來，在黑龍江、河北、湖北、山東、浙江、四川等地均有牟氏分佈。牟氏現當代名人有牟宗三，中國著名學者、哲學家。

【佘】（粵：蛇；普：shé）

尋根溯源 佘姓起源不詳，因古代有余字而無佘字，或是從余姓演化而來，佘姓先祖為春秋時晉人由余。又春秋時齊國有邑名佘丘，齊國公族中有食邑封於此者，後代遂姓佘丘，佘姓或由佘丘演化而成。一說佘丘應作蛇丘，亦作余丘。另說五代時有余姓音訛作沙姓，又寫作佘姓。總之，佘姓晚於余姓，由余姓聲、形訛變的可能性極大。書冊上最早著錄的是唐代太學博士佘欽；而百姓知道佘姓大多是因為小說戲曲《楊門女將》中的佘太君。

導讀 佘氏早期在江西起源，自宋代以來，主要在湖北、湖南、江蘇、安徽、四川、貴州、福建、廣東和雲南等地區分佈。

【佴】（粵：耐；普：nài）

尋根溯源 佴姓極少見，起源不詳，存世書冊中以晉代《山公集》中的佴湛為較早。

導讀 佴氏是罕見的姓氏，其姓氏流傳資料不詳。當今河南、江蘇、浙江、安徽和台灣有少量的佴氏分佈。

【伯】

尋根溯源　相傳帝舜時任命伯益為掌管山澤的虞官，後伯益助大禹治水有功，被禹選定為繼承人，最後被禹的兒子啟所殺，伯益的後代遂以伯為姓。

導讀　伯氏早期在河南、山東地區活動，明清以來，已經成為罕見姓氏。

【賞】

尋根溯源　春秋時吳國建都吳中（今江蘇吳縣），賞姓為當時「吳中八姓」之一，亦是賞姓可以查考的最早記載。

導讀　賞氏是罕見姓氏，當今在浙江、北京、四川和台灣均有少量分佈。

【南宮】

尋根溯源　春秋時魯人南宮括，字子容，為孔子弟子，言行深得孔子賞識，孔子將哥哥之女嫁其為妻。《史記・仲尼弟子列傳・索隱》認為括又作縚（粵：滔；普：tāo），即魯國大夫孟僖子的兒子仲孫閱，因為居住在南宮，所以以南宮為姓。在《論語》中南宮括又作南容或南宮適，其後代遂繼用南宮為姓。

導讀　南宮氏早期在河南、山東一帶活動，當今在吉林、河北、江西和台灣等地有少量分佈。

【墨】

尋根溯源　商代孤竹國國君本姓墨胎氏，後改為墨氏。其長子伯夷姓墨名允，字公信；次子叔齊名墨智，字公達，兩人皆因恥食周粟而餓死於首陽山中。孤竹國君即墨氏先祖。

導讀　墨氏早期在河北和河南居住，當今在山西、山東、河南、安徽、甘肅等地均有墨氏分佈。

【哈】

尋根溯源 我國少數民族回族的姓氏之一。回族的第一大姓為馬姓，這是因為回族人民大多信奉伊斯蘭教，該教創始人如今譯作穆罕默德，而在明清時代「穆」一般譯作「馬」。除馬姓外，哈、白、沙、金也是用得較多的回族姓氏，此外滿族中也有一些以哈為姓氏者。

導讀 哈氏早期在山東居住，明清以來在東北、河北、甘肅、寧夏等北方地區均有少量的分佈。

【譙】（粵：潮；普：qiáo）

尋根溯源 周代召公奭曾佐武王滅商，為燕國開國君主，他的兒子名盛，封地於譙，故址在今安徽亳州一帶，其後代遂以譙為姓。又周武王弟弟叔振鐸封於曹國，其公族中有食邑封於譙者，子孫後代遂以譙為姓。

導讀　譙氏早期在四川和安徽一帶活動，宋代以來除了四川外，湖南亦有譙氏的分佈。

【笪】（粵：dat³；普：dá）

尋根溯源　起源不詳，宋代時有笪深、笪揆見於書冊記載。

導讀　笪氏自清代至今，在江蘇等地仍有分佈。

【年】

尋根溯源　周代齊國始祖姜太公後裔中有以年為姓者。又有嚴姓因音近而訛傳為年姓者。

導讀　年氏早期在山東居住，明清以來，年氏在東北、河北、甘肅等北方地區均有少量分佈。

【愛】

尋根溯源 唐代西域回鶻國，其祖先為匈奴族，北魏時稱高車或敕勒部，唐初稱回紇，與唐一直保持着友好關係並從屬唐朝。回鶻有一位國相愛邪勿曾出使唐朝，唐朝皇帝賜其漢姓為愛，名弘順，其子孫後代遂沿用愛姓。

導讀 愛氏主要在北方和西北地區活動，宋代以來，在河北、河南、山西、陝西等地有少量分佈。

【陽】

尋根溯源 周代有國名陽，故址在今山東沂水西南，春秋時被齊所滅，國人後遂以陽為姓。又東周景王封其小兒子於陽樊（今河南濟源），後為避諸侯間不斷戰亂舉族遷往燕國，遂以原封地中的陽字為姓。

導讀 陽氏早期在河南、山東一帶活動，自宋代以來，史籍上已經很少見陽氏，當今在湖南、廣西、江西、四川等地偶有所見。

【佟】

尋根溯源　商湯滅夏後，夏朝內史終古歸附商朝，終古後代以終為姓，因「終」與「佟」音形相近，後又演化出佟姓。又女真族有佟佳氏，努爾哈赤統一女真各部後建立後金，自號滿洲汗，女真亦稱滿族。滿族後金於皇太極時改國號為清，清統一中國後在與漢民族融合過程中，佟佳氏逐漸演變為佟姓。

導讀　佟氏早期在東北地區活動，明清至今，佟氏在遼寧、河北、山西等地分佈。

第五言福，百家姓終。

【第五】

尋根溯源 漢高祖劉邦稱帝後，將戰國原諸侯國王族後裔遷徙至關中，以削弱地方豪強割據勢力。因原齊國田氏族大支眾，需要遷徙的園陵太多，故從第一至第八按次第劃分排序來代替其原來姓氏，劃分為第五氏的後人遂以第五為姓。東漢光武帝時，第五氏族有名叫倫、字伯魚的儒生被舉為孝廉，拜會稽太守，以清廉著名當時，漢章帝時擢升司空，其子孫後亦陸續為官，故「第五」一姓因此而顯。其餘第一、第二等姓漸衰，子孫亦有改回田姓者。

導讀 第五氏在元以前主要在陝西、河南、山東等地有少量分佈，當今在山西、台灣仍有少量分佈。

【言】

尋根溯源 春秋時吳人言偃，字子遊，為孔子弟子，任魯國武城宰，以禮樂教化治理武城人，其後代遂以言為姓。

導讀　言氏自宋代以來，在北京、山東、江蘇、湖南等地均有分佈，蒙古族也有少量言氏分佈。

【福】

尋根溯源　春秋時齊國有大夫名福子丹，當為福姓始祖。又清代滿族富察氏、蒙古族旺察氏等都有以福為稱謂者，如康熙時進士、大學士福敏，乾隆時參贊大臣福祿，乾隆時大將軍福康安等。

導讀　福氏早期分佈在山東，清代以來，從東北向華北與中原等擴展。

千字文

千字文全文

天地玄黃，宇宙洪荒。日月盈昃，辰宿列張。
寒來暑往，秋收冬藏。閏餘成歲，律呂調陽。
雲騰致雨，露結為霜。金生麗水，玉出昆岡。
劍號巨闕，珠稱夜光。果珍李柰，菜重芥薑。
海鹹河淡，鱗潛羽翔。龍師火帝，鳥官人皇。
始制文字，乃服衣裳。推位讓國，有虞陶唐。
弔民伐罪，周發殷湯。坐朝問道，垂拱平章。
愛育黎首，臣伏戎羌。遐邇壹體，率賓歸王。
鳴鳳在竹，白駒食場。化被草木，賴及萬方。
蓋此身髮，四大五常。恭惟鞠養，豈敢毀傷。
女慕貞潔，男效才良。知過必改，得能莫忘。
罔談彼短，靡恃己長。信使可覆，器欲難量。
墨悲絲染，《詩》贊羔羊。景行維賢，克念作聖。
德建名立，形端表正。空谷傳聲，虛堂習聽。
禍因惡積，福緣善慶。尺璧非寶，寸陰是競。
資父事君，曰嚴與敬。孝當竭力，忠則盡命。

臨深履薄，夙興温清。似蘭斯馨，如松之盛。
川流不息，淵澄取映。容止若思，言辭安定。
篤初誠美，慎終宜令。榮業所基，籍甚無竟。
學優登仕，攝職從政。存以甘棠，去而益詠。
樂殊貴賤，禮別尊卑。上和下睦，夫唱婦隨。
外受傅訓，入奉母儀。諸姑伯叔，猶子比兒。
孔懷兄弟，同氣連枝。交友投分，切磨箴規。
仁慈隱惻，造次弗離。節義廉退，顛沛匪虧。
性靜情逸，心動神疲。守真志滿，逐物意移。
堅持雅操，好爵自縻。都邑華夏，東西二京。
背邙面洛，浮渭據涇。宮殿盤鬱，樓觀飛驚。
圖寫禽獸，畫彩仙靈。丙舍傍啟，甲帳對楹。
肆筵設席，鼓瑟吹笙。升階納陛，弁轉疑星。
右通廣內，左達承明。既集墳典，亦聚群英。
杜稿鍾隸，漆書壁經。府羅將相，路俠槐卿。
戶封八縣，家給千兵。高冠陪輦，驅轂振纓。

世祿侈富，車駕肥輕。策功茂實，勒碑刻銘。
磻溪伊尹，佐時阿衡。奄宅曲阜，微旦孰營？
桓公匡合，濟弱扶傾。綺回漢惠，說感武丁。
俊乂密勿，多士寔寧。晉楚更霸，趙魏困橫。
假途滅虢，踐土會盟。何遵約法，韓弊煩刑。
起翦頗牧，用軍最精。宣威沙漠，馳譽丹青。
九州禹跡，百郡秦並。嶽宗泰岱，禪主云亭。
雁門紫塞，雞田赤城。昆池碣石，鉅野洞庭。
曠遠綿邈，巖岫杳冥。治本於農，務茲稼穡。
俶載南畝，我藝黍稷。稅熟貢新，勸賞黜陟。
孟軻敦素，史魚秉直。庶幾中庸，勞謙謹敕。
聆音察理，鑒貌辨色。貽厥嘉猷，勉其祗植。
省躬譏誡，寵增抗極。殆辱近恥，林皋幸即。
兩疏見機，解組誰逼。索居閑處，沈默寂寥。
求古尋論，散慮逍遙。欣奏累遣，慼謝歡招。
渠荷的歷，園莽抽條。枇杷晚翠，梧桐蚤凋。

陳根委翳，落葉飄颻。游鵾獨運，凌摩絳霄。
耽讀翫市，寓目囊箱。易輶攸畏，屬耳垣牆。
具膳餐飯，適口充腸。飽飫烹宰，飢厭糟糠。
親戚故舊，老少異糧。妾御績紡，侍巾帷房。
紈扇圓絜，銀燭煒煌。晝眠夕寐，藍筍象床。
弦歌酒燕，接杯舉觴。矯手頓足，悅豫且康。
嫡後嗣續，祭祀烝嘗。稽顙再拜，悚懼恐惶。
箋牒簡要，顧答審詳。骸垢想浴，執熱願涼。
驢騾犢特，駭躍超驤。誅斬賊盜，捕獲叛亡。
布射僚丸，嵇琴阮嘯。恬筆倫紙，鈞巧任釣。
釋紛利俗，並皆佳妙。毛施淑姿，工顰妍笑。
年矢每催，曦暉朗曜。璿璣懸斡，晦魄環照。
指薪修祜，永綏吉劭。矩步引領，俯仰廊廟。
束帶矜莊，徘徊瞻眺。孤陋寡聞，愚蒙等誚。
謂語助者，焉哉乎也。

天地玄黃[1]，宇宙洪荒[2]。日月盈昃[3]，辰宿列張[4]。

注釋

1玄黃：天地的顏色。玄，高空的深青色。2洪荒：古人想像中遠古宇宙一片混沌、蒙昧的狀態。3盈：月光圓滿。昃（粵：則；普：zè）：太陽西斜。4辰宿：星辰，星宿。列張：排列分佈。

譯文

蒼藍的上天，灰黃的大地，混沌的宇宙無邊又無際。太陽東升西下，月兒圓缺輪替，滿天星辰排列自有序。

賞析與點評

本段文字主要描述出天地宇宙形成的樣子。我國古時有盤古開天闢地的神話故事，盤古將混沌的天地用斧頭劈開，從此將天地分開。在天上，日月星辰都有它的規律。古時亦有很多關於日月星辰的傳説，例如后羿射日、嫦娥奔月等等的神話故事。在傳統中國文化中，十分敬重「天」，認為天主宰世間萬物、是自然的一切規律。其中，西漢董仲舒就提出了「天人感應」的思想學説。如果出現日食、彗星、地震等等天文現象，就認為是上天對統治者的警示，意味着統治者的失德，所以古人會視之為凶兆。

寒來暑往，秋收冬藏。閏餘成歲，律呂調陽[1]。雲騰致雨，露結為霜。

注釋

1 律呂：樂律的統稱。舊説我國古代用十二個長度不同的律管，吹出十二個高度不同的標準音，稱作十二律。十二律從低到高依次排列，奇數各律為陽律，叫「六律」；偶數各律為陰律，叫「六呂」，合稱「律呂」。古人將十二律與十二個月相對應，認為可用律呂調陰陽，使時序不相紊亂。

譯文

一年四季，寒來暑往，秋天地裏收割忙，冬天糧食囤滿倉。曆法紀年，用閏日閏月來調整，六律六呂，調節時序合陰陽。雲氣蒸騰，遇冷化作天降雨，夜露凝聚，天寒結成地上霜。

賞析與點評

本段文字描述四季與氣候變化。歷代統治者都保持着以農為本的傳統，一直重視農業生產，然而四季與氣候的變化對農業的影響很大。春天是播種的季節；夏天就是農作物成長、農民勤奮耕作的季節；秋天是收割農作物的季節；而冬天不宜耕作，所以農民儲糧過冬。傳統的曆法之中，有二十四節氣來讓農民配合農耕的時分。

金生麗水[1]，玉出昆岡[2]。劍號巨闕[3]，珠稱夜光[4]。

注釋

1麗水：金沙江流入今雲南麗江境內的一段稱麗水，也稱麗江，自古出產黃金。2昆岡：昆侖山。3巨闕（粵：缺；普：què）：春秋時越王勾踐的寶劍，乃歐冶子鑄鍛的五把名劍之一，後代常用作寶劍的通稱。其餘四劍稱湛盧、勝邪、魚腸、純鈎（一作純鈞）。4夜光：傳說中夜裏可以閃閃發光的寶珠，據說出自南海，為鯨魚目瞳所變。一說即隋侯珠，隋侯救助了一條受傷的大蛇，大蛇後來便銜了夜光珠來報答他。

譯文

黃金出產在金沙江畔，美玉生成於昆侖山岡。鋒利的寶劍號稱巨闕，珍貴的明珠叫作夜光。

賞析與點評

本段文字主要介紹中國的稀世珍寶，人們特別喜愛黃金與美玉，它們有很高的收藏價值。另外兩種珍寶則是最鋒利的巨闕劍與晚上會發光的夜明珠。

果珍李柰[1]，菜重芥薑[2]。海鹹河淡，鱗潛羽翔[3]。

注釋

1柰（粵：奈；普：nài）：沙果，俗稱花紅。2芥：芥菜。種類很多，葉用芥菜可醃制雪裏紅，莖用可醃榨菜，根用可醃大頭菜，種子可磨碎做芥末。芥薑，與上句「李柰」均泛指果蔬。3鱗：這裏泛指魚類。羽：泛指禽鳥。這句意思是說物產豐饒。

譯文

果中美味有李子沙果，日常菜蔬離不開芥菜生薑。海水鹹，河水淡，魚兒水裏藏，展翅的鳥兒藍天任飛翔。

賞析與點評

中國地大物博，作者於本段文字介紹各種物產。由《千字文》開首至本段可以說是第一部分，主要介紹天文地理、各種物產和奇珍異寶。

龍師火帝[1]，鳥官人皇[2]。始制文字[3]，乃服衣裳[4]。

注釋

1 龍師：即伏羲氏。相傳他用龍給百官命名，故名龍師。火帝：即炎帝。傳說炎帝以火紀事，命名百官，並自為火師。2 鳥官：即少皞氏，也作少昊氏。傳說他以鳥為圖騰，並用鳥名為官名。人皇：神話傳說中的三皇之一，生有九個頭，出巡時乘六鳥所駕雲車。3 制文字：相傳黃帝的史官倉頡創造了漢字。4 服衣裳：傳說黃帝之妻嫘祖，為西陵氏之女，發明了養蠶治絲法，教民製作衣裳。

譯文

龍師即伏羲，火帝是炎帝，鳥官乃少皞，人皇為古帝。倉頡發明創文字，嫘祖教民始製衣。

賞析與點評

由本段開始，就是《千字文》講述中華民族源遠流長的歷史傳說部分。相傳在夏朝之前，有「三皇五帝」的傳說。不過，關於傳說中三皇五帝都有不同說法，眾說紛紜，《千字文》只列出其中四位傳說人物，分別有伏羲氏、炎帝、少皞氏及人皇。龍師即伏羲氏，相傳是女禍的配偶，同為人類的始祖。火帝即炎帝，神農氏，中國人都自稱為「炎黃子孫」，就是指炎帝與黃帝的後人。神農氏見人們因打獵所獲的糧食不多，便教導人們耕種穀物。另外，又見人們有疾病的痛苦，所以親嘗百草來試驗藥物。故此，神農氏又被稱為農業和醫藥的始祖。

上古時期人類沒有文字，都是依靠結繩及刻畫各種圖像記事。但是，這種方法容易讓人們將事情忘記。後來黃帝的史官倉頡受到龜殼上的紋理啟發，將不同的花紋符號定下意義，便創造了文字。另外，又相傳嫘祖乃黃帝之妻，教導人們養蠶織布的技藝，令人們以布取代獸皮作為衣服。

推位讓國[1]，有虞陶唐[2]。弔民伐罪[3]，周發殷湯[4]。

注釋

1 推位：推讓出君位。2 有虞：有虞氏，即虞舜，名重華。上古部落聯盟領袖，後選拔並讓位給治水有功的大禹。陶唐：陶唐氏，即唐堯，名放勳。上古部落聯盟領袖，挑選並考察了虞舜三年之後，讓位給舜，由舜代他行政。3 弔民伐罪：慰問被壓迫的百姓，討伐有罪的統治者。4 周發：西周開國君主武王姬發，他討伐暴君商紂王，滅商建周。殷湯：殷商國王成湯，他率兵趕走夏代暴君桀，建立了商朝。

譯文

禪讓王位和社稷，史頌聖君虞舜與陶唐。安撫百姓討暴君，世贊英主商湯、周武王。

賞析與點評

本段文字講述了上古時期的禪讓制度，並分別提到了堯、舜的事跡。在儒家思想中，十分推崇禪讓制度。《禮記・禮運》就描述理想的政治制度：「大道之行也，天下為公，選賢與能，講信修睦。」推舉有賢德才能之人擔任天下的共主，是儒家思想中最為理想的「大同」社會。

另一方面，歷史上亦有商湯及周武王起兵討伐暴君的事跡。夏朝末年，桀苛政不親、施行暴政，商湯便起兵討伐夏桀，建立商朝。直至商朝末年，紂王不單酒池肉林，荒廢朝政，更殘暴不仁，所以周武王姬發有鑑於紂王的殘暴，便興兵討伐紂王，建立周朝。商湯與周武王都分別推翻暴君，勤政愛民，因此被後世視為明君。

坐朝問道[1]，垂拱平章[2]。愛育黎首[3]，臣伏戎羌。遐邇壹體[4]，率賓歸王[5]。

注釋

1 道：治國方法。2 垂拱：垂衣拱手，不做什麼。形容古代帝王無為而治。平（粵：瓶；普：pián）章：辨別彰明。出自《尚書・堯典》：「平章百姓。」百姓即百官。意思是辨明百官功勞，論功行賞。3 黎首：黎元，黎民百姓。4 遐邇（粵：霞耳；普：

xiá ěr）：遠近。5 率（粵：恤；普：shuài）賓：「率土之濱」的省略語，出自《詩經・小雅・北山》，意思是四海之內。

譯文

英明聖君，端坐朝堂，咨問賢臣，治國良方。垂衣拱手，無為而治，考核百官，論功獎賞。愛戴黎民，撫育百姓。戎羌臣服，俯首歸降。無論遠近，四域八方，江山一統，四海歸王。

賞析與點評

本段文字就提到聖賢之君的治國之道，就是要與群臣議政，共商國事。而治國的思想，就是要無為而治，與民休息。《論語・衛靈公》記載：「子曰：『無為而治者，其舜也與？夫何為哉？恭己正南面而已矣。』」意思即是孔子要歌頌舜實行無為而治，令黎民百姓生活安定，所以舜被後世稱之為明君。在古時通稱外族為夷人，而周邊有四個外族包圍着中國，稱為「四夷」。四夷分別就是：東夷、南蠻、西戎及北狄，《千字文》中的「戎羌」就是解作外族。西周末年，犬戎曾經入侵，使西周滅亡。周平王東遷洛邑（今日河南省洛陽市），後人稱之為東周。本段文字的最後兩句描繪出理想君主的形象，認為君主要勤政愛民，令四夷賓服，才是一統王朝的典範。

鳴鳳在竹，白駒食場。化被草木[1]，賴及萬方[2]。

注釋 [1]被：遍及。[2]賴：惠，利。

譯文 鳳凰在竹林間歡快地鳴唱，小白馬駒悠然地覓食在草場。草木萬物沐浴着太平盛世的雨露陽光，君王的仁德恩澤惠及了天下萬方。

賞析與點評

鳳凰與龍、麒麟、龜這四種動物稱為「四靈」或「四瑞」，是寓意吉祥的動物。鳳凰是百鳥之王，其中雄性的稱為鳳，雌性的稱為凰。「白駒食場」是引自《詩經．小雅．白駒》的「皎皎白駒，食我場苗。縶之維之，以永今朝。」本段文字就是形容國家太平盛世，天降祥瑞的情景。

蓋此身髮[1]，四大五常[2]。恭惟鞠養[3]，豈敢毀傷。

注釋

1 **蓋**：發語詞。2 **四大**：道家以道、天、地、王（一說「王」應為「人」）為四大，佛教以地、水、火、風為四大，認為一切事物道理均產生於四大。**五常**：即五倫，五教。舊時禮教宣講的君臣、父子、兄弟、夫婦、朋友間五種關係，和父義、母慈、兄友、弟恭、子孝的道德倫理。3 **恭惟**：恭敬不安地想。**鞠養**：撫養。

譯文

人們的身體髮膚，關係到天地倫常。虔敬地想着父母的撫養，哪裏敢隨便將身體毀傷。

賞析與點評

《千字文》由本段開始，開始闡述個人的道德修養，要怎樣做才能夠修養身心，涵養德性。人的生命由四大組成，而人的德行要由五常來規範。五常是指人倫的關係，是道德的根本，《孟子・滕文公上》便提到：「父子有親，君臣有義，夫婦有別，長幼有序，朋友有信。」至於「豈敢毀傷」是引自《孝經・開宗明義章・第一》：「身體髮膚，受之父母，不敢毀傷，孝之始也。」就是要表達人要孝順父母，必須由愛惜自己的身體開始，不能讓身體受到傷害。

女慕貞潔，男效才良。知過必改，得能莫忘[1]。

注釋　1能：才能，技藝。

譯文　女子應仰慕操守貞潔之婦，男人要仿效德才兼備人物。知道了過錯必定要改正，不可荒廢忘掉已有的技能。

賞析與點評

本段前兩句提及了男女之間分別具備不同的德行：女子應該要保持堅貞自潔的品德，男子就應效法才良賢德之人。後兩句勸誡學童知錯能改，《左傳·宣公》便謂：「人誰無過，過而能改，善莫大焉。」人並非完好無缺，聖賢都會有所過錯，能夠檢討自己過錯並改正，才能完善自己的修為。

罔談彼短[1]，靡恃己長[2]。信使可覆[3]，器欲難量[4]。

墨悲絲染[5]，《詩》贊羔羊[6]。

注釋

1罔（粵：網；普：wǎng）：不可，不要。2靡（粵：美；普：mǐ）：不。恃：憑藉。3信：誠信。覆：審查。4器：器量。量：計算，測量。5墨：墨子，名翟。春秋戰國之際思想家、政治家，墨家學派創始人。悲：感歎。絲染：《墨子閑詁·卷一》記墨子見染絲者而歎曰：「染於蒼則蒼，染於黃則黃。」並進而分析環境對人的重要影響。6羔羊：《詩經·召南·羔羊》以潔白的「羔羊之皮」來比喻君子品德高潔。

譯文

不要議論別人有多差，不要自負自己多麼強。誠信要使它經得起考驗，器量要大到難以被度量。墨子感歎白絲本質容易被色染，《詩經》讚美君子品德潔白如羔羊。

賞析與點評

作者認為人們對待別人的態度，就是應該要虛心學習，不要驕傲自大，自以為是。「信使可覆」是引自《論語·學而》：「有子曰：『信近於義，言可復也。』」即是人應該要守信，兑現承諾，這樣才可以得到別人的信任。最後兩句以絲綢的顏色及羔羊之皮作為比喻，正如成語「近朱者赤，近墨者黑」，勸誡學童不要結交損友，要保持純潔的本性。

景行維賢[1]，克念作聖[2]。德建名立，形端表正。

注釋　1景行：高尚的德行。語出《詩經・小雅・車舝（粵：轄；普：xiá）》：「高山仰止，景行行止。」意思是仰慕聖賢高尚品德，與之看齊，站到一起。2念：私慾。

譯文　高尚的德行，惟有向聖賢看齊，克制私念，就能與他們站列一起。一旦道德樹立，聲名定會四起，形體端直，堂堂正正，外表自具威儀。

賞析與點評

本段文字主要講述律己的原則，以及怎樣去鍛鍊自己的品德修為。「克念作聖」一句出自《尚書・多方》：「惟聖罔念作狂，惟狂克念作聖。」意即能夠克制自己的私慾，每一個人都可成為聖人。所以，人們應以品德高尚的聖賢作為學習榜樣，要存有善心，行為舉止要得體，這樣才可以得到他人的尊重。

空谷傳聲，虛堂習聽[1]。禍因惡積，福緣善慶[2]。尺璧非寶，寸陰是競。

注釋

1 習聽：重複聽到。指有回聲。2 慶：吉慶，福。《易經・坤・文言》：「積善之家必有餘慶，積不善之家必有餘殃。」

譯文

空曠山谷，可以很快傳回聲，空蕩大屋，聲音發出引共鳴。禍患皆因作惡多端而引起，福運則是積善行德的餘慶。一尺長的璧玉並非真正是珍寶，一寸短的光陰不可虛度要力爭。

賞析與點評

前段講述律己的原則，本段就講述律己的具體方法。人們應要接受他人意見，虛心學習，而且傳統文化有因果報應之信念，俗語便有謂：「善有善報，惡有惡報。」同時，因為時間是很寶貴的，所以作者勸誡人們要珍惜時間，正如俗語有謂：「一寸光陰一寸金，寸金難買寸光陰。」

資父事君[1]**，曰嚴與敬。孝當竭力，忠則盡命。**

注釋　1資：供養。

譯文　供養父母，侍奉君主，需要嚴肅與恭敬。盡孝應該竭盡全力，忠君則當不惜生命。

賞析與點評

前段講述了律己的具體方法後，本段就是講述對待父母及君主的原則。「資父事君」一句出自《孝經・士》：「資於事父以事母，而愛同；資於事父以事君，而敬同。」傳統儒家文化講求忠孝兩全，既要對君主盡忠職守，亦要對父母盡孝道。

臨深履薄，夙興温凊[1]**。似蘭斯馨**[2]**，如松之盛。**

注釋　1夙（粵：宿；普：sù）興：「夙興夜寐」的省略語，即早起晚睡。夙，早。温凊（粵：靜；普：qìng，一讀jìng）：「冬温夏凊」的略語。温，指温被使暖。凊，涼，謂扇席使涼。2斯：這樣。馨：散佈很遠的香氣。

譯文 如臨深淵，如履薄冰，早起晚睡，侍奉雙親。冬天溫被使暖，夏天扇席使涼。孝行如蘭草，芳香不斷，品德像松柏，茂盛久長。

賞析與點評

本段緊接前段，作者講述侍奉君主及父母的應有態度，並且以不同的事物作為比喻。「臨深履薄」一句出自《詩經・小雅・小旻》：「戰戰兢兢，如臨深淵，如履薄冰。」在本段的意思就是對待君主要有如面臨萬丈深淵和如在冰上行走般謹慎行事。

《二十四孝》中，曾經有「扇枕溫衾」的故事，故事講述東漢年間著名官員黃香在幼年時孝順父親的事跡。夏天炎熱多蚊，黃香便在父親睡覺前扇涼父親床上的蓆子；到了冬天天氣寒冷，黃香便先將父親床上的蓆子睡暖，好使父親能夠安睡，反映出黃香的孝道，成為後世作為子女的典範。

傳統中國文化中，松柏象徵堅毅不屈的精神。《論語・子罕》有道：「子曰：『歲寒，然後知松柏之後凋也。』」意即在天氣寒冷時，松柏是各種植物之中最後才凋謝的，象徵着意志堅定。所以，作者表達出孝順雙親就要如松柏般堅毅不屈。

川流不息，淵澄取映[1]。容止若思[2]，言辭安定。

注釋　1澄（粵：程；普：chéng）：水清。取映：可用來映照。2容止：儀容舉止。

譯文　河水日日夜夜奔流不停息，潭水宛若明鏡清澈可照人。儀容舉止似思索般安詳沉靜，言語對答要從容，恰當又穩重。

賞析與點評

《千字文》在本段強調做到上述的德行所帶來的好處：德行會川流不息，成為後輩借鑒學習的榜樣。

篤初誠美[1]，慎終宜令[2]。榮業所基，籍甚無竟[3]。

注釋　1篤（粵：督；普：dǔ）：誠厚，認真。誠：的確。2令：美，善。3籍甚：盛大，多。竟：窮盡，完。

譯文　真誠認真地開始，確實很美好，始終如一的堅持，更讓人稱頌。光輝榮耀的事業，德行是基礎，根基強大又堅實，前途無止境。

賞析與點評

本段緊接前段，指出若自身能夠抱有誠厚之心，不屈不撓，堅持到底，就會得到美好的成果，甚至建基立業，流芳百世。

學優登仕，攝職從政。存以甘棠[1]，去而益詠。

注釋　1 甘棠：即棠梨樹。舊說西周時召伯巡行南方，宣揚文王之政，曾在甘棠樹下處理政事，後人懷念他的政績，保存甘棠樹而不忍砍伐。「甘棠」也成為了後代稱讚地方官吏的頌詞。

譯文　書讀好了就能做官，可以擔任職務，參與國政。做官就要像召伯一樣：周人留下了為他遮陽的甘棠樹，一直捨不得砍伐，雖然他已離去了，卻越發被百姓懷念和歌頌。

賞析與點評

正如《論語．子張》有云：「子夏曰：『仕而優則學，學而優則仕。』」古人學有所成的話，就會從政當官。作者舉出周召伯的例子，能夠愛民如子，才會得到後世的歌頌，反映出作者認為人們應以周召伯作為榜樣。

樂殊貴賤[1]，禮別尊卑。上和下睦，夫唱婦隨。

注釋　1 殊：不同。

譯文　音樂要依照身份的貴賤有所不同，禮節要區別出地位的長幼卑尊。上上下下要做到和睦相處，丈夫倡導的，妻子要附和跟從。

賞析與點評

相傳周公制禮作樂，建立起周朝的封建秩序，在祭祀、典禮儀式上都有規定，社會講求階級，不可逾越。在周朝的禮樂制度中，就連祭祀的舞蹈人數也有規定：天子八佾，即有舞蹈者排成八列，而諸侯則為六佾、大夫四佾、士二佾，每個階級不可僭越，此禮樂制度一直沿用至春秋戰國年間才開始敗壞。儒家思想特別講求禮樂教化，要長幼有序，用以維持社會的穩定。

外受傅訓[1]，入奉母儀[2]。諸姑伯叔[3]，猶子比兒[4]。

注釋　1傅：傅父，古代保育、輔導子女的師傅，多由老年男子擔任。2奉：遵奉。母儀：為人母者的典範。3諸：眾。4猶子：侄子。比：類同。

譯文　在外要接受師傅訓導，入內要遵奉母親教誨。對待姑母、伯伯、叔父，做侄子的一樣要恭順孝敬，就像是他們親生的兒輩。

賞析與點評

本段講述作為後輩，應該要以怎樣的態度對待長輩。學習時要尊師重道，在家要謹守母親的教誨。另外《禮記・檀弓上》亦提及：「兄弟之子猶子也。」姑母叔伯他們視侄子就如自己的兒子，所以同樣地，在對待姑母叔伯時，亦應該如對待自己的父母般尊敬他們。

孔懷兄弟[1]，同氣連枝。交友投分[2]，切磨箴規[3]。

注釋

1 孔懷：指非常思念。語出《詩經・小雅・常棣》：「死喪之威，兄弟孔懷。」意思是死喪可畏，只有兄弟之親甚相思念。後也以孔懷代指兄弟。孔，甚。懷，思念。2 投分：意氣相合，相知。3 箴（粵：針；普：zhēn）：勸告，規戒。

譯文

要常關懷自己兄弟，因為血脈相同，共通氣息，就像連理之樹，枝葉永在一起。結交朋友應當志趣相投，互相切磋勸戒，一起探討研習。

賞析與點評

本段文字講述與同輩及朋友之間應有的相處態度。《論語．季氏》便提到：「孔子曰：『益者三友，損者三友。友直，友諒，友多聞，益矣。友便辟，友善柔，友便佞，損矣。』」人們應結交正直、誠實、見識廣博的朋友，並應遠離那些假仁假義、花言巧語、阿諛奉承之人。

仁慈隱惻[1]，造次弗離[2]。節義廉退[3]，顛沛匪虧[4]。

注釋

1 隱惻：憂傷哀痛，對別人不幸表示憐憫、同情。2 造次：匆忙，輕易。弗（粵：忽；普：fú）：不。離：指丟失放棄。3 退：謙讓。4 匪：不。虧：缺。

譯文

做人要仁愛富有憐憫心，不能輕易地丟棄對別人的同情。氣節、仁義、清廉、謙讓，是必具的美德，即使顛沛困頓，也不能絲毫缺損。

賞析與點評

作者在本段談及有關個人修養的內容，提示讀者必須堅守這些修行。正如《孟子．公孫丑上》提到的四端：「惻隱之心，仁之端也；羞惡之心，義之端也；辭讓之心，禮之端也；是非之心，智之端也。人之有是四端也，猶其有四體也。」要談及仁愛，就必先對待他人有憐憫之心。而作者認為一切的德行，無論在什麼時候都要堅持，不為五斗米折腰。

性靜情逸，心動神疲。守真志滿[1]，逐物意移。堅持雅操，好爵自縻[2]。

注釋

1 守真：保持自然本性。2 好爵：高官厚祿。自縻（粵：微；普：mí）：自我束縛。縻，牽繫，束縛。

譯文

內心清靜平和，就能舒適安逸，心為外物所動，精神則會疲憊。保持自然本性，知足就會滿意，追逐物慾享受，意志就要衰退。堅持高雅情操，不被爵祿所累。

賞析與點評

本段文字告誡學童應該平心靜氣，注重道德修養，切勿沉醉於物質享受，並培養出高尚的情操，就有如《誡子書》所提到：「夫君子之行，靜以修身，儉以養德。」意即以靜思來修養身心，用節儉來培養自己的品德修養。

都邑華夏，東西二京[1]。背邙面洛[2]，浮渭據涇[3]。

注釋

1二京：漢代洛陽稱東京，長安稱西京。東漢班固《兩都賦》、張衡《二京賦》是描寫二都富麗繁華、社會百態的傑作。2邙（粵：亡；普：máng）：邙山。在今河南省西部，西起今三門峽市，東止伊洛河岸。洛：洛水。古人以水北為陽，洛陽地處洛水之北，故稱洛陽。3浮渭：遠望長安如同浮在渭水上。渭，渭水，源出甘肅渭源西北，入陝西後橫貫渭河平原，全潼關入黃河。據涇：憑依涇水。據，憑靠。涇，涇水，源出甘肅平涼，入陝西後在長安東北的今陝西高陵流入渭水。

譯文

古來華夏都城，富麗要屬二京，東京即是洛陽，長安則稱西京。洛陽背靠邙山，面前洛水流經，長安北臨渭水，涇水匯入其中。

賞析與點評

《千字文》在本段開始，為學童介紹我國的歷史。由於作者周興嗣生長於南朝時期，所以談及的各種制度亦只會下至漢代。作者介紹國都，分別是東京洛陽（今日河南省洛陽市）及長安（今日陝西省西安市）。後人將西安及洛陽，連同開封、南京及北京稱之為「中國五大古都」。

後兩句主要提及首都的地理環境。而長安及洛陽憑着較高的地勢，據天險之要，易守難攻，所以中國歷史上有多個朝代均建都於此，是當時中華民族政治、社會、經濟、文化的中心。建都西安的朝代主要有：西周、秦朝、西漢、隋朝、唐朝等等；而建都於洛陽的朝代主要有：東周、東漢、曹魏、西晉等等。

宮殿盤鬱[1]，樓觀飛驚[2]。圖寫禽獸，畫彩仙靈。

注釋

1 鬱：彩飾華麗。也可指繁多。2 觀（粵：貫；普：guàn）：樓闕，樓台。驚：令人歎驚。

譯文

兩京的宮殿回環曲折，疊疊重重，樓台宮闕淩空欲飛，令人歎驚。宮殿內外畫滿飛禽走獸，還有彩繪的天仙神靈。

賞析與點評

前段介紹首都，本段則介紹首都的宮殿，並描繪出宮殿的宏偉壯麗。漢朝主要有三座宮殿，分別是長樂宮、未央宮、建章宮，合稱為「漢三宮」，是漢朝皇帝的住所及處理政務的地方。

丙舍傍啓[1]，甲帳對楹[2]。肆筵設席[3]，鼓瑟吹笙[4]。
升階納陛[5]，弁轉疑星[6]。

注釋

1丙舍：宮中的別室，也泛指正室兩旁的房屋。傍：通「旁」，旁邊。2甲帳：漢武帝時所造帳幕以甲、乙等天干數字編次排列，後以甲帳、乙帳代指皇帝閒居遊宴休息的地方。對楹：殿堂前部的左右兩根大柱子。3肆：擺設。4鼓：彈奏。瑟（粵：室；普：sè）：這裏泛指絃樂器。笙：泛指管樂器。5納：進入。陛：宮殿的台階。6弁（粵：辨；普：biàn）：這裏指古代官帽，上面綴有珠玉。

譯文

殿堂兩旁敞開着嬪妃的廂房，左右大柱撐起了皇帝的幕帳。處處擺設着豐盛的宴席，彈瑟吹笙樂曲美妙悠揚。官員們上下台階互相祝酒，珠帽轉動乍看疑是滿天星斗。

賞析與點評

前段文字介紹了皇宮的正殿，本段首兩句文字就講述配殿的環境，而配殿是位於正殿兩旁的側室。後四句文字記述了在皇宮之中，大排筵席，官員有如天上繁星之多的情景。陛，是皇宮的台階，皇帝坐在台階之上。以往，朝中大臣會稱呼皇帝為陛下，就是因為尊卑不敢直呼皇帝，所以才叫陛下。《獨斷》便提及：「謂之陛下者，群臣與天子言，不敢指斥天子，故呼在陛下者而告之，因卑達尊之意也。」

右通廣內[1]，左達承明[2]。既集墳典[3]，亦聚群英。杜稿鍾隸[4]，漆書壁經[5]。

注釋

1 廣內：漢代內廷藏書殿府，後泛指帝王書庫。2 承明：漢代未央宮中的殿名。承明殿旁設有專供侍臣值宿所居之屋，故後以「入承明」為在朝做官的代稱。3 墳典：指《三墳》、《五典》，傳說中我國最古老的書籍，記載了三皇五帝的事跡。這裏泛指古代典籍。4 杜稿：東漢杜度奉漢章帝詔所上的草書章奏手稿。後世稱為章草。鍾隸：漢末鍾繇的隸書真跡。後人讚譽其書法為秦漢以來第一人。5漆書：用漆書寫的竹簡。《後漢書．杜林傳》記載杜林曾於西州得到漆書《古文尚書》一卷。壁經：西漢景帝時魯恭王劉余在曲阜孔子舊宅壁中發現的古文經書，包括《尚書》、《論語》等。

譯文

朝右轉可通往廣內大殿，向左行見到的殿是承明。廣內殿集藏了古籍經典，承明殿匯聚有文武群英。典籍中有杜度章草，鍾繇隸書，更有漆簡《尚書》《論語》古經。

賞析與點評

本段文字主要介紹皇宮中的宮殿，以及宮殿的用途，並先講述廣內殿所收藏的書法及重要典籍。漢字在數千年來，幾經演變，主要有以下幾種：篆書，篆書有大篆與小篆之分。秦始皇統一六國後，由李斯統一六國文字，是為小篆，秦朝程邈對小篆加以簡化及改良，成為隸書。到了漢代，出現了潦草的隸書並加以發展，成為章草，是草書的一種。而今日通行的漢字稱為楷書，相傳是由鍾繇所創造並演變而成。

秦代不單焚書坑儒，禁止民間藏書，其後又經歷了楚漢之爭，所以春秋戰國的典籍大多毀於戰火。西漢初年開始徵集散失群書，當時人們便單憑記憶，默寫出來的經典稱之為「今文經」。後來，魯恭王因拆掉孔子住宅，無意在牆壁中發現《尚書》、《論語》、《孝經》等經書，由於經書由戰國六國文字寫成，所以稱之為「古文經」。

府羅將相，路俠槐卿[1]。戶封八縣[2]，家給千兵[3]。

注釋

1 俠（粵：夾；普：jiā）：同「夾」。槐卿：指三公九卿。周時朝廷種三槐九棘，公卿大夫分坐其下，面對三棵槐樹者為三公之位。後因以槐棘指三公之位。2 封：封邑。3 千兵：兵丁上千。戰國時秦有千戶侯，封食邑千家，為上卿。這裏「千兵」與上句「八縣」均為泛指。

譯文

兩京城內將相府第星羅棋佈，三公九卿夾道高宅盡顯威風。文臣武將戶戶享有八縣多的封地，家家還有上千人的護衛親兵。

賞析與點評

前段文字介紹過廣內殿所收藏的典籍後，本段便談及承明殿的文武群英及他們的待遇。秦漢時期，實行「三公九卿」的官制。秦代的「三公」分別是指丞相、太尉、御史大夫，是最重要的中央官員。其中又以丞相地位最為尊崇，輔助皇帝，統領百官，有「一人之下，萬人之上」的地位。另外太尉掌軍事，而御史大夫則負責監察百官。

高冠陪輦，驅轂振纓[1]。世祿侈富，車駕肥輕[2]。策功茂實[3]，勒碑刻銘[4]。

注釋

1 驅轂（粵：谷；普：gǔ）：驅車。轂，車輪中心的圓木，中有孔，用以插入車軸，也代指車輪。纓：飄帶。2 肥輕：語出《論語・雍也》：「乘肥馬，衣輕裘。」裘，皮衣。3 茂：勉勵。實：事跡。4 勒（粵：lɐk⁹；普：lè）：刻。銘：銘文。常刻在碑版器物上讚頌功德。

譯文

將相們頭戴高高官帽，陪侍帝王的車輦，看那車輪滾滾，彩飾迎風飄。生活奢侈又富裕，俸祿得世襲，駕華車，騎肥馬，身着裘皮衣。功勞記在簡冊上，以勉慰他們勳業，還要立碑刻銘，來彰顯卓著功績。

賞析與點評

本段繼續前段講述功臣將相的待遇，描述功臣們能夠陪同皇帝出巡，生活奢華，更能立碑刻銘來記載他們的功績，永垂不朽。

磻溪伊尹[1]，佐時阿衡[2]。奄宅曲阜[3]，微旦孰營[4]？

注釋

1 磻（粵：盤；普：pán）溪：指姜太公呂尚。磻溪在今陝西寶雞東南，呂尚在此釣魚，遇周文王，被拜為太師，後輔佐武王滅商有功，封於齊。伊尹：原為奴隸，被商湯起用，任以國政，幫助湯攻滅夏桀。湯去世後，繼續輔佐卜丙、仲壬二王，是商初輔國重臣。2 阿（粵：柯；普：ē）衡：商代官名。商湯授伊尹此官，總理國家大政。後以「阿衡」指代輔導帝王，主持國政。3 奄（粵：閹；普：yān）：西周時古國名，在今山東曲阜東。宅：開闢居住之地。曲阜：今屬山東省。周武王封周公旦於曲阜，周公因留佐武王而未就封地。成王時，周公使其子伯禽代赴封地，建魯國，都城曲阜。4 微：如果沒有，如果不是。旦：周公旦。孰：誰，哪一個。營：建造，經營。

譯文　伊尹和呂尚，是輔佐君王的一代名相。魯都曲阜建立在古奄國的土地上，如果不是周公旦，誰能把魯國經營成這樣？

賞析與點評

作者在前段講述過功臣將相的待遇後，便列舉了建功立業的功臣將相的例子，讓學童作為學習榜樣。而本段的例子，均為開國功臣，輔助君主討伐暴君，拯救黎民百姓，為百姓謀福祉。例子有輔助商湯的伊尹、輔助周武王的呂尚及周公旦。也可以注意西周實行分封制度，周公旦的封地是魯國，都城是曲阜（即山東省曲阜市）。魯國是春秋時期，華夏文化的中心，亦是孔子的故鄉，是中華文化的發祥地。

桓公匡合[1]**，濟弱扶傾**[2]**。綺回漢惠**[3]**，說感武丁**[4]**。**

俊乂密勿[5]**，多士寔寧**[6]**。**

注釋　1 桓公：指齊桓公，名小白，「春秋五霸」之一。匡合：《論語・憲問》稱管仲輔佐齊桓公「九合諸侯，一匡天下」，「匡合」即此省略語。匡，匡正。合，主持會盟。2 濟：救助。傾：危亡。3 綺（粵：倚；普：qǐ）：綺里季。他與東園公、甪（粵：鹿；普：lù）里先生、夏黃公於秦末漢初時隱居商山，時稱「商山四皓」。漢惠帝劉盈為太子時因性格柔弱，漢高祖一度想改立趙王如意。呂后採用張良計策，令太子卑詞安車迎四皓並與之遊，高祖認為太子羽翼已成，遂打消了改立太子的念頭。4 說（粵：悦；普：yuè）：傅說。相傳原是服苦役的刑徒，在傅岩築牆修路，商王武丁因夢中感應，知道他是輔佐殷商的聖人，遂尋訪得之，任為治國之相。5 俊乂（粵：艾；普：yì）：賢德之人。密勿：勤勉努力。6 多士：英才賢士。寔（粵：實；普：shí）：是。寧：安定。《詩經．大雅．文王》：「濟濟多士，文王以寧。」意思是人才濟濟，文王賴之以安邦。

譯文

齊桓公會盟諸侯，匡正天下，扶助弱國，拯救危亡，多虧有了管仲。綺里季挽回了漢惠帝的太子位，沒讓他被高祖輕易就黜廢。因入夢傅說被武丁感應，由刑徒擢升為治國重臣。英傑賢士佐君王勉勵又勤奮，人才濟濟天下平安社稷得安定。

賞析與點評

本段繼續列舉出功臣將相的例子，有齊桓公與管仲、漢惠帝劉盈、商山四皓及商朝武丁與傅說。作者就是利用以上的例子，表達出君主正是因為得到那些賢能之士輔助，才使國家繁榮安定。其中，管仲原本事奉齊國公子糾，與公子小白爭位。最後公子小白成功，是為齊桓公。但是齊桓公不計前嫌，任用管仲為相，推行改革，變法圖強，最終齊國成為當時最強的諸侯國，齊桓公也因此成為「春秋五霸」之一。

晉楚更霸[1]，趙魏困橫[2]。假途滅虢[3]，踐土會盟[4]。
何遵約法[5]，韓弊煩刑[6]。

注釋

1更：更替，變換。2橫：連橫。戰國時秦國強大，齊、楚、燕、趙、魏等國聯合抗秦稱為合縱；六國中某些國家追隨強秦進攻別國叫做連橫。秦國採用范睢謀策，遠交近攻，與秦接壤的韓、趙、魏最先被滅，所以說「趙、魏困橫」。3假途滅虢（粵：隙；普：guó）：春秋時晉獻公借道於虞國（舊址在今山西平陸東北），去攻滅虢國（在今河南陝縣東南至三門峽一帶，與虞國接壤）。假，借。4踐土：地名，在今河南滎陽東北。晉文公城濮之戰大勝楚軍後，在踐土主持諸侯會盟，成為「春秋五霸」之一。5何：蕭何，西漢高祖時丞相。鑒於百姓對秦苛政的強烈不滿，他順應民意，制定出較為簡約的漢代第一部律法《九章律》。6韓：韓非，戰國末期法家代表人物。提出「法、術、勢」三者合一的統治方法，受到秦王嬴政重視，後遭李斯等陷害，自殺於獄中。煩刑：煩苛的刑法。

譯文

晉文公、楚莊王先後稱霸主，趙國、魏國被秦滅受困於連橫。晉獻公借道越境將虢國吞併，晉文公在踐土召集諸侯會盟。蕭何遵奉律法從簡制定《九章律》，韓非主張苛刑作法自弊搭性命。

賞析與點評

作者在本段提及了春秋戰國的歷史。晉文公及楚莊王為「春秋五霸」之一，而「春秋五霸」有多種說法，當中最流行的說法為「齊桓公、晉文公、秦穆公、宋襄公、楚莊王」，他們都是春秋諸侯國的領袖。到了戰國後期，六國鑑於秦國強大，接納蘇秦的勸說，以「合縱」共同對抗秦國。而秦國則以張儀主張的「連橫」，聯同六國一些國家攻擊他國來瓦解六國合縱。另一方面，亦介紹了古代的法律。蕭何是漢初三傑之一，為漢高祖劉邦的丞相。劉邦於公元前二〇六年攻入首都咸陽，秦朝滅亡。劉邦有鑑秦代法律嚴苛，便廢除秦律，與百姓「約法三章」：「殺人者死，傷人及盜抵罪。」漢朝建立後，便由蕭何定立比秦律簡約的《九章律》。而韓非生於戰國末年，著有《韓非子》，主張法家思想、嚴刑峻法，受到秦王嬴政賞識，卻被李斯所陷害而死。本段最後兩句便可反映出，作者認為法律應該簡約，主張嚴刑峻法，只會作法自弊，自取滅亡。

起翦頗牧[1]**，用軍最精。宣威沙漠**[2]**，馳譽丹青**[3]**。**

注釋

1 起：白起。戰國時秦國名將，長平之戰大勝趙軍。翦：王翦。戰國末年秦國大將，得秦王嬴政重用，先後率軍攻破趙、燕，滅掉楚國。頗：戰國時趙國名將廉頗。牧：李牧。戰國末年趙將，曾於肥（今河北晉縣西）大敗秦軍。2 宣威沙漠：指西漢大將衞青、霍去病、李廣。他們率軍多次擊敗匈奴，北方解除了對漢威脅，西邊打通了西域之路，宣揚國威，聲震大漠。3 丹青：史冊。古代丹冊記勳，青史記事。

譯文

戰國名將白起、王翦、廉頗與李牧，個個善於用兵，作戰最為精通。西漢大將衞青、李廣還有霍去病，屢屢擊敗匈奴，大漠威名遠震。天下到處讚譽，他們卓著功勳，代代英雄虎將，青史永留英名。

賞析與點評

本段講述中國的軍事歷史，以及出色的軍事武將。在春秋戰國時期，有白起、王翦、廉頗與李牧。白起，為秦昭王時期將領，曾攻陷大小城池七十多座，其中最著名的長平之戰，前後共殲滅趙國四十萬大軍，為秦國清除障礙，成為統一六國的基礎；王翦，得到秦王嬴政信任，先後破滅趙國、楚國及燕國，為秦國平定六國作出重大貢獻；廉頗，為趙國將領，曾經戰勝齊國及魏國。廉頗在對付秦國的長平之戰中，固守不出，令秦國也無計可施最終秦國要用反間計，使趙孝成王用趙括代替廉頗，才令秦國戰勝趙國。李牧，同為趙國將領，曾經討伐匈奴，令匈奴不敢攻打趙國。其後秦國攻打趙國，李牧則大敗秦軍於宜安、番吾，抵擋秦國的進攻。

九州禹跡，百郡秦並。嶽宗泰岱[1]，禪主云亭[2]。

注釋

1 岱：泰山別名。2 禪（粵：善；普：shàn）：在泰山南側支脈辟基祭地稱為「禪」。在泰山主峰築壇祭天稱作「封」。云亭：云云、亭亭二山的合稱，均為泰山南側支脈。相傳神農、堯、舜在泰山祭天，在云云山祭地；黃帝祭地則在亭亭山。

譯文

九州大地處處留有大禹治水的足跡，天下郡縣在秦併六國後終於歸一統。五嶽中泰山為尊，帝王祭天淩絕頂，辟基祭地禪禮儀式在云亭。

賞析與點評

相傳古時中國分為九州，而九州後來逐漸成為了中國的代名詞。傳說在堯當政時，洪水經常泛濫，任命了鯀治理水患，但是九年以來都得不到解決。後來便任命鯀的學子禹繼續治水，禹經歷了十三年的時間，利用疏導的方法最終解決洪水問題，被後世稱為「大禹治水」。而舜也因為禹的功績，將共主之位禪讓給他。禹死後，由禹的兒子啟繼位，被視為夏朝的開始。

秦國以「遠交近攻」的方式，逐一擊破六國，順次序消滅韓、趙、魏、楚、燕、齊，於公元前二二一年建立統一皇朝，秦王嬴政自稱為「始皇帝」。秦朝一統後，取消了周朝的分封制度，建立了中央集權的郡縣制度，由中央直接派官員治理地方政務。

五嶽，是中國的五座名山，分別為東嶽泰山、南嶽衡山、西嶽華山、北嶽恆山和中嶽嵩山。當中泰山為五嶽之首。歷代皇帝為了顯示功績顯赫，國泰民安，並表示自己受命於天，一般都會到泰山舉行封禪儀式，是一種對上天祭祀的禮儀。歷朝歷代皇帝之中，有秦始皇、漢武帝、漢光武帝、隋文帝、唐高宗、武則天、唐玄宗等均曾進行過封禪儀式。

雁門紫塞[1]**，雞田赤城**[2]**。昆池碣石**[3]**，鉅野洞庭**[4]**。**
曠遠綿邈[5]**，巖岫杳冥**[6]**。**

注釋

1雁門：山名，在今山西代縣西北，山勢險要，上有西陘關，亦稱雁門關。紫塞：北方邊塞，這裏指長城。秦、漢所築長城，土色發紫。2雞田：雞澤。在今河北永年西南，春秋時魯襄公在此盟會諸侯。赤城：地名。晉、魏時相繼於此築城置戍，以防禦柔然入侵。一說赤城為浙江天台山脈山峰名。道家名山青城山亦稱赤城山。3昆池：昆明滇池。漢武帝曾於長安近郊比照滇池開鑿昆明池訓練水軍。碣石：古山名。據考在今河北昌黎西北，秦始皇、漢武帝都曾東巡至此，刻石觀海。4巨野：澤名，亦稱大野澤，在今山東巨野北。洞庭：湖名，在今湖南省北部。5曠：空闊。邈（粵：秒；普：miǎo）：遠。6岫（粵：袖；普：xiù）：山，山洞。杳（粵：秒；普：yǎo）：幽暗深遠。冥（粵：明；普：míng）：幽深高遠。

譯文

雁門險關，邊塞長城，盟會雞田，屯戍赤城。昆明巡舟，碣石刻銘，大澤巨野，湖數洞庭。遼闊廣大，連綿遙遠。高峰峭立，岩穴幽深。山河壯麗，歷久永存。

賞析與點評

本段文字主要是介紹了中國的地理環境，首兩句描繪出中國的邊防要塞，守衛中原免受外族入侵。第三、第四句則描繪了中國的山川湖泊。作者通過上述文字，希望讓學童了解到中國河山的壯麗。《千字文》談及我國歷史的部分就在本段完結。

治本於農，務茲稼穡[1]。俶載南畝[2]，我藝黍稷[3]。稅熟貢新[4]，勸賞黜陟[5]。

注釋

1茲（粵：資；普：zī）：此。稼：耕種。穡（粵：色；普：sè）：收割莊稼。2俶（粵：束；普：chù）載：開始。南畝：泛指農田。《詩經．豳風．七月》：「饁（粵：靨；普：yè，送飯）彼南畝。」3藝：種植。4熟：指莊稼成熟。5勸：獎勵。黜陟（粵：出即；普：chù zhì）：指官吏的進退升降。黜，貶斥。陟，提升。

譯文

治國根本在於農，勉力從事重耕耘。春季開始去田畝，種植五穀忙不停。莊稼成熟交田稅，進貢新糧表忠誠，種好種壞賞罰明。

賞析與點評

傳統中國是以農立國，歷代皇帝均重視農業生產，以農本思想治國。因為農業是糧食的根源，關係到黎民百姓的溫飽。而在傳統，納稅並不是以貨幣支付，而是用農作物繳交。例如西周實施井田制度，一塊井田分為九塊土地，其中一塊為公田，另外八塊為私田，農民需要輪流在公田耕種，並需將公田的收成上繳，作為納稅。

孟軻敦素[1]，史魚秉直[2]。庶幾中庸[3]，勞謙謹敕[4]。

注釋

1 孟軻：戰國時儒家代表人物孟子。敦：勉力，崇尚。素：素位。儒家中庸思想中提倡的安於素常所處地位的立身處世態度。2 史魚：春秋時衞國大夫，以正直敢諫著名。3 庶幾：希望達到。中庸：儒家倡導的「不偏不倚，無過不及」的道德標準。4 敕（粵：斥；普：chì）：謹嚴，端正。

譯文

孟子崇尚安於素位，史魚堅持正義敢言。想要中庸不偏不倚，恪守勤勞、謙恭、謹嚴。

賞析與點評

本段推崇了有德行的人物，分別有孟軻及史魚。孟軻，戰國年間鄒國人，是繼孔子之後，儒家的代表人物；史魚，春秋衞國大夫。在《論語・衞靈公》中，曾記載孔子稱讚過子魚：「子曰：『直哉史魚！邦有道，如矢；邦無道，如矢。』」由此可見，史魚無論在國家有道或無道時，依然正直如箭。

聆音察理，鑒貌辨色。貽厥嘉猷[1]，勉其祗植[2]。

注釋

1 貽（粵：移；普：yí）：留贈。厥：代詞，那個。嘉猷（粵：由；普：yóu）：忠告，好的謀劃。猷，謀略，方法。2 祗（粵：之；普：zhī）：敬。可用以加強詞義，這裏有敬奉、謹守的意思。植：樹立。此指立身處世。

譯文

聆聽談話要了解人家話中道理，與人交往須辨察對方臉色變化。留贈給人的應當是良謀忠告，勉勵為人要謹守立身之道。

賞析與點評

本段開首兩句就是告訴學童，與他人相處之道，需要觀人於微，並且要用心聆聽，從他人的言行舉止，分析他人的道理，從而才可判斷是非好壞。後兩句就是要將自己的經驗傳給後代，告誡後世子孫，使他們成才。

省躬譏誡[1]，寵增抗極[2]。殆辱近恥[3]，林皋幸即[4]。

注釋

1 省（粵：醒；普：xǐng）躬：反省自身。2 抗：抵禦，防止。極：極端，過度。3 殆（粵：怠；普：dài）：近。4 林皋（粵：高；普：gāo）：林泉，指退隱之地。皋，沼澤，水邊高地。幸：幸好。即：靠近。

譯文

對別人的譏諷告誡要躬身自省，要時時防止增加過度的榮寵。得意忘形時往往就臨近了恥辱，幸好有林泉山野可以及時地歸隱。

賞析與點評

作者前兩句提醒學童，面對別人批評時，就要檢討自己，自我反省，所謂「有則改之，無則加勉」，能夠反躬自省，才可提升自己的內心修養。在後兩句，作者則勸誡人們，要知所進退。正當名成利就之時，不可得意忘形，否則只會樹大招風，惹來不必要的災禍。特別是身處官場，所謂「伴君如伴虎」，一有差池，就可能身敗名裂，隨時不得善終，招惹殺身之禍，更會禍及家人。因此作者認為應急流勇退，歸隱田園，才可獨善其身。

兩疏見機[1]，解組誰逼[2]。索居閑處[3]，沈默寂寥。

注釋

1 兩疏：指西漢疏廣、疏受叔侄。漢宣帝時疏廣任太子太傅，疏受任少傅，在任五年，雙雙稱病還鄉，後世用為「功遂身退」的典故。2 解組：解下印綬，指辭官。組，繫官印的綬帶。3 索居：孤獨生活。

譯文

疏廣、疏受，見機避禍，解印辭官，有誰逼迫？獨居日子，悠閑自過，不談是非，安於寂寞。

賞析與點評

本段提及疏廣及疏受的退隱事例，來進一步説明榮休歸隱，可以享受閑逸生活，安享晚年。疏廣及疏受叔侄被漢宣帝分別任命為太子太傅及太子少傅，負責教授太子劉奭（即後來漢元帝）讀書。當太子通讀《論語》、《孝經》後，疏廣及疏受叔姪便稱病告老還鄉，並得到漢宣帝賞賜大量黃金。而叔姪還鄉後，變賣黃金廣設筵席，宴請鄉親父老。

求古尋論，散慮逍遙[1]。欣奏累遣[2]，戚謝歡招[3]。

注釋

1 散慮：排散憂慮雜念。2 欣：歡欣。奏：進，來。累：疲累煩惱。3 戚：悲傷，憂愁。謝：辭別，指離去。招：招致，來到。

譯文

探求古人古論，思考至理名言。排除憂慮雜念，活得自在逍遙。喜悅如果增添，煩累自然排遣。憂愁一旦離去，歡樂也就出現。

賞析與點評

本段文字延續前段，繼續描繪出理想的退隱生活及退隱的方式。作者認為歸隱後應讀通經典，窮究聖賢哲理，才可以逍遙自在，樂得清閒。

渠荷的歷[1]，園莽抽條[2]。枇杷晚翠[3]，梧桐蚤凋[4]。

注釋

1 的（粵：嫡；普：dì）歷：光亮鮮明。2 莽：密生的草。這裏泛指園中草木。3 晚：指季節晚，這裏是說冬季。4 蚤：早。

譯文

夏季池塘荷花豔麗又妖嬈，春季園林草木抽出嫩綠的枝條。枇杷樹冬日裏仍然青翠，梧桐葉子在秋天早早零凋。

賞析與點評

本段繼續描述退隱後的生活，就是能夠享受大自然，能夠觀賞四季的變化，如詩如畫：春天翠綠的園林、夏天豔麗的荷花、秋天梧桐葉的凋謝及冬天青翠的枇杷。

陳根委翳[1]，落葉飄颻。游鵾獨運[2]，凌摩絳霄[3]。

注釋　1委：枯萎。翳（粵：縊；普：yì）：通「殪」，樹木自己枯死。2運：指飛翔。3絳霄：雲霄。

譯文　可歎老樹根已衰萎枯死，落下的葉子在風雨中飄搖。而悠遊的鵾鵬正獨立翺翔，展翅凌空直沖上九霄。

賞析與點評

本段前兩句描繪出秋天時，樹木凋謝、落葉飄零的自然景色；後兩句則用形容退隱生活的逍遙自在，就如鵾鵬一樣翺翔天際，自由自在。鵾鵬是出自《莊子・逍遙遊》的鯤鵬，據説在北方的海域，有一魚名為鯤，牠有不知好幾千里之大，可以飛上天空，稱為鵬，同樣是有不知好幾千里之大。牠能夠濺起三千里的水花，扶搖飛上九萬里的高空。因此牠能夠無拘無束，悠遊自在。

耽讀翫市[1]，寓目囊箱[2]。易輶攸畏[3]，屬耳垣牆[4]。

注釋

1耽（粵：擔；普：dān）：沉迷。玩市：市場。東漢王充家貧無書，常遊洛陽市肆，在書攤上只看不買，因為他看上一遍就能背誦下來。2囊箱：指書箱。3易：輕視，輕易。輶（粵：由；普：yóu）：輕車。帝王使臣多乘車。這裏指東漢黨錮之禍嚴重，朝廷耳目常輕車簡從打探搜集文士言論，予以迫害。攸（粵：由；普：yōu）：所。4屬（粵：矚；普：zhǔ）耳：傾耳聽。此指竊聽。

譯文

最好是沉迷讀書徜徉於書攤，滿眼見到的都是書袋和書箱。發表議論最怕是輕易隨便，要防止隔牆有耳為此惹麻煩。

賞析與點評

本段前兩句是引用王充的故事。王充，東漢思想家，著有《論衡》，年少時，因為家貧買不起書籍，所以只可在書市看書。他看完的書本便過目不忘，在他眼中亦只有書籍才是最寶貴的。作者引用此典故，強調書籍與知識的重要性。而本段後兩句，則告誡人們行事要謹慎，小心隔牆有耳，否則會招惹麻煩。

具膳餐飯，適口充腸。飽飫烹宰[1]，飢厭糟糠[2]。

注釋　1 飫（粵：jy³；普：yù）：飽食。這裏指過飽。2 厭：飽，滿足。

譯文　準備一日三餐飯菜應平常，適合口味填飽肚子吃啥都一樣。吃得太飽肯定不想宰牛又烹羊，餓着肚子決不嫌棄酒糟和米糠。

賞析與點評

本段文字以起居飲食為例，指出不宜浪費食物，能夠填飽肚子便可。本段表達出一種樸素生活、知足常樂的態度。

親戚故舊，老少異糧[1]。妾御績紡[2]，侍巾帷房[3]。

注釋　1 異糧：指不同的食物。2 御：指從事。績（粵：跡；普：jì）：將麻搓撚成線、繩。3 巾：頭巾，這裏泛指衣帽。帷（粵：維；普：wéi）房：內室。

譯文 假如親戚朋友登門來拜訪，長幼有別款待飯菜不可一個樣。妻妾主內每日在家織麻把布紡，遞衣遞帽侍奉丈夫樣樣都不忘。

賞析與點評

本段首兩句談及款待親戚朋友的待客之道，需要了解不同人的需要，就有如老年人消化能力弱，應給予他們吃較稀較軟的食物。本段後兩句文字講述妻子的本份，因為在傳統社會，妻子沒有工作，大多留在家中，所以妻子要盡本份織布，照顧起居飲食及服侍丈夫。

紈扇圓絜[1]，銀燭煒煌[2]。晝眠夕寐，藍筍象床[3]。

注釋 1 紈（粵：完；普：wán）扇：絹製的圓扇。絜（粵：潔；普：jié）：潔。2 煒（粵：偉；普：wěi）：光明。3 藍筍：指青竹編成的席子。藍，竹子青皮的顏色。

譯文 絹製的圓扇潔白又漂亮，銀白色的蠟燭將室內照得雪亮。白天休憩，夜晚長睡，用的是青藍的竹席、象牙雕飾的床。

賞析與點評

本段文字提及了家中及睡房擺設，特別要注意的是睡眠。作者提到在白天小休，晚上才睡眠。因為建立睡眠的規律，才可以得到良好的休息，使明天活力更充沛。

弦歌酒燕，接杯舉觴[1]。矯手頓足[2]，悅豫且康[3]。

注釋

1 觴（粵：傷；普：shāng）：喝酒的器具。2 矯：舉起。3 豫（粵：預；普：yù）：喜悅，安適。

譯文

盛大酒宴伴隨着歌舞彈唱，傳杯接盞這酒喝得真酣暢。情不自禁手又舞來足又蹈，愉悅歡欣互相祝酒道安康。

賞析與點評

本段文字描述了酒宴的情景，人們聞歌起舞，舉杯暢飲，歌舞昇平的景象。

嫡後嗣續[1]，祭祀烝嘗[2]。稽顙再拜[3]，悚懼恐惶。

注釋

1 嫡（粵：的；普 dí）：舊時指正妻及其所生長子，嫡長子具有繼承權。嗣：繼承，也指子孫後代。2 烝（粵：蒸；普：zhēng）嘗：古代冬祭名「烝」，秋祭稱「嘗」，這裏泛指祭祀。3 稽顙（粵：啟爽；普：qǐ sǎng）：屈膝下拜以額觸地的一種跪拜禮，表示極度悲痛或感激的心情。

譯文

子孫一代一代向下得傳續，按時祭祀請求祖先多祐庇。磕頭下拜虔敬按規矩，誠惶誠恐惟恐失禮儀。

賞析與點評

本段文字，主要談及孝行。在傳統社會，十分着重生兒育女，視為孝順的一種。《孟子・離婁上》便有道：「不孝有三，無後為大。」提示人們要繼後香燈，傳宗接代。傳統社會實行一夫一妻多妾制，但是只由元配所生之子稱為嫡子，由妾所生之子稱為庶子，而且只有嫡子才能成為繼承人。例如周朝的天子，就必須由嫡長子來繼承。另外，亦要慎終追遠，四時祭祀，祈求祖先庇佑。其中，四時祭祀分為春祠、夏礿、秋嘗、冬烝。

箋牒簡要[1]，顧答審詳。骸垢想浴[2]，執熱願涼[3]。

注釋

1 箋牒：指書信文章。牒，古代書板，也指公文。2 骸（粵：孩；普：hái）：指身體。3 執熱：酷熱難解。語出《詩經・大雅・桑柔》：「誰能執熱，逝不以濯。」意思是誰不願在酷熱時，以沐浴求得涼快。

譯文

書信文章應簡明扼要，回答問話要審慎周詳。身上髒了想要洗個澡，酷暑難耐願意早清涼。

賞析與點評

本段前兩句提到撰寫書信文章時要言簡意賅，文字要經審慎周詳的考慮，長篇大論，文辭冗長的話，只會適得其反，令人不明所以。本段後兩句提示人們要注意個人衞生和健康生活，不單可以活得舒適自在，更能延年益壽。

驢騾犢特[1]，駭躍超驤[2]。誅斬賊盜，捕獲叛亡。

注釋　1犢：小牛。特：公牛。此句泛指不善於奔跑的牲畜。2驤（粵：箱；普：xiāng）：馬頭昂舉疾奔。這裏泛指奔馬。

譯文　毛驢騾子大小牛，受驚奔跑超馬速。法律威嚴殺賊盜，捕獲反叛亡命徒。

賞析與點評

本段前兩句用驢與騾作例子，因驢與騾跑得並不快，但是受到驚嚇便會亂跑，速度甚至比馬跑得還要快，意思是要提醒人們謹慎行事。而後兩句則指出，盜賊、背叛國家者等亡命之徒，必然會受到懲罰，亦是作者提示人們不應行差踏錯。

布射僚丸[1]，嵇琴阮嘯[2]。恬筆倫紙，鈞巧任釣[3]。

注釋　1布：呂布。三國時徐州刺史，善射箭，曾於轅門射戟，解決了劉備與袁術大將紀靈之爭。僚：熊宜僚。春秋時楚國勇士，善玩彈丸，楚、宋之戰時他於陣前表演彈丸，分散宋軍注意力，使楚軍趁機大敗宋軍。2嵇（粵：溪；普：jī）：嵇康。三國時魏國譙郡人，字叔夜，「竹林七賢」之一，工詩文，善鼓琴，精樂理。阮：阮籍。三國時魏國尉氏人，世稱阮步兵，「竹林七賢」之一，博覽群書，尤好老莊。善於長嘯，每至窮途路斷，則慟哭。3 鈞：馬鈞。三國時魏國扶風人，著名的能工巧匠，發明龍骨水車，創意重造了指南車，造連弩、發石機等兵器。任：任父，亦稱任公子。傳說中善釣的神人，他以牛做釣餌，下鈎至東海，釣得大魚，以至方圓千里都被魚的掙扎所震動。

譯文

呂布善於射箭，熊宜僚善玩彈丸，嵇康善於彈琴，阮籍善於吶喊。蒙恬製造了毛筆，蔡倫發明了造紙，馬鈞一代巧匠，任父善釣流傳。

賞析與點評

本段介紹了八位人物，有的才藝出眾，以才藝技能來為人解難；有的善於發明創造，影響一時的人。

釋紛利俗[1]，並皆佳妙。毛施淑姿[2]，工顰妍笑[3]。

注釋

1 利俗：有利世俗社會。2 毛：毛嬙，古代美女。施：西施，春秋時越國美女。3 工：善於。顰（粵：頻；普：pín）：皺眉。

譯文

他們或是善解糾紛，或是善於發明創造，或是性格獨特有所擅長，因而有利社會世人稱好。還有美女毛嬙、西施，個個姿容嬌豔美妙，皺眉都顯格外俏麗，更有倩曼動人一笑。

賞析與點評

本段首兩句交代前段文字所提到的八位人物，各有所長，並且利用自己所長創造發明事物或者調解紛爭，對社會作出貢獻；後兩句就介紹古時的美女，分別有毛嬙和西施兩人。《管子·小稱》便記載：「毛嬙西施，天下之美人也。」其中，又以西施廣為人知。《莊子·天運》中便描述：「西施病心而矉其里，其里之醜人見而美之」西施的心有病，所以她經常皺起眉頭，但反顯得西施更為秀麗。

年矢每催[1]，曦暉朗曜[2]。璿璣懸斡[3]，晦魄環照[4]。指薪修祜[5]，永綏吉劭[6]。

注釋

1 年矢：指光陰似箭。矢，箭。2 曦暉：陽光。3 璿璣（粵：旋機；普：xuán jī）：北斗七星第四星。這裏指代北斗七星。斡（粵：挖；普：wò）：指運轉。4 晦：夜晚。魄：月初出或將沒時的微光。5 指薪：即薪火相傳。語出《莊子・養生主》：「指窮於為薪，而火傳也，不知其盡也。」意思是脂膏有燃盡的時候，而火種卻傳延無盡。後來比喻家族或技藝的傳承延續。指，同「脂」。祜（粵：戶；普：hù）：福。6 綏（粵：需；普：suí）：安。劭（粵：邵；普：shào）：美好。

譯文

光陰似箭，催人向老，太陽光輝，明朗普照，北斗七星，運轉不停，晚月微明，天穹閃耀。修德積福，子孫傳續，永遠平安，吉祥美好。

賞析與點評

本書指出時光飛逝，星辰只會不停地繼續運轉，皆因歲月不留人，所以勸誡學童，要珍惜時光，善用時間來修行學習，才會使得平安幸福能夠薪火相傳，惠及後人。

矩步引領[1]，俯仰廊廟[2]。束帶矜莊[3]，徘徊瞻眺[4]。

注釋

1 矩步：走路步法端正，符合規矩。引領：伸長脖頸，這裏指抬頭前行。領，脖子。

2 俯仰：上下，這裏指上朝。廊廟：廟堂，指朝廷。3 束帶：束好衣帶，指穿戴衣服。矜（粵：京；普：jīn）莊：保持端莊嚴肅的態度。4 徘徊：作者形容自己等待呈獻《千字文》時忐忑緊張的樣子。實際上是謙詞。瞻眺：仰望。

譯文

我端正步伐，抬頭前行，朝廷在上，須恭敬景仰。穿戴齊整，態度端莊，徘徊不安，敬獻此章。

賞析與點評

《千字文》在這裏臨近尾聲，作者進行總結。概括而言，作者提示讀者要重視個人品德修養，做事謹慎，保持莊重，要有雄心壯志，高瞻遠矚，才可以成為有用之才。

孤陋寡聞，愚蒙等誚[1]。謂語助者，焉哉乎也[2]。

注釋

1 誚：譏諷，嘲笑。2 焉哉乎也：《千字文》作者以此四個語氣助詞終結本段，結束全文，並且自謙説自己孤陋寡聞，學識不夠。一方面因為本文是奉詔撰寫，必須恭敬自謙；另一方面也是將這四個文言虛詞自然而然地嵌入了文內，構思十分巧妙。

譯文

臣實淺陋，鮮有見識，愚笨蒙昧，讓人恥笑。學識不過：焉、哉、乎、也，語氣助詞，四個罷了。

賞析與點評

本段是《千字文》的全篇總結。作者周興嗣自嘲孤陋寡聞，但這只是他自謙的用詞，亦顯示了我國的禮儀傳統。

名句索引

《三字經》

曰《國風》，曰《雅》《頌》，號四詩，當諷詠。　〇七五

五畫

玉不琢，不成器，人不學，不知義。　〇五四

六畫

如囊螢，如映雪，家雖貧，學不輟。　一〇一

九畫

香九齡，能温席，孝於親，所當執。　〇五六

為學者，必有初，小學終，至四書。　〇六七

十三畫及以上

《詩》《書》《易》，《禮》《春秋》，號六經，當講求。　〇七〇

《詩》既亡，《春秋》作，寓褒貶，別善惡。　〇七六

融四歲，能讓梨，弟於長，宜先知。　〇五六

蠶吐絲，蜂釀蜜，人不學，不如物。　一〇八

《百家姓》

《千字文》

五畫

八畫

十畫

十一畫及以上